講談社文庫

鏡の顔

傑作ハードボイルド小説集

大沢在昌

講談社

鏡の顔　傑作ハードボイルド小説集 ● 目次

鏡の顔　傑作ハードボイルド小説集

夜風

呉田《くれた》から電話がかかってきたのは、八月最後の金曜の晩だった。そろそろ秋風が立っていておかしくないというのに、その日はまるでひと月季節が逆戻りしたかのようなむし暑さが朝からつづいていた。風もなく、ねっとりとした空気がよどみ、誰もが家に帰ったら一刻も早くネクタイをむしりとり、べたついたシャツを脱いで、シャワーの下に駆けこみたいと願う一日だ。

十時少し前、署をでた鮫島《さめじま》も、同じ思いで西武新宿駅《せいぶしんじゆく》に向かっていた。エアコンのきいた署をでてわずか数分歩いただけで、シャツが背中に張りついた。

振動した携帯電話の画面には、見慣れぬ十一桁《けた》の番号が表示されていた。

「はい」

応《こた》えた鮫島の耳に、妙に甲高《かんだか》い男の声が流れこんだ。

「鮫の旦那か。呉田だよ」

一瞬とまどい、やがて声と記憶が一致した。先月、管内の組を破門になったチンピラだ。三十半ばを過ぎているというのに一向にしゃぶと手が切れず、表向きには「覚せい剤法度《はっと》」を打ちだしている上部団体への人身《ひとみ》御供《ごくう》で、組長に破門された。機を見るに敏、といわれている組長は、父親から組をうけついで四年目に、関東屈指の広域暴力団の傘下に入った。〝大手〟の軍門にくだらなければ、シノギをつづけていかれないのは、表の稼業も裏の稼業もかわらない。

足を止め、駅へと向かう人の流れの邪魔にならない道ばたへと移動した。

「久しぶりだな」

いきなり電話をしてきた理由を探るため、言葉少なに鮫島は応じた。呉田を逮捕したのは確か、その組が広域に吸収される前だった。ホテトルのけつもちをやっていて、そこのママを管理売春で挙げたとき、しゃぶをホテトル嬢に流していた容疑で噛んだ。ホテトル嬢は、呉田の女だった。男が服役しているあいだに逃げて、田舎《いなか》の実家に帰った筈《はず》だ。

呉田が出《で》所たのは、もう二年も前のことだ。切れた女を特に追っかけることもせず、おとなしくしている、という印象があった。その理由は、兄貴分の存在もある。

呉田の兄貴分、新村《にいむら》は、組うちでも一目おかれる男で、若頭筆頭候補といわれている。四十を少しでた年だが、十代のうちに先代組長の盃《さかずき》をもらい、武闘派で鳴らした。いわゆるイケイケやくざの典型だが、下の面倒見がよく義理堅いところもあって、組うちの受けはいい。

ありがちな話だが、組の下部構成員にとっては、ぼんぼん育ちの二代目組長よりも叩《たた》き上げの新村のほうが人望がある。広域の軍門にくだることについては、新村は反対したといわれているが、それでも組を割ってでなかったのは、先代組長への義理を立てたからだ、というのが業界の噂だった。美談めいているが、自分も他人もそうやって納得させる生き方を好む世界なのだ。本音かどうかわからない。だがその新村本人が傷害事件を起こして、今は服役中だった。

カタギや女子供にちょっかいをだすな、というのは新村の口癖で、出所後、未練から女を追っかけそうになった呉田を止めたという。

任侠《にんきょう》映画と異なり、やくざ者は女に縁が薄い。少しでもまともな頭をもつ女なら、まずやくざ者とはつきあわないし、ましてや結婚など考えない。

やくざ者で金回りがいいのは、よほど太いシノギをもっている人間に限られるし、そのシノギもいつまでつづくかわからない。羽振《はぶ》りのいいうちは金目当てで近づいてくる女もいるが、悪くなったらとたんに離れていく。

それも道理で、冠婚葬祭等、義理がけの多いやくざ者は、シノギが苦しいからといってしらばくれるわけにはいかない。結果、男のために風俗に働きにでる羽目になりかねないからだ。惚《ほ》れた男のために、そこまでする女は多くない。金の切れ目が縁の切れ目か、そうではなくても、自分の体を金にかえてまで尽しはしない。暗にそんな要求を男にされただけで、逆に別れ話をもちだす。だから、女房や長年の愛人に頭の上がらないやくざは多い。逃げられたら、次が見つからないからだ。

さらに五十を過ぎると、大半のやくざが体に欠陥を抱えている。永年の暴飲暴食や全身に入れた刺青《いれずみ》のせいで、肝臓や膵臓《すいぞう》に慢性疾患を生じるのだ。食生活にも厳しい制限を課され、外食ができなくなって女房の手料理に頼らざるをえない。

呉田も自分を捨てた女にはかなり未練があったようだが、過去をすっぱり捨てて真《ま》人間になりたいという元ホテトル嬢をあきらめたのは、新村の戒《いまし》めがあったからだと聞いていた。

「ちっと会ってくれないかよ」

呉田はいった。

「かまわんが、いつだ」

「今から」

「急だな」

答えながら、鮫島は頭を働かせた。元極道《ごくどう》が突然会ってくれ、といってくるのは、何か大きなヤマを踏み、それが公になる前に自首をしたいか、恨みつらみでかつての仲間や親分を密告してやろうと考えているときが多い。

呉田には、そのどちらもがあてはまる。たぶん後のほうだろう、と思った。

「前に俺《おれ》をパクったとき、あんたが踏みこんだマンション覚えてるか」

「もちろんだ」

鮫島は答えた。江東区《こうとう》の木場《きば》だ。ホテトルの事務所が新宿だったので、そこまで足をのばして逮捕した。捜査権、逮捕権は犯罪の発生地点の所轄署警察官にある。

「そこにいる」

「引き払ったと聞いたが」

呉田がホテトル嬢と暮らしていた部屋だ。

「くりゃわかるよ。いろいろあって、今でも使えるんだ」

電話は切れた。

妙だった。さして根性があるわけでも、腕が立つわけでもない呉田にしては、電話のかけかた、切りかたがぶっきら棒だ。最初の声が甲高かったのも、興奮している証拠で、酒を飲んでいるか、しゃぶを食っている可能性が高い。

暑くもあり、疲れてもいた。面倒だな、という気持が心の底にあった。他の警官にも同じような電話をかけたあげく、相手にされず、鮫島に順番が回ってきたのかもしれない。

組を破門されたやくざは惨めだ。カタギ社会と折り合いがつかずやくざになったのが、そこからも捨てられると、いき場がない。ましてや破門の理由がしゃぶでは、仕事を捜すどころか、話し相手すらいなくなる。

身からでた錆《さび》とはいえ、呉田が切羽詰まった状況にあるのは、容易に想像がついた。

だからこそ、面倒だ、と感じた。だが鮫島は、都営大江戸《おおえど》線の駅に向け歩きだしていた。

駅をでたところで、呉田の携帯を呼びだした。探りを入れるためだ。

「はい」

もの憂《う》げな声で呉田が答えた。

「今、地下鉄を降りたところだ。あと十分かそこらで着く。お茶でも飲むか」

とりあえず部屋から誘いだしたほうがいいだろう。

「いや。暑いから外にはでたくねえ。こっちにきてくれ」

「何を考えている」

「くりゃわかるよ。別にあんたに恨みはねえ」

電話は切れた。

確かに今さらお礼参りはない。昔の女とも完全に切れているし、もしつきまとわれるようなことがあったら鮫島にも連絡が入る筈だ。女は携帯電話の番号もかえ、確か去年の初めには、地元で結婚したという通知も届いていた。もちろん呉田はそれを知らない。

マンションの前にきた。四十年はたっているような老朽化した建物だ。住人の多くはでていったのか、明かりのついている窓は少ない。そのうちのひとつが、最上階五階の、呉田がかつて住んでいた部屋だった。

万一、を考えた。手錠と特殊警棒はベルトのケースに差してあるが、拳銃はもっていない。

上司の桃井《ももい》に電話を入れようかと考え、夏風邪でこの数日、体調がすぐれないようすなのを思いだした。もう寝ているかもしれない。

エレベーターはなく、湿った臭《にお》いのする階段の蛍光灯は明滅しているか切れているものばかりだった。

建物の中に足を踏み入れても住人の気配がほとんど感じられない。空気だけが湿度はそのままに、わずかに温度が下がったようだ。

五階にあがり、記憶に残る一番奥の部屋のドアをノックした。塗装のはげ落ちた、金属製のドアだ。今どきめったに見ない牛乳受けが下部にとりつけられている。

「開《あ》いてる」

奥から声がして、鮫島はノブを握った。

軋《きし》みをたてながらドアは開いた。部屋は二DKで、手前に殺風景な台所があり、次の六畳のリビングがある。
五、六年前に踏みこんだとき、その台所の、水切りカゴに洗ったラーメン丼がふたつ、並んでたてかけられていたのを思いだした。部屋は、荷物が多いものの、それなりに片づけられていた。片づけていたのは、呉田のもとを逃げた女だ。坂本《さかもと》かずえ。忘れていたその女の名が、鮫島の脳裏によみがえった。
現在の部屋にはほとんど荷物がなく、赤茶けた畳が見えていた。奥の四畳半は暗い。古い蛍光灯の豆電球が点《とも》っているきりだ。

「どこにいるんだ」

警戒をゆるめず、鮫島はいった。片手はまだ閉めきっていないドアのノブにかけている。

「奥だよ」

「でてこいよ」

古いクーラーが唸《うな》りをたてていて、部屋の中はじっとりと冷たかった。空気を冷やすだけで、除湿機能はないようだ。

四畳半でゆらり、と影が動いた。Tシャツに膝丈《ひざたけ》のショートパンツをはいた呉田が現われた。小柄で痩《や》せこけ、右手に拳銃を握っている。鮫島が支給されているのと同じ、ニューナンブの短銃身モデルだった。

「何だ、それは」

鮫島はいった。蛍光灯の下に立った呉田の顔は蒼白《そうはく》だった。

「借りものだよ」

「借りもの？」

呉田はわずかに顎《あご》を動かした。自分がでてきた四畳半を示したようだ。そこにもうひとつ影が横たわっている。

鮫島は靴を脱ぎ、あがりこんだ。呉田が一歩退き、鮫島は奥の部屋に入った。

ポロシャツにスーツを着た男が、部屋の隅に積みあげられた段ボール箱によりかかって、浅い呼吸をくり返していた。目を閉じていて、右肩の下に黒い染みが広がっている。

四畳半の窓はベニヤ板で閉ざされていた。積みあげられた段ボール箱は、引っ越し業者のもので、上下ふたつある。それ以外に荷物は何もなかった。

鮫島は蛍光灯のヒモを引いた。だが豆電球以外は切れているらしく、明かりが点らない。

男が目を開いた。どうやら意識を失っていたようだ。

「誰だ、お前」

暗がりで目をみひらいている。

「新宿署の鮫島だ」

男は無言で鮫島を見あげた。そのとき、男のことがわかった。四谷《よつや》署でマルB担当だった杉下《すぎした》だ。管内の暴力団との癒着《ゆちゃく》を疑われ、昨年異動になった。

「鮫、かよ」

吐き捨てるように杉下がいった。杉下の癒着は明白だった。ロレックスを腕に巻き、イタリア製のスーツを着け、毎晩のように歌舞伎町のクラブやキャバクラをハシゴしていた。勘定を払うのを見た者はおらず、それでも店側は〝上客〟として扱っていた。

タカっていたのではない。飲み代は別の人間が払っていたのだ。

杉下が飲むのは、経営に暴力団のフロントが一枚かんでいる店ばかりだった。飲み代はそのフロントがもつか、表向き金融業を営む、フロントの仲間が払っていた。

はだけた上着の下に、空のホルスターがあった。

「何しにきやがった」

杉下がいった。強い酒の臭いがした。

鮫島は背後をふり返った。鴨居《かもい》に左手を預け、痩せこけた呉田がよりかかっている。右わきに垂らした手にニューナンブがあった。

「お前がハジいたのか」

鮫島はいった。呉田は答えなかった。

「馬鹿野郎!」

鮫島は怒鳴《どな》った。

「よこせ! そいつを」

呉田はわずかに体を震わせた。だが応じなかった。

鮫島は深呼吸した。予想外の事態だった。刑事が元やくざに銃を奪われ、撃たれている。

「何があった」

鮫島は呉田をにらみつけたまま、いった。呉田は答えない。

「救急車を呼ぶ」

鮫島はいって携帯電話をとりだした。

「駄目だっ」

呉田がいってニューナンブを鮫島につきつけた。

「俺の話を聞いてくれよ。それまでは駄目だ」

「ふざけるな。話しているあいだに杉下が死んじまうぞ」

呉田は首をふった。

「あんたしかいないんだ。つかまったら俺は終わりだ」

「くそったれが」

唸るように足もとの杉下がいった。

「お前はとっくに終わってらあ」

「うるせえ」

呉田がいった。

「お前こそ腐《くさ》れマッポだろうが」

何かがある。状況からして、杉下がひとりでいることじたいが不自然だ。鮫島は杉下の体の上にかがみこんだ。上着をめくった。弾丸は右の肩胛骨《けんこうこつ》の下に入っている。背中側には抜けておらず、出血はそう激しくない。

「撃たれたのは一発だけか」

「ああ。あれにはまだ四発、入っている」

杉下はいって目を動かした。

「あんたひとりか」

通常、捜査の際は刑事は二人で動く。組む者のいない鮫島は特殊だ。

杉下は無言だった。

「相棒はどうした」

「いねえよ、そんなもん」

「ひとりでここにきて、ハジかれたのか」

「うるせえな、早くあいつをパクれや」

杉下は左手で鮫島をつきとばした。

「殺人未遂の現行犯逮捕《ゲンタイ》だ。点数いいぞ、おい」

喋《しゃべ》るたびに酒が臭う。鮫島は立ちあがった。

怯《おび》えたように呉田が後退《あとずさ》りした。

「話せ」

鮫島は呉田にいった。呉田は両手で銃を握り、銃口は鮫島の下腹部に向いている。下腹部の筋肉が意思とは関係なく硬くなるのを鮫島は感じた。

「喋ったら終わるぞ」

杉下が抑揚《よくよう》のない声でいった。

「お前はム所でバラされる」

「あんたは黙ってろ」

鮫島はふり返らずにいった。

「手前《てめえ》、それでも刑事か。覚えてろ」

鮫島は無視した。リビングに向け、一歩踏みだした。今のところ呉田に、鮫島に対する殺意はない。だが精神的にかなり追いつめられている。まちがった刺激をすれば、引き金をひくだろう。

「――こいつがきたんだ」

呉田が顎をしゃくった。

「ここにか。ここにまだ住んでたのか」

「破門になって、いくとこがなくて。住んでたとこは、組の寮だったんだ」

部屋住みの若い組員が非番のときに寝泊まりする部屋を〝寮〟と呼ぶ。だがそんな〝寮〟で暮らしているのは、十九、二十の修業中の子供くらいのものだ。呉田がそこにいたというのは意外だった。

「ヤサがなかったのか」

「俺、馬鹿だからよ。何にもできなくて。かずえに逃げられてからは、新村の兄貴んとこに世話になってた。でも兄貴が入っちまったんで、姉さんにでてってくれっていわれて」

しゃぶ中のチンピラを同居させるのはつらいだろう。まして亭主が服役でいなくなったら、新村の妻にも限界がある。そこで〝寮〟に入ったが、破門されたのでいきどころがなくなったというわけだ。

「いくとこがなくて困ってるっつったら、若頭《カシラ》が少しのあいだなら使っていいって
——」

呉田の顔が歪《ゆが》んで、泣きそうになった。

「そこへなんで杉下がきた」

「く、組がよ、ここの家賃、払ってたんだよ」

「組が？　知ってたのか、お前」

「何となく、よ。妙だな、と思ったんだよ。前に『あの部屋はまだあるが、お前は住んじゃ駄目だ』って兄貴にいわれてて。でもよ、名義はまだ俺のままなんだよ、ほら
——」

呉田はショートパンツのポケットから公共料金の通知書らしい紙をとりだした。

「きてみたら入ってたんだよ、これが。『クレタ　シンイチ様』ってなってるだろ」

鮫島は手をのばした。電気料金の検針通知書だった。呉田の名前が入っていて、日付はひと月前だ。

「俺、知ってんだよ。ここは来年とり壊すんだけど、住みたい奴はぎりぎりまで住んでいっていいってことになってて。この部屋の他に、あとひとり爺《じい》さんが住んでる」

「お前の名義で家賃は払っているのに誰も住んでいなかった。いくとこのないお前に、だったらここにいけ、と。いつの話だ」

「先月だよ。きれいに使えっていうから、俺、きれいに使ってた。そうしたら――」

呉田は口を閉じた。暗い目で杉下を見つめている。

鮫島はからくりに気づいた。組が呉田の名義をかえずに部屋を借りつづけていたのは、ここを非合法な目的に使うためだ。組にとっては呉田など、末端の消耗品に等しい存在で、何かあれば切り捨てられるという計算があったのだろう。その呉田がこの部屋にいるときに杉下がやってきたのは、偶然ではない。偶然ではないが、杉下が思ってもいなかった抵抗を呉田は見せた。

鮫島は杉下をふり返った。

「あんたはここで何を見つける予定だったんだ」

杉下は答えなかった。目を閉じ、苦痛に耐えているかのようだ。

「そういや、今月は拳銃取締強化月間だったな」

「やかましい！　手前に何がわかる⁉　ノルマかけてんのは、手前の同期生どもだろうが。自分はクーラーのきいた霞が関でふんぞりかえりやがって、ああしろ、こうしろと偉そうに顎で使ってるだけじゃねえか」

杉下は目をかっとみひらいた。鮫島は杉下がもたれかかっている段ボール箱を見つめた。

「この中か」

歩みより、段ボール箱に手をかけた。上の箱は空だった。下の箱に重みがある。開くと、クッキーの缶が入っていた。

「チャカの保管庫か。だが一挺《いっちょう》だけってのは少ないな。余分を運びだし、ガン首として呉田に押しつけた。組には捜査が及ばないように、呉田ひとりで片をつける絵図ができていたというわけか」

「何だよ、それ」

呉田がいった。

「どういうことだよ」

鮫島は呉田を見やった。お前はハメられたんだ、という言葉が喉《のど》の奥につかえていた。それを口にすれば、呉田は暴走するかもしれない。

新村がしゃばにいればこんなことにはならなかったろう。杉下を見おろした。

「あんたの異動先の管内か、ここは」

「うるせえ」

うしろだてになってくれる兄貴分が服役し、呉田は、組にとってはどうしようもないお荷物でしかなくなった。だがその荷物をうまく利用する絵図を誰かが描いた。疑惑をかけられ、トバされ、逼塞《ひっそく》していた杉下だ。使わない拳銃一挺にお荷物をくくりつけ、摘発する。杉下は点数を稼ぎ、組は〝貸し〟を作る。いずれその〝貸し〟は摘発情報の提供や、組のシノギへのお目こぼしとなって返ってくる。

鮫島は深々と息を吸いこんだ。卑劣な取引だった。

かがんで、杉下の耳もとでいった。

「あんたが描いたんだな。だからひとりで踏みこんだ。破門されたカスなら、パクらせてもかまわないって組に納得させたのだろう。頭いいな。ノルマは達成、またうまい酒を飲ませてもらえる。もしかしてあれか、場合によっちゃ、呉田の口を塞《ふさ》ぐ気だったか。ここんとこサツは弱腰だって批判がでているもんな。しゃぶ中の元組員が拳銃を所持、なんてことになりゃ、そいつを射殺したってマスコミは、よくやった、てなもんだ。それを狙《ねら》ったか。死ねば、呉田がよけいなことを喋る心配はないものな」

「何いってやがる。わけのわかんねえことというなよ。なあ、いい加減、奴をパクれよ。俺だって、痛えんだよ」

「だったら答えろよ。絵図描いたのは誰だ」

「知らねえっつってんだろ。どっちの味方なんだよ」

「酒食らってきたのは、さすがに人殺すのに度胸がいったからか」

杉下が口をつぐんだ。図星だったようだ。

鮫島は立ちあがった。リビングに足を踏みだし、呉田のかたわらに立った。

「呉田、かまわない。こいつハジいちまえ」

呉田が目を丸くした。

「こいつは、薄汚い取引の材料にお前を使った。こんな奴を生かしとくことはない」

「何いってんだよ……」

「何いってんだ、お前」

「そうだろうが！　ちがうのか」

鮫島は怒鳴りつけた。

やがて杉下が口を開いた。弱々しい声だった。

「わかったよ、俺が悪かった。絵図描いたのは俺だ。だから勘弁してくれ」

鮫島は呉田を見た。

「どうする。勘弁してやるか」

呉田は激しく瞬《まばた》きをした。

「わかんねえよ、どうすりゃいい。ハジいたほうがいいならそうするよ」

銃口を杉下に向けた。

「勘弁しろよ！　俺が悪かったっつってんじゃねえかよ」

杉下が涙声になった。呉田の握るニューナンブの銃口が下がった。

「できねえよ。俺、馬鹿だけど、お巡り殺したらどうなるかくらいはわかる」

鮫島は息を吐いた。

「いいんだな」

呉田は頷《うなず》いた。

「じゃあ、それを貸せ」

ニューナンブが鮫島に預けられた。呉田がずっと握りしめていたせいか、グリップが熱い。

はあっと杉下が息を吐いた。鮫島は左手で携帯電話をとりだした。まず救急車の出動を要請し、次に所轄署の代表番号にかけた。交換がでると、いった。

「組対課をお願いします」

「はい、組対です」

宿直らしい若い刑事の声が応えた。

「こちらは新宿署生活安全課の鮫島警部です。緊急の用件があって、そちらの課長と連絡をとりたい」

あえて階級を名乗った。

「新宿の鮫島警部ですね。承知しました。折り返し、電話を入れます。番号を願います」

鮫島は携帯電話の電話番号を告げた。

「了解しました」

電話を切り、呉田に向きなおった。手錠をとりだした。

「かけるぞ」

呉田は小さく頷き、両手をさしだした。救急車のサイレンが近づいてくる。鮫島は腕時計を見た。午前零時を少し回っている。

リビングの窓に赤い光が映った。歩みよると窓を開け、顔をつきだして叫んだ。

「おーい、ここだ。五階だっ」

救急車の隊員が気づいた。ストレッチャーを後部からおろす。それを見おろしていると、頬《ほお》に風があたるのを感じた。鮫島は一瞬目を閉じた。ようやく、夜風が吹きだしたのだった。

年期

クラブ選手権杯から三日後、私は四年ぶりに竿《さお》を積んで出かけた。なぜそんな気分になったか、自分でもわからなかった。スキー板から、ダイビング用具、テニスラケット、ボディボード、ゴルフクラブにいたるまで、さまざまな〝遊び道具〟の詰まったギャレージは、私のオモチャ箱だ。そこから、朝、釣り竿をとりだし、すっかり巻きグセがついてしまったリールの道糸を巻きなおしていると、起きてきたテキがあきれたようにいった。

「あらあら、いったい何事？　ベスト・フォー進出果たせずに、ゴルフからの撤退を決めたってわけ？」

寝起きは頭が回らない、と人はよくいうが、私の妻はちがう。恐しく直感力が鋭くなるようだ。私は唸《うな》った。

「うるさい。あっちへ行け」

「はいはい。今夜のおかずは心配しなくていいのかしら」

「今夜は帰らないかもしれない。夜釣りも考えてるんでね」

「まあ。海にはまって捜索願いを出さなけりゃならない羽目だけは嫌よ」

「そのためにたっぷり保険をかけてある。もしものときは、ちょいと涙を流してみせりゃいいんだ」

「目薬買いにいこっと」

考えた末、磯竿《いそざお》を二本と竹ののべ竿を一本、車のトランクに積みこんだ。ゴルフに没頭し、釣りを離れてからは、潮回りなどをチェックする興味もうすれていた。従って、今日の満潮がいつなのかすら、私は知らずにいた。

家を出ると、高速道路に乗った。片道二時間ほどの房総《ぼうそう》の釣り場に向かう。磯でやるか、防波堤でやるか、私は決めていなかった。磯でやる場合は、潮回りがものをいう。歩いて渡れる地磯でも、渡船で渡る沖磯でも、干潮から満潮にかけての短時間が、勝負の時合《じあ》いになるからだ。

途中、以前、馴染《なじ》みだった釣り具屋に私は寄った。店先で常連らしい客と話しこんでいた親爺《おやじ》は、私の車が止まるのを見て、驚いたように立ちあがった。

「いやあ、似た車だなと思ったら、何とえらい久し振りじゃありませんか」

「御無沙汰《ごぶさた》してます」

私は車を降りていった。一時は、最低でも週に一度は、顔を出していた店だった。

「四年くらい来とらんかったでしょう」

「ちょうど四年ですか」

「これにばっかりですか」

親爺はクラブを振る仕草をした。

「ええ。始めてみると、面白すぎてね」

「まあ、遊びは何でもござれという御仁だから……。それにしても、また、どういう風の吹き回しで」

「ひと区切り、という奴ですよ。あっちの方で、自分がどこまでいけるか試してみまして。とりあえず、来るところまで来たようなので……」

「どうせあなたのことだから、毎日毎日やってたのでしょう」

私は頷《うなず》いた。釣りにのめりこんだときもそうだ。週に三回、四回と海に出かけた。ゴルフも、この四年、年間、八十ラウンドはこなしてきた。それができる恵まれた環境に私はいる。家族との関係も含めて、だ。おそらく、普通のアングラー、ゴルファーが聞けば、腹の立つような恵まれ方だろう。

「で、今日は、どこに?」

親爺は訊ねた。

「いや、それを聞こうと思って――」

「うーん」

親爺は唸って空を見あげた。きのうまでの雨があがり、やや風が強いものの、青空が広がっている。

「この南風じゃあねえ、磯渡しはやっとらんでしょう。まだシケてるでしょうし」

「シケがおさまりゃ、いいんだけどね」

親爺のかたわらにすわっていた客が口をはさんだ。年期の入った釣り人という奴だ。色あせしたカーキ色の上下に長靴をはき、帽子をかぶっている。よく陽焼けした顔に老眼鏡をかけていた。

「そうすると磯周りより、港内で？」

「だねえ。まあ、シケを避けて、港内に逃げこんどる魚もいるかもしれん」

「モノはどうです？」

「メジナはもう終わりだから、来るとすりゃクロかね。もっとも最近は場荒れしてあがらなくなったがね」

「今日の潮は？」

「小潮《こしお》だから、あまりよくないね。満潮が昼頃かね」

客が答えた。

「そうですか……」

とりあえず私はオキアミのブロックを買った。スコップで潰《つぶ》して、バッカンに詰めこむ。この作業もひどく懐しかった。

「まあ、のんびり、おやんなさい」

その他のこまごました道具を買いそろえ、釣り具屋を出ようとすると、親爺がいった。

手を振り、私は車に乗りこんで、思いだした。親爺がそういうときは、たいてい釣《ちょう》果《か》があてにならない日だった。潮回りがよく、時期も魚があがっているときは、「気合い入れて、おやんなさいよ」と、送りだしてくれたものだ。

港に近づくにつれて、海が、親爺のいった通りの状態であることがわかった。太陽の光を浴び、海面は青く輝いているが、その波頭を白いしぶきが走っている。俗にいう〝ウサギ〟だ。この状態の海では、船はほとんど出せない。多少荒れ気味の方が、釣果はあがるのだが、それも釣り場に立てればの話だ。

私は地磯もさけ、防波堤で竿を出すことにした。もともと、釣果をあてこんで出かけてきたわけではない。

その漁港は、左手に長い赤灯堤が、右手に短い白灯堤がのびている。赤灯堤はくの字型に折れていて、その折れ目がポイントとされていた。外側には消波ブロックが入り、ブロックからが狙《ねら》い目なのだが、今日のようにシケ気味の日は、濡《ぬ》れてすべるので危険を伴う。

私はブランクも考えた上で、おとなしく、折れ目の内側で竿を出すことにした。

そこには先客がいた。六十をもう超えたと思われる老人で、自転車をかたわらに、小さなバケツとのべ竿一本で、糸を垂れている。木製の脚立《きゃたつ》に腰かけ、足もとに日本酒のワンカップがおかれていた。

「失礼します」

私は声をかけて、老人の五メートルほど横に釣り座をかまえた。寄せ餌《え》を使っている様子はなく、礼儀として潮上《しおかみ》を選んだ。潮下《しおしも》で寄せ餌をまけば、魚は、老人の竿下まで寄らなくなる。

寄せ餌をまき、仕掛けをこしらえて、一投目を振りこんだ。釣りはこの瞬間が、最も楽しい。たとえていえば、一番ホールのティショットにあがる瞬間、というところだろう。

外海が荒れているわりに、港内は穏やかだった。白っぽい薄濁りが入っていて、状況としてはそれほど悪くない。細長い立ちウキは、それほどもまれることなく、波間にトップを浮かべた。

「どこから来なさった?」

老人がすっと竿をあげ、付け餌を確認しながらいった。

「東京です」

「遠いところだの」

「何時頃から竿を出してらっしゃいますか」

「八時くらい、かな」

「どうです？」

「ベラと、カサゴ、かな」

私は頷いて、寄せ餌を打った。水中に入って分散した寄せ餌が沈みながら、ウキの下に流れていく。ウキはぴくりともしなかった。

「ワンカップ、飲むかね」

「ありがたくちょうだいします」

喉《のど》が少し渇いていた。老人が脚立の陰の紙袋から日本酒をとりだし、私に手渡した。老人の服装は、薄地のトックリセーターに、白い作業ズボンだった。顔や手は、よく陽焼けしている。そして、私は老人の左手が、他の部分に比べて白いことに気づいた。

「――ゴルフ、やられるんですか」

港から二キロほど山をあがったところに、ゴルフ場があり、別荘地になっている。永住しているシニアゴルファーが多いことで知られていた。

「まあ……。下手ですがね」

老人はそれ以上、いわなかった。私も頷き、釣り座に戻った。

老人の仕掛けはいたって単純だった。付け餌は、オキアミや虫類ではなく、釣った魚の身餌、切り身である。寄せ餌をまくわけでもなく、ウキも固定式のトウガラシウキをゴム管で留めただけだ。隣りで、リール竿に高感度の遊動立ちウキを使うのが恥ずかしいほどだ。

しばらくして、老人がほっと息を吐き、竿を掲げた。のべ竿が大きくしなっている。私は、道糸の先を見つめた。横走りしないところを見るとボラではない。かなりの大物で、暴れているようだが、すると黒鯛《クロダイ》か。

竿に比べ、魚の引きが強く、とりこみが難しそうだった。老人は玉網を持っていない。

「網、入れましょうか――」

私は玉網をつかんで立ちあがった。

「いや、結構です。魚にもチャンスを与えてやらんと……」

老人は激しく揺れる竿を掲げたまま、いった。竿の弾力を利用して、ひきあげにかかる。が、直前、ハリスと道糸の結び目が切れた。いぶし銀の魚体が、水面でしぶきをあげ、反転して消えた。私は声もなく息を呑《の》んだ。

二キロはあろうという、黒鯛だった。

「すまんことしました。バラしてしまった。魚を散らしてしまったかもしれん」

老人は静かな声でいった。

「いえ……」

私は答え、浮かしていた腰をおろした。開けたばかりのワンカップに手をのばす。

そこへ一陣の南風が吹きつけた。黒鯛の消えた海面に、縮緬《ちりめん》のようなさざなみが立ち、漁港の水揚げ場へと向かっていった。

Saturday

ドアが開いたのは、俊《しゅん》が表の看板のスイッチに手をのばしたときだった。

ラストオーダーは二十分前で、それすら頼まなかった一組きりの客は、帰る準備を始めていた。

「すみません。もう――」

閉店なんです、という言葉を俊は呑みこんだ。

いつかこんなことがあるような気がしていた。ガラス扉を押し開け、立ちすくんでいる彼女の姿があった。淡い紫の上品なワンピースを着け、黒のパンプスをはいている。

六年前と変わったところはまるでなかった。午前四時だというのに、一滴も飲んでいないように見える。タンカレーを一本空けたとしても、そう見えるだろう。

「ごめんなさい。あたし、じゃあ……」

立ちあがった最後の客に目をとめ、彼女がいった。髪が長くなったかもしれない。ストレートで肩までだったのが、ウェーブをかけて同じあたりだ。

「どうぞ。一杯だけなら」

いってから、一杯だけという言葉が妙に強く響いたことを俊は感じた。

看板のスイッチを切る。

彼女がゆっくりと板ばりのフロアをよこぎった。グランドピアノとカウンターにはさまれたストゥールにそっと腰をおろす。

「ありがとうございました。またおこしください」

出ていったカップルに頭をさげ、扉の札を「CLOSED」にして、俊はふりかえった。

彼女はバッグを開き、煙草《たばこ》をとりだしていた。

肩ごしにライターの火をさしだした。びっくりしたようにふり返る。六年前には、火をつけてやったことなどない。

「あ、ありがとう」

「いえ、何を飲みます？」

ハネ戸をくぐってカウンターに戻った俊を彼女がまっすぐ見つめた。

「一杯だけ、でしょ」

俊は目をそらせた。

「素敵なところね」

「ありがとう」

「いつから?」

「半年前」

「夢だったものね。こういうお洒落《しゃれ》なバーを開くのが」

僕は氷を砕いてロックグラスにいれた。半年間、毎日、お客がすべていなくなってから、こうしてひとりでカウンターの内側で、一杯だけ、オンザロックを飲んできた。僕の一番好きな、一番幸福な時間だった。

気にいったように飾りつけたフロア、ほの暗いカウンター、客たちが少しずつ忘れていった夢の名残《なごり》。それらに囲まれて、ひとりきりで、自分の店の酒を飲む。

したくてしたくて、十年間、かかった。

たった半年で醒《さ》める夢でも、飽きる夢でもない。

何にしようか迷い、フォアローゼズを選んだ。安物のバーボン。六年前はよく飲んでいた。ワイルドターキーには手が出なかった。

CDをかけかえた。ホイットニー・ヒューストンからビル・エヴァンスに。

ひと口すすったロックグラスをカウンターにおき、彼女を見た。

「何を飲みます?」

彼女はまだ迷っているようだった。

迷いかたがへたなのだ。迷うと、それがすぐにばれてしまう。迷うことで男の気を惹《ひ》くことができない。媚《こ》びることもへただった。

——不器用なんだよ。おまえは
別れるときに俊はいった。

——相手を傷つけないで別れられる女もいる。パチン、とスイッチを切りかえるようにあっさりとね。だがおまえはできない。悩んで、苦しんで、自分も相手も傷つけちまう。不器用なんだ
——いけないの!?　あたしは本当にあなたが好きだから苦しんだのに。それがいけないの!?

激しい目で見つめられた。何もいえなくなり、その頭を抱きよせた。

去るのがおまえで、残されるのが俺なんだぜ、という言葉を胸に。

別れぎわにいった。

——今度はせめて、相手くらいは器用な奴を選べよな
泣きながら、頷《うなず》いた顔を、六年間、幾度も思い浮かべた。ここでも、面影の似た客が現われると、思いだした。

「ブランデー」

彼女がいった。

「ストレート？　ロック？」

「一杯だけなら、水割りを」

俊は彼女を見つめながら、シャボーのボトルを手にとった。

「今でもよく飲むの？」

俊の問いに彼女は首を振った。

「じゃあ弱くなったね」

「かもしれない。ためしてみることもないから……」

俊は頷いた。ゆっくりと氷を砕き、背の高いグラスにいれた。一番、背の高いグラスだった。

知ってたのかい——問いが胸に詰まっていた。自分がここに店を開いたことを。午前四時には、お客がいなくなり、ひとりになることを。

そして、今でも、彼女を好きなことを。

何もいわず、グラスをコースターにのせ、彼女の前においた。

吸いかけの煙草を灰皿におき、彼女がグラスを持ちあげた。

俊もロックグラスをつかんだ。

何に、とはいわず、グラスを合わせた。静かな、ただの乾杯だった。

彼女がひと口飲み、コースターに戻した。

本当に少しだけ、唇を湿すていどしか、グラスの中味は減っていなかった。それを見て、俊はゆっくりと息を吸いこんだ。

彼女の隣にすわりたいのをこらえ、カウンターの背後にあるボトルラックに背を預けた。ロックを飲む。

半年間、こうして飲んだどの酒よりも、バーボンは喉《のど》を焼いた。それが胃にくだると、甘くなった。


彼女は何もいわない。

俊はそっと微笑《ほほえみ》を浮かべた。あいかわらず迷うのがへたなのだ。

俊も何もいわなかった。

ときおり、彼女がグラスを口に運んだ。そっと、ほんの少しだけ。減るのを恐れているように。

夜が、もう少しこのままつづけばいい。

うつむいた彼女の、優しい横顔を見つめ、俊は祈った。

二杯目のジンフィズ

彼が、その酒場のことを知ったのは、一枚のアルバムがきっかけだった。

そのCDは、離婚によって芸能界に復帰した、ひとりの元アイドル歌手が吹きこんだものだった。

もう、五年も前のことだ。

当時、売り上げ部数を誇っていた写真週刊誌に、傷心の身で旅だつ彼女の姿が載った。離婚の直後ということもあり、やつれきった美貌《びぼう》と尖《とが》ったその肩に、以前ファンだった彼は胸を痛くしたものだ。

離婚の原因は誰《だれ》の目から見ても、夫であった男の側にあった。いくらかの非が彼女にあったとしても、その負うべき責めに比べ、あまりにも多くのものを――美しさを、持ち前の明るさを、そして華やかさを――彼女は奪われていた。

比べて、夫であった有名なジャズピアニストは、あいかわらずテレビや雑誌に、鍵《けん》盤《ばん》よりもカメラに向かい慣れたその顔を出し、若い女優とのスキャンダルも話題になったりした。少しも傷ついた気配や痛みを感じている様子はなかった。

彼女の旅は、おおかたの予想を裏切り、長いものとなった。一ヵ月と伝えられていた予定が三ヵ月にのびた。

マスコミは、彼女が成田《なりた》空港に降りたつ、その日まで、まるで彼女の存在を忘れていたかのようだった。彼女の存在は過去のものとなり、その外国での生活が話題にのぼることはなかった。

ところが、帰国を報じる小さなニュースにつづき、わずか一ヵ月とたたぬうちに、彼女が歌手に復帰するという話題が週刊誌やワイドショウをにぎわせた。しかも彼女は、かつての明るさ美しさをすべて取り戻しており、自らが作詞した曲ばかりを集めたアルバムを出すというのだ。

そのアルバムは、男女を問わず、彼のようなファンに支持され、ロングセラーとなった。そして、その復帰第一作のCDの中に、あの酒場を詞にした歌が含まれていたのだ。

詳しい歌詞を、今、彼は思い出すことはできない。ただ、東京から一万キロ以上も離れた、大都会の片隅に、一軒の小さな酒場があり、そこへ世界中から傷心を抱いた男や女が過去を捨てにくる、というひどくロマンチックでセンチメンタルな内容だった。

店の名は歌詞になかった。

その曲はファンであるなしを問わず、多くの人々を魅了した。CDを買うほとんどの人の目的が、その曲を聞くためだった。しかし、なぜかシングルカットはされなかった。

その理由を、彼はレコード会社にいる知人から、ある日聞かされた。

酒場は実在するのだった。そして今日も、過去を捨てにやってくる世界中からの客を待っている。だから、そっとしておきたい、と彼女が望んだのだという。

それがどんな店で、どこにあるのかということを具体的に知る術《すべ》は、そのときの彼にはなかった。が、彼女がそこで過去を捨て、明るさを取り戻して立ち直ったように、いつか自分も苦しみのどん底に陥るような不幸があったとき、そこを訪れてみよう、と心密《ひそ》かに思った。それは、いわば、彼が人生を過ごしていく上での、小さなお守りにも似た存在として、心に残った。

彼は、今、機上にあった。その目的は、あの酒場を訪れることだった。

五年ののち、ついに彼にもそうした事態がたち起こったのだった。唯一の身よりであった妻を失ったのだ。三十代の半ばから白いものをぽつぽつと数えるようになっていた彼の髪は、四十を過ぎたばかりでまっ白に染まっていた。それはすべて、病身の妻を見舞い、ついにはその最期を看取った半年間に生じた変化だった。

喪失の痛みは大きかった。五年前に彼が感じた彼女の痛みに比べても決してひけをとるものではない、そう思うほどだった。

彼はひと月の休暇願いを上司に出し、無理やりに受けとらせた。受理されなければ、会社をやめてもいい――それほど強い決意だった。

あの酒場へ行こう。今こそ訪れるときだ。そして苦しみを捨て、もう一度人生を生き直す勇気を得るのだ。信仰にも似た気持で、彼は固く思いこんでいた。

彼は旅だつ前、旅行代理店を巡った。そして、あるかなしかのつてを頼りに、五年前の彼女の旅をアレンジしたという人物を捜しだした。その人物は、もう旅行代理店に勤めておらず、詳しいその旅の内容も覚えてはいなかった。

が、同じ街を同じように訪れることができれば、きっとその酒場を捜しだせる、と彼は信じた。

街について二週間が過ぎた。ひとりでホテルに泊まる彼は、毎日毎日、あてどもなく何軒もの酒場を訪ね歩いた。

しかし、どこも、そうだと思える店はなかった。

彼は疲れ、次第に、ふさぎこんでいった。あると信じていたあの店は、実は空想の産物ではなかったのか。

レコード会社の知人は、ただ酒席の話をおもしろくするために、あんな話をしたのではなかったのか。

もはや長距離電話でそれを確かめる気力すら彼には失われていた。また、そうして、話がすべて嘘《うそ》とわかったときの徒労感が、彼にはおそろしかった。苦しみも痛みも倍加し、ホテルの窓から身を投げて死にたくなってしまうかもしれない。

三日間、彼はホテルから一歩も出なかった。既に顔見知りになったボーイが、病気ではないかと心配するほどだった。

「ミスター、体の具合でも悪いんですか？」

「いや、そうじゃない」

彼は、力なく首を振った。

「じゃあ何か悩みごとでも？」

「そんなものかな」

「だったら酒を飲みなさい。こんな、ホテルのきどったバーじゃなくて、街に出て酒を飲むんです。そうすりゃ、きっと、悩みなんかどっかへ飛んで行っちまいますよ」

ホテルと同じように年をとり、くたびれた顔のボーイは、歯のない口を開けて笑った。

「このホテルのすぐ横にも昔からやっている小さなバーがあります。そこへ行ってみちゃどうです？　昼間っからこんなところにくすぶってちゃいけませんよ」

酒場なら毎日通ったとも——そういいたい気持を彼は抑えた。知らぬ店を訪ねては、たった一杯だけビールを飲み、立ち去る、そんなことばかりをくり返してきたのだ。

だがボーイの好意を無にするのは気がひけた。そこで彼はのろのろとコートを手にとり部屋を出ていった。

バーは、ホテルと軒を並べるようにして建つ高層ビルの間にはさまれた、陽もささぬような小さな路地にあった。毎日、出歩いていながらその存在にすら気づかなかった店だった。小さく、くすんでいて、今にも取り壊されそうに見える。

だが、一歩足を踏み入れた瞬間、彼は、そこが捜し求めていた酒場にちがいないと感じた。なぜなら、そこはあらゆる点で、彼が想像していた、あの酒場と一致していたからだ。

もしちがっているものがあったとすれば、それはたったひとつ、カウンターの中を静かに動いているバーテンダーだった。というより、バーテンダーだけは、どんな人物がそこにいるか、彼は想像できずにいたのだ。

店には音楽も流れず、話し声もなかった。

客たちは一様にひとりきりで、ひっそりと、カウンターにとまり、グラスを前にしている。男もいれば、女もいた。東洋人は彼ひとりだったが、白人も黒人もいて、国籍もそれぞれちがうように見えた。

バーテンダーは初老の黒人だった。

彼の考えでは、バーテンダーは、客たちが捨てにきた過去を拾いあげてやる存在でなければならなかった。とすれば、あらゆる国からやってくる客たちの、さまざまな言葉を解さなければならない。

彼はカウンターの隅に腰をおろしながら、彼女は英語が得意だったのだろうかと考えた。このバーテンダーに苦しみを打ち明けたのなら、理解できる言葉を使ったにちがいない。

バーテンダーが彼の前に立った。一枚の粗末なメニューが手渡された。すりきれ、薄よごれたボール紙で、お世辞にもきれいとはいえない手書きの文字が、そのバーで出すカクテルと置いている酒の種類を告げていた。

彼はとまどい、メニューを見つめた。

見つけだした今、いったい何を飲もう。

ビールは、もうたくさんだった。それに見渡してみると、何人かいる他の客たちは、いずれもビールより強い飲み物を手にしているようだった。

彼らの痛みが自分のそれに比べ、決して上回っているなどということはない筈《はず》だ。彼は奇妙な誇りとともにビールを頼むのをやめることにした。

ウイスキーでは。

ウイスキーの種類は限られていた。彼の好きな銘柄はそこにはなかった。ブランデーは、あまり好きではない。

とすると、カクテルということになる。

正直な話、彼は学生の頃、初めて酒場と名のつくところでジンフィズの類を飲んだ他は、カクテルに手を出したことがなかった。

彼は薄暗い明かりの下で、メニューに並んだ文字に目をこらした。詳しくない彼には、馴染《なじ》みのある名前は少なかった。

結局、彼は、おずおずとジンフィズの文字を指さした。

バーテンダーは無言で頷《うなず》いた。そして何事も告げず、カウンターの中央の仕事場に戻っていった。

彼はほっと息をついた。店の中は本当に静かだった。バーテンダーがマドラーでグラスをかきまぜるときに氷がたてるカラコロという音だけが響いている。

やがてジンフィズが届けられた。彼はある種の感慨を胸に抱きながら、グラスを取りあげた。

二十年、いや、もっとひさしぶりかもしれない。ひと口味わったジンフィズは、初めて飲んだときと比べ、まったくちがう味のような気もしたし、さほど変わってはいないような気もした。ただ、舌は確かに、それがジンフィズにちがいないと告げていた。

彼は前に立つバーテンダーを見、「サンキュー」とつぶやいた。バーテンダーは返事のかわりに無言で首をふった。

何かを話しかけなければ、何から話そうか、彼がそう思ったときだった。

バーテンダーの赤いヴェストにさげられた小さなプレートが目にとまった。

そこにはこう書かれていた。

「私は言葉を話しません。すべての注文はメニューをさしておこなってください」

彼は驚きに目をみはった。過去を捨てられるからには、拾うものがいてくれるとばかり信じていたのだ。

ここではないのだろうか。いや、そんな筈はない。ここにちがいない。すると……。

そのとき、彼は悟った。そこにあるのはただひとつの真理、「人生には一杯の酒で語りつくせぬものなど何もない」という、古人の諺《ことわざ》だった。

彼はグラスを空にした。目的はただひとつだ。

二杯目を頼むことだ。

Wednesday

ブラインドが風でかすかに揺れた。閉じかけた羽根が触れあい、音をたてる。空調の静かな唸《うな》りと、つぶやきのような街の低いざわめきが室内を満たしていた。細めに開いた窓から、男がくゆらす煙草《たばこ》のけむりが流れでていく。

男は窓ぎわにすえたソファにかけ、壁を見つめていた。他の壁がいずれも白く、また新しいにもかかわらず、男が見つめている壁だけは、くすみ、黄ばんでいた。

そこに、絵が描かれていた。かつては白地であったろう壁に、ひとりの少女が心もち首をかたむけて立ち、男を見返している。

その絵は何年も前に描かれたようだった。そしてその壁がもとからそこにあったものではないことは確かだった。

ずっと以前、そこよりもはるかによごれ、古い部屋の壁に描かれたのだ。そしてその後、壁の、その部分だけが切りとられ、この部屋に移されたのだ。

男の足もとにはスーツケースがひとつあった。その上に電話機がのっている。

部屋の中には、他には何もない。一脚のソファ、しきつめられたカーペット、ブラインド、壁の絵、スーツケースの上の一台の電話、それだけだ。

男は吸い終えた煙草を、ポケットから出した小さなアルミのケースにしまった。吸い殻は、いちいちそうしてしまわれているのだった。

男の手がのび、窓を閉めた。

煙草のヤニでこれ以上絵をよごすまいとしていたのだった。

窓がぴったりと閉まると、男は立ちあがった。

白い光を乱反射する都会が眼下にあった。

建物は街の中心部にたっているのだった。何十階という高さの、はるか下方で、車が、人が、行きかっている。世界が、とるに足らなく思えてくるような部屋だった。

男はブラインドの羽根をぴったりと閉じた。

ざわめきが消え、世界がその部屋ひとつになった。

男は再び、壁の絵を見つめた。木綿のワンピースを着けた、髪の長い少女だった。額や唇、肩のあたりに、シミや欠けた部分があった。それらのひとつひとつに目をとめ、男は小さく息を吐いた。

電話が鳴った。まるで男の溜息《ためいき》が聞こえ、それに応《こた》えたかのようだった。

男は壁から目を離さず、受話器をつかみあげた。

「私だ」

「……そうか。よこしてくれ」

男は短く答え、受話器をおろした。それから壁の少女に歩みより、そっと頬《ほお》に手を触れた。

「再会だ。そして君にはさようならをいわなければならない」

ドアがノックされた。ためらうような、低く小さなノックだった。

男はドアを開いた。

女が立っていた。十一年前、腰まであった髪は肩までの長さで揃《そろ》えられ、ウェーブがかかっている。

女は目を瞠《みひら》き、男を見上げた。

「久しぶりだね」

男は淡々といった。

「まさか……。本当だったのね」

女は口に手を当てた。

「忘れたのかい？　私が一度として約束を破ったことなどなかったのを」

「覚えているわ。でも……十一年よ」

「そう。君は二十八、私は三十五だ。少女がすばらしい女性になり、画学生が実業家になったというわけだ」

「ここは……じゃあ、あなたの――」

「入りたまえ」

女は男に招じられ、部屋に入った。壁の絵に目をとめると、息を呑《の》んだ。

「どうやって、これを……」

「簡単なことだ。かつて私や君が住んでいたアパートをそっくり買いとり、私が描いた絵そのまま、壁をここへ移したんだ」

「いつ!?」

「三年前。私の事業が軌道にのりはじめて、すぐにね。大家《おおや》さんが絵の好きな人でよかった。他の大家なら、とっくに塗りかえられていたろう」

「それからずっと、ここに？」

「そうだ。君と会えるまでこのままにしておくつもりだった。約束を果たすまで、ね」

「十一年間、忘れなかったというの」

「ひとときも。君といっしょになる日を待っていた。そのために働いた」

「でも、でも、わたし変わったわ。十七の小娘じゃないわ。結婚もして。別れてしまったけれど……」

「知っている。もし君が、今も幸せに暮らしていたら、約束とはいえ、ここに招待はしなかった」

「あなただって変わった。でも、わたしとはちがい、いいほうにだけど。立派になって……」

女の目に涙が浮かんだ。

「そう、変わった。外見はね。金持になった。少しお腹が出てきた。白髪が、何本か、ある。だが心までは変わっていない。いつか君を、大都会の夜景が見える部屋に住まわせてあげると約束した、二十四のときと、少しも変わっていない」

「無理よ。あなたは成功した、だから理想を今でも持っていられる。でもわたしはちがう。十七のときとは、まるでちがうのよ」

「ちがっていて、当然さ、私が今、十七のときの君を愛していると思ったら、それはまちがいだ。私は、今の君を愛している」

「嘘《うそ》よ。そんなの嘘よ」

「嘘じゃない。私はずっと君を見てきた。そして、今が一番ふさわしいときだと思ったんだ」

「どうやって!? それをどうやって証明するの!?」

「こうやってさ」

男はこともなげにいうと、スーツケースを開いた。そこには白いペンキ缶と一本の刷毛《はけ》が入っていた。

男はペンキ缶のふたを開くと、刷毛をその中にひたした。それから、おもむろに壁の少女の絵の上に刷毛を走らせた。

「やめて！　何をするの」

叫んだのは女だった。

「それはあなたの宝物の筈よ。その絵に、何をするの⁉」

女は男の体にぶつかっていった。

「かまわない。私が愛しているのが、過去の君ではないことを証明したいのだ」

男はすがりつかれながらも、壁を白く塗り消す作業をやめなかった。

「お願い！　お願いだからやめて」

「私と暮らそう」

「無理よ」

「君を忘れたことはなかった」

「わたしだって忘れたことはない。だけど、どうしようもないこともあるわ」

「君を愛しているんだ」

「嘘よ」

「本当だ」

男の声が濡《ぬ》れていた。女は、はっと顔をあげた。男の頰を涙が伝わっていた。男は泣きながら壁を塗りつづけていた。

女の体から力が抜けた。その場にすわりこんだ。そのまま男を見守った。

壁がまっ白に変わると、男は一歩さがり、細かに確かめた。

それからふり返り、女を見おろした。

「信じてくれたかい」

女は黙って頷《うなず》いた。

「いっしょに暮らしてくれるね」

女は再び頷いた。

男がペンキでよごれた手をのばすと、女はその胸に飛びこんだ。

「お願い。もう離さないで」

女は泣きじゃくりながら、男の耳にいった。

「離さないとも、ずっとこれからは一緒だ。そして——」

男は女の顔を上向け、微笑《ほほえ》んだ。

「君の絵を、この部屋の壁いっぱいに描こう……」

ひとり

その店の名は、仮に「M」としておこう。つい最近、私が仕事場の近くで見つけた、小さな酒場だ。

「M」は、カウンター席が十ほどの小さな造りで、照明も暗く、無口なバーテンダーがひとりできりもりしている。ひとことでいえば、「陰気」という雰囲気がぴったりの店だ。

大急ぎで断っておくが、私は決して陰気な人間ではない。私を知る多くの人は、私を明るい性格だと思っている筈《はず》だ。私はよく喋《しゃべ》るし、冗談も好きで、笑うことも笑わせることも嫌いではない。だが、ときおり、ひどく疲れたような気分になって、「ひとり」になりたい、と思うことがある。

本当にひとりになりたければ、どこか山奥にでもでかけてテントを張るか、仕事場にこもって鍵をかけてしまえばよいのだが、私が望むひとりとは、そういったひとりではないのだ。

そばに誰か人がいて、ときおり会話すら交わし、それでも味わえるひとり、つまりは「借りもののひとり」なのだ。仕事や家族のことをすべて忘れることはできない。だが一瞬だけ、ぽとりと深い穴に落ちこむような気分になれれば、それで満足する。「M」は、私をそういう気分にさせてくれる店だった。来る客に知りあいもおらず、いつもすいていて、隣りあった者が妙に互いを意識することもない。「M」では、私はバーテンダー以外の人間とは言葉を交わしたことがない。

その晩、私が「M」に足を踏みいれたのは、十二時近い時間だった。先客はひとり、カウンターの右端からふたつめに、すっきりとしたベージュのスーツを着た女性がすわっている。

女性ひとりの客を見るのは初めてだった。だが、他の店ならば、話しかけ、あわよくば親しくなろうという下心をもつ私も、「M」でだけは、そういう気持がおきない。いや、そういう気持をもてるような元気があるときは、「M」の扉を押したりはしないのだ。

だから、その女性がいくつくらいで、どんな容貌《ようぼう》であるのか、という興味はいっさい抱かず、私は離れた椅子《いす》に腰をおろした。横を見ることもせず、バーテンダーに飲み物を頼む。

「M」の中は静かで、低くピアノ音楽が流れているだけだ。多くの場合、それはジャズだが、クラシックのこともあり、私にはさして重要なことではない。「M」のカウンターにすわったが最後、時間の流れも忘れ、ひとりだけのおだやかな穴にゆるゆるとはまりこんでいく。一見すれば、物思いにふけっているように思えるだろうが、実はほとんど何も考えず、夢のない眠りに似た茫然《ぼうぜん》とした状態なのだ。その間、私は酒をわずかに飲み、煙草《たばこ》を数本灰にする。それらの作業の間だけ、停止していた私の五官は活動し、そこが「M」であることを私に意識させる。

「あの」

女の声に、私が我にかえったのは、そんな状態になって、およそ三十分近くもたってからのことだった。

女の声は私に向けられたもののようだ。私は初めて、先客の姿を見つめた。

そのとき、彼女が、わりに有名な女優であることに気づいた。家庭的な人妻役――それも子供のいない――を演じることの多い女優だ。酒のコマーシャルなどにも出演している。華やかな美人、というわけではないが、整った顔立ちには、いやみにならないていどの知性が感じられる。

その店で、芸能人や文化人といった類《たぐい》の有名人を見るのは初めてだった。「M」のある盛り場にはそういった人々のくる店もあるが、私は、好んでそういうところにいきたいとは思わない。

「わたし、どんな風に見えます？」

彼女は訊《たず》ねた。

「どんな風って？」

私は訊《き》き返した。本当のところ、少しも彼女を見ていなかった。だが女優という仕事をしている彼女は、この狭い酒場の中で、彼女以外の唯一の客である私が、彼女を見つめていなかった筈はないと、思っているのかもしれない。

「ひとりぼっち、に見えます？」

「おひとりのようにお見受けしますが？」

私は彼女の肩の向こうを見やっていった。

「そういう意味ではないんです。ひとりで、ひとりを楽しんでいるように見えます？」

私は一瞬、沈黙した。

「楽しんでいるかどうかはわかりません。ですがおひとりでいることだけはわかります。誰かを待っているとか、暇つぶしならば、この店はあまり向いていないでしょう」

彼女はにっこりと笑った。

「そうなんです。ひとりでいる、ってことを強く思えるのがこの店なんです。でも、そんなとき、そういう自分が他の人にどう見えているか、とても知りたくなりません？」

「寂しそう、とか？」

「いいえ。たとえば、ひとりでお酒を飲みにいく、というのは、いく前やいったあと考えると、とても素敵な、自立した女らしい行為に思えるのですけど、実際にしているときは、むしろ退屈したり、人目が気になったりするものなんです。結局、ひとりでお酒を飲んでいる、という言葉の響きや、頭に思い浮かぶ映像に憧《あこが》れているだけなのかもしれないって」

「わかります。私にもそういうときがありました。特にこの店を見つけるまではね」

私はいった。とたんに彼女は笑みを大きくし、右手をさしだした。

「握手。わたしもそうなんです。この店でだけ、ひとりでいる自分が、傍目《はため》にはどう映っているか気にしないですむんです」

私は彼女の手を握った。すべすべした肌だが、意外にしっかりとしていた。

「では、どうして私にさっきのような質問をしたのです？」

彼女は恥ずかしそうに首をふった。

「お芝居のことを考えていたんです」

「あなたが女優だというのは存じあげています」

「ええ。お芝居をしていると、いろいろなシーンを経験します。特に最近は、女性がひとりでお酒を飲むというシーンもあったりします。そんなとき、本当にひとりを楽しんで飲んでいる表情って、どんなかなって思ってしまうんです」

私は、私が彼女を知っている、と告げたとき、彼女がおおげさに喜んだりしなかったことに好感をもった。

「台本に『ひとりを楽しむように飲んでいる』なんて書いてあると、考えてしまうんです。まさかニタニタひとりで笑っている筈はないし、本当ならば、女の人がひとりでお酒を飲んでいれば、きっとどこかに緊張があると思うんです」

「多分、その通りでしょう。男ひとりでも、心からひとりを楽しんでお酒を飲む、というのは難しいことだといわざるをえませんね」

「でも、ここではできる。そうでしょ？」

私は頷《うなず》いた。

「そうですね、ひとりが嫌になったら、ここはすぐに脱出できる。バーテンの彼に話しかけてもいいし、近くにはにぎやかな店がたくさんある。ひとりでいることを意識せずひとりになれるここが、私は好きですね」

バーテンダーはこのやりとりがまるで聞こえなかったかのように、正面の壁を見つめ、グラスを磨いている。そうした無関心さが装ったものに感じられないのは、五十を過ぎた彼の年齢のせいもあるのだろう。

「よかった。実はわたし、さっきあなたが入ってらしたときからずっとあなたを観察していたんです。そうしたら、本当にあなたが、ここに目的を求めて、つまり、ひとりになることを望んで、いらしたということがわかりました。わたしには目もくれず、ぼんやりとしているようで、そうでもないし、そう、一番近い表現は、のんびりという言葉かしら」

「それは気づかなかった」

「失礼なことをしてすみません。ただ、あなたのそんな様子こそ、ひとりを楽しんでいるんだって、思いあたったんです。でもあなたは男性ですし、わたしの演技の参考にはならないかもしれない。だからわたしがそんな状態のとき、どんな表情をしているかを、ぜひ知りたくて――」

私は溜息《ためいき》をついた。

「俳優というのはたいへんな職業ですね。以前、やはり俳優さんのお宅にうかがったら、いたるところに鏡がおかれていて、それがすべて表情の研究のため、ということでしたが……」

「ええ。たいした役者ではありませんけど、わたしもそれに近いことをします」

「わかりました。ただ申しわけないことに、あなたがお気づきになった通り、今夜、私はあなたをまるで見ていなかった。ですから、あなたの参考になるような意見はまるで申しあげられない。もしできるなら、この次、ここでお会いしたときでしょう」

「そうですね。きっと」

そのときだけ、彼女は残念そうな表情になった。私たちは、それからしばらくお喋《しゃべ》りをした。私にとって、「ひとりの時間」は失われていたが、もはやそれを残念だとは思わなかった。

やがて彼女は立ちあがり、そろそろお暇《いとま》します、といった。私は頷いて別れを告げ、彼女の微笑《ほほえ》みを見送った。再び「ひとり」の時間が訪れた。

だが今度の「ひとり」は決して心安らぐ「ひとり」ではなかった。私は寂しさを感じていた。彼女を知り、その彼女がいなくなったことが、「ひとり」を楽しくない状態に追いやったのだ。

私はその夜、慣れ親しんだ楽しみを失い、新たな楽しみを得たのだった。

空気のように

やみかけていた雪がいつのまにかまたつよくなっていた。こんな晩は客も少ない。タクシーの早じまいを恐れ、地下鉄の終電に間に合うようにと、クレジットカードをさしだす。

第三金曜日はカードの客が多い。

ペルノーの壜《びん》をとりだすためにかがみこんだ洋一《よういち》の頭上で空気が動いた。立ちあがるとストゥールにKが腰かけていた。たった今来たところなのに、開店以来そこに根を生やしていたかのように見える。

いつものことだ。

Kは黒のコートを隣のストゥールにのせたところだった。襟《えり》ぐりの深いニットのワンピースにマフラーを巻きつけている。ワンピースもマフラーもすべて黒だった。小さなバッグからハイライトをとりだし、空の灰皿に入れてある店のマッチで火をつける。

最初の煙を吐きだしたところで洋一と目があった。

「タイミングがよかったようね」

Kの目は、洋一の手にあるペルノーに注がれた。

洋一は頷《うなず》いた。金曜日のラスト一時間だけ、洋一は自分の好きなカクテルを飲む。他の日はビール以外口にしない。

洋一が自分で飲むカクテルはたいてい決まっている。シャンパンとペルノーを割る。

「DEATH IN THE AFTERNOON」名前が気に入って飲んでいるわけではない。作りものめいたその味が好きなのだ。

Kは飲まない。芳香剤のようなペルノーの香りを嫌っている。及川《おいかわ》もそうだった。

「きょうは？」

「モエ・エ・シャンドン」

Kの問いに答え、冷やしてあったシャンパンボトルをとりだした。気どった客が頼めば一万は払ってもらう。ウイスキーのボトルをキープするわけではない。シャンパンは一度封を切ればそれきりだ。飲み残しは、ドレッシングの足しにもならない。

「いつもの？」

洋一の問いにKは頷《うなず》いた。煙ったような目は、洋一の向こう側にある酒棚を見つめている。ワイルドターキーの十二年物とオールドグランダットにはさまれて、アイグナーのキイホルダーがほこりをかぶっている。

「ジャグ」が開店して三年。二年間、そこにおかれたままだ。三年分のほこりは、赤い革をうっすらおおっている。

Kはカウンターにすわり、酒を飲むときと洋一と言葉をかわすとき以外、いつもそのキイホルダーを見つめている。洋一も知っている。

洋一はクーラーからギネスの壜をとりだした。シャンパンの栓《せん》をそっと抜く。かすかな破裂音が、思ったより大きく響いた。四つあるボックスは一ヵ所しか埋まっていない。グランドピアノ席にはとうとう、今夜は客が腰をおろさなかった。

ボックスの客は二対二のカップルで、スコッチをなめながら思いだしたようにしかお喋《しゃべ》りをしない。

ウィリー・ネルソンも寂しがるほどの静けさだった。

洋一はシャンパンとイギリス産の濃いビールを半分ずつグラスに流しこんだ。黒に染まったカクテルができあがる。「BLACK VELVET」、口当たりはやわらかく、それでいて強烈に酔わす。Kでなければ、女には勧めない。

「ジャグ」は六本木を少しはずれたビルの地下にある。腰をとられた酔っぱらいには、帰りの階段は少しきつい筈《はず》だ。

店の場所を地下にしようといったのは及川だった。

——酒場は地下がいい。一階じゃ人の出入りが気になる。二階は、酔って階段を降りる客が怖い。その点地下なら、少々飲みすぎても、帰りは上りだ。転げおちて怪我《けが》する客も少ない筈だ。

——天井を高くして、地上が見える位置に天窓をつける。外が雨なのか晴れなのか、寒いのか、暑いのか、カウンターの中にいてもひと目でわかるようにな。

店をやろうと決めてから、条件のあう物件が見つかるまで、どれだけ及川とふたりで歩き回ったろうか。六本木だけで五百キロは歩き回ったにちがいない。

露を結んだグラスをKがそっけなくもちあげた。洋一もそれにあわせる。

天窓を見あげ、洋一はいった。

「外は寒そうだな」

Kは無言で頷いた。洋一はブラックオリーブを小皿にのせKの前においた。ヨウジは使わず、Kはきれいな指先でつまみあげ、口に運んだ。マニキュアはしていない。爪が輝いているのは磨いているからだ。

洋一はふた口めの酒を味わった。むしろこんな日の方が酔いは早い。

忙しい晩は幾度も口をつけては働くうちに、いつのまにかグラスの中味を干している。

静かな夜は、カウンターの中に立っていても、アルコールが血にとけこむ速度が感じられるような気がするものだ。

だから及川は、客のいないときは、あまり酒を飲まなかった。

——だってそうだろう。気がついたら店中のボトルを全部転がして、カウンターの上に寝そべっているかもしれんじゃないか

白い歯を見せていっていた。口ヒゲと目じりの笑い皺《じわ》が、笑うと人相を一変して優しくみせた。黙っているときの及川は、地球上の悩みをすべて背負った哲学者のようだった。

無口だが温かかった。柔らかいが、厳しかった。

生まれたときからバタフライをしめていたのじゃないかと思うくらい、タキシードが似合った。

「彼女、どう?」

Kがいった。

「じき暖かくなる。そうなると少し……心配だな」

洋一は天窓を見あげたまま答えた。

Kはかすかに頷いた。ソバージュにした髪をかきあげ、グラスの中味をすする。

「そういえば……また来た。店を売れって」

洋一はいった。

「売るの」

「売らない」

「しつこいね」

「この二年で八度目、かな」

「どうせ同じ人間よ、裏にいるのは」

「多分……」

街灯に、こまかな白いきらめきが浮かんでいた。傾斜した天窓に吹きつけ、一瞬輝いては、ガラスごしの暖気にとけていく。

「……帰したの？」

「横森《よこもり》なら、そう、帰した。あいつは神奈川県だから」

ふだん洋一はカウンターの中にずっといることはない。バーテンダーは、二十五になる横森がつとめている。洋一はたいていカウンターの隅に腰かけている。

「春になったら、あいつに部屋を捜してやろうと思う。往復二時間はこたえるからな」

「そうね、それがいい」

Kは低い声でいってオリーブをつまみあげた。その喋り方が、気どっているのでも、人生に倦《う》んでいるのでもないとわかるまで、洋一には時間がかかった。

最初に会ったのは、洋一がマネージャーをつとめていた青山《あおやま》のディスコだ。及川が洋一と話しこんでいる間、ひっそり他の席で黒ビールを飲んでいた。

ひとりで来ていると思ったのか、男の客が何人も目をつけては声をかけた。Kはそのうちの幾人かに首をふり、幾人かとは踊った。連れてきた及川の目をまったく気にする様子はなかった。だが隣にすわろうとする男には、断固としてそれを許さなかった。

ラストのチークになるまで、とうとう及川はKを一顧だにしなかった。スローバラードが流れ、イルミネーションが落ちると、Kは立ちあがってふたりのそばまでやってきた。

話に夢中になっていた及川が、洋一の視線に気づいた。Kは及川の背後に無言で立っていた。

「約束」

Kがひとことだけいった。

「わかった」

及川は頷くと、Kを洋一に紹介した。

「こいつは俺の女だ。ケイ。アルファベットのK」

洋一は名乗った。Kは冷たく光る目で洋一を見すえた。口もとが少しだけゆるんだ。

「知ってるわ。〝死体〟でしょ」

洋一はわずかに驚いたのを覚えている。面と向かってその渾名《あだな》を口にした女はKが初めてだった。

「踊ってくる」

及川はそういい残し、Kの手をひいてダンスフロアに出ていった。約束というのが、ラストのチークを踊ることであったのを、洋一は気づいた。

一曲だけのために、Kは長い時間、放置され、待っていたのだ。それでいて、Kには及川に媚《こ》びている様子はなかった。主人の帰りを待つ飼犬のようには決して見えない。

毅然《きぜん》としてどこかとっつきにくい女だった。

俺の女だ——及川がそう紹介したのも初めてだ。光る大きな目と、女にしてはがっしりした顎《あご》がKの顔を印象強いものにしていた。

一曲だけ踊ると、Kはまた元の席に帰った。ラストチークは四曲はつづく。残りの三曲は必要ない、といわんばかりだった。

戻ってきた及川に洋一は訊《たず》ねた。

「渾名はあんたが教えたのか」

及川は洋一より二歳上だった。それで洋一は及川を、あんた、と呼び、及川は洋一を、おまえ、と呼んだ。

「いや」

及川は面白そうに首をふった。

「あいつは顔が広い。勝手に聞いたのだろう」

〝死体〟と呼ばれるようになったのは、洋一が、組の盃《さかずき》を貰《もら》っているという噂《うわさ》があった新米のボーイを叩《たた》きのめしてからだった。

無断欠勤や遅刻が多すぎることを、店長が洋一に注意させようとしたのだ。店長は、新米が組の構成員だという噂を知り、怖がっていた。他のボーイも同様だった。

「明日少し話したいことがある。三十分早く来てくれ」

女客を捕まえ、無断早退しようとしたそのボーイに、洋一はいった。ボーイは鼻先で笑った。

「起きれたら来ますよ」

翌日、ボーイがやってきたのは、開店の五分前だった。

「話ってなんすか」

ボーイはバタフライをだらしなくゆるめ、ポケットに手を入れたまま洋一に近づいてきた。洋一は静かにいった。

「俺は三十分前に来いといった。今日は話ができんな。明日、もう一度三十分前に来てくれ」

洋一はボーイを見つめ、くるりと背を向けた。テーブルのセットを終えかけていた他のボーイが、はっと息を呑んだ。

「待てよ、この野郎。ずいぶんでかい口きくじゃねえか」

ボーイが追いすがり、洋一の肩をつかんだ。振りはらった洋一の顔めがけ、ボーイが拳をつきだした。間髪の差で身を沈め、それをかわした洋一は、ボーイの足を払った。

立ちあがったボーイは憤怒に顔を赤く染めていた。

「てめえ……ぶっ殺してやらあ」

カウンターからアイスピックをとり、逆手につかんで洋一に襲いかかった。

洋一の右手が、アイスピックをつかんだボーイの手首をとらえた。内懐《うちぶところ》にとびこむようにボーイの目前でうしろ向きになる。ボーイの手首をひねりざま、曲げた左肘《ひじ》を鳩尾《みぞおち》に叩きこんだ。

ボーイはアイスピックを放し、ひざまずいた。洋一は向きなおり、ボーイの顎を蹴《け》りあげた。

そのとき、最初の客がクロークに到着した。洋一は失神したボーイをかつぎあげると、バーカウンターの向こう側へ、ふり落とした。カウンターの中にある木の簀子《すのこ》の上にボーイはうつぶせに落ちた。

そのあと、アイスピックを拾いあげた洋一は、何事もなかったかのようにカウンターのハネ戸をくぐり、中に入った。

カウンターの内側は、のびたボーイの背中に占領されていた。洋一はアイスピックを下に向けて落とした。針先がボーイの右手を貫いて、簀子につきたった。

それから洋一は、ボーイの背中の上に立った。

「バーは、今日は俺がやる」

不安げに見守るボーイたちに、洋一はそう告げた。そうして、その夜、ひと晩中、洋一はボーイの背中の上で、バーカウンターの仕事をこなした。客席からさげられてきたグラスやアイスバケットの中味をぶちまけるたびに飛沫《しぶき》がうつぶせにおさえつけられたボーイの顔や体にかかる。中には、客の吐瀉物《としゃぶつ》すら混じっていた。

足の下のボーイが逃れようとするたびに、洋一はアイスピックの握りを足で蹴った。激痛にボーイは動きを止める他なかった。

ボーイの叫びや呻《うめ》きは、ディスコサウンドにかき消され、まったく外には届かなかった。もちろん、カウンターの中をのぞこうとする客などいない。

閉店までの八時間のあいだ、洋一は一度もボーイの背中をおりなかった。

明け方近く、再び失神しかけていたボーイを洋一はひきずり起こした。

店中で一番落ちついていたのが洋一だった。

「話をきく気になったか？」

怯《おび》えきってボーイは頷いた。

「真面目につとめろ、な。辞めようなんて気は起こすんじゃないぞ」

ボーイは頷くだけだった。

最後まで顔色ひとつ変えなかった洋一が、〝死体〟と呼ばれるようになったのはそれからだ。面と向かって口にはしないが、誰もが、知らなかった洋一の強さに怯えた。

——まるで血が流れてねえみたいにクールなんだよ、クールでよ、おっかねえだから〝死体〟というわけだ。

「俺が〝死体〟なら、あの女は何だい」

洋一はわざと怒ったようにいった。及川は答えなかった。笑っただけだ。

それから半年後、洋一はそのディスコを辞めた。もう半年後、「ジャグ」が開店した。

初めの一年間、洋一がカウンターの中に立ち、及川はカウンターの隅の席にすわっていた。

今はちがう。

「横森君、どう？」

Kが訊ねた。

「あまり喋らない。よく働くがね」

洋一は答えた。そのいい方がおかしかったようにKが微笑《わら》った。

「喋らないと困るの」

「いや。だが話し相手を欲しがる客もいる」

カウンターの中に立っていると、外側にすわっている客の気持が手にとるようにわかるときがある。

酒飲みはわがままだ。聞いてもらうことを望み、聞くことは望まない。かといって、自分の話に何の反応も得られなければ、楽しめないのだ。

――黙って飲むのを楽しめる酒飲みなんてそうはいやしない
及川はいった。

――部屋でひとりで飲むのと、黙っていても人と飲むのはちがう。自分の部屋で飲むのと同じくらいくつろげて、自分の部屋で飲むのの何倍も気持よく酒がすすむ店を作りたいんだ。だからお喋りなバーテンはいらない。だけど相手が何かを聞いてもらいたいと思ったときには、口をきける奴じゃなきゃ困る

——どうやって見分けるんですか？　相手が話しかけて欲しがっているのを

洋一は訊《き》いたものだ。

——わかるさ。ひとりで飲む客はひと一倍、自意識を強くしている。ひと恋しさを気づかれるのが嫌なんだ。やたら話しかけられると、寂しがっていると見られたと思い、面白くない。次にバーテンの話が長びけば、酒が重くなる。こんなことなら、部屋でひとりで飲めばよかった、と思う

十八のときから水商売をやってきた洋一より、はるかに及川はわかっていた。一度として、そんな仕事をしたことがなかったのに。

「どうしてそんなに酒飲みのことがわかるんだって、訊いたことがあるよ」

洋一は突然いった。Kには、それが誰のことであるか、説明する必要はない。

Kは頷いた。洋一はつづけた。

「『俺は十五のときから酒場で飲んでいた。五十年酒飲みをやっていても、店のことを何も考えない奴もいる。酒場にある楽しみは、自分が酔うことですべてだって思っているような奴だ。そんな奴は——』」

Kがあとをひきとった。

「『はい、さようでございますね』って喋る酒の自動販売機を相手に飲んでいればいい」

洋一は微笑んだ。Kの目に笑いがあった。

「あの人は全神経で、酒場を楽しんでたわ。酒だけじゃなくて、何をするときもそうだった。人と会うことも、仕事をすることも、他人から見れば嫌なことだって、こまかにアンテナをはり、自分や相手の気持の動きのちょっとした変化を感じとっては楽しんでいた。人の倍、人生が濃かった」

「それだな」

洋一は空になったKのグラスをさげ、冷やしておいた別のグラスに二杯目のブラック・ヴェルヴェットを注ぎながら頷いた。

「人の倍、濃く生きてた、それがぴったりだ」

「今でも及川が好きなのね」

「あんただってそうだろう、K」

「あの人は冷たいの。でもすごく温《あ》ったかいの」

「わかる。あんな男になりたいと、俺も思った」

Kは無言で白い歯を見せた。つまんだブラックオリーブをそこにはさみ、嚙《か》み砕く。

電話が鳴った。低く、転がすようなベルの音だった。

「はい。『ジャグ』です」

洋一は受話器をとりあげた。

「佐伯《さえき》洋一っていうのがいるね」

嗄《しわ》れかけた低い声の男がいった。

「私です」

「怜子《れいこ》って女を知ってるな」

一瞬、間をおいて声はいった。洋一はわずかに息を吸いこんだ。

「私の同居人ですが……」

「同居人？　なるほど、そういえば、責任が少しは軽くなるかね」

「怜子がなにか御迷惑をおかけしましたか」

「かけたね。どう責任をとってもらおうか、今相談しているところなんだがね」

「どんな御迷惑をおかけしました？」

「わかってるんだろ、とぼけるんじゃないぜ。うちの商品、盗もうとしたんだよ。おまけにそのときのどさくさで、品物が傷ついちまった」

「申しわけありませんでした。商品に関しては、弁済させていただきます」

「うちは毛皮屋でね。一着五百万はするミンクやシルバーフォックスの上物《じようもの》を扱っているんだ。お宅の同居人さんのおかげで十着がとこ駄目になっちまった。五千万ちかい損害だよ。大丈夫かね」

「今、怜子はそちらに？」

「いらしてるよ。あやまってくれてはいるが、あやまられただけじゃねえ……」

「ちょっと話をさせていただけますか」

「電話じゃ困るね。あんたが責任をとるっていうのなら、こちらまで出てきてもらいたいな」

「……どちらですか」

「渋谷《しぶや》だよ。店の方はもう閉めちまったから事務所の方へ来てくれないか。渋谷の道《どう》玄坂《げんざか》にあるアイワビルの『松川《まつかわ》興業』って事務所だがね」

「道玄坂、アイワビル、松川興業ですね」

「そうだ。そちらさんは夜の仕事だそうだね。店を途中であけるわけにはいかんだろう。終わってからで結構だ。こっちは一晩中でも待ってる。おたくの同居人さんは美人だ、別に退屈することもないだろう。一応、電話番号をいっておくよ」

男が口にした番号を洋一は注文伝票に書きとめた。

「必ず、来てくれるんだろうね」

男の声は念を押すように低くなった。

「必ずうかがいます。話も私が責任をもって――」

「よかった。じゃあ、同居人さんには、なるべく気持よく待っていただくよう、伝えておくからね」

電話は切れた。

Kがじっと洋一を見つめた。

「怜子だ。また病気が出たらしい」

洋一はいった。

「相手が悪そうね」

「毛皮屋といった。筋者のような喋り方でね」

Kは小さく頷いた。

「行くの？　来るの？」

「行く。もう少しで閉店だ。店を閉めたらな」

Kはもう一度頷いた。どうでもいい、と思っているかのような頷き方だった。

「怜子ちゃんとどれくらいだっけ」

「三年半、かな」

「長いね」

洋一は頷いた。

――いいじゃないか。何かあった方がいい。おまえにはそれでつりあう
及川はそういった。

怜子が、生理の前や、季節の変化時に、どうかすると盗癖《とうへき》を起こすことを告げたときだ。

元はモデルで、一時はテレビ番組のアシスタントをしていたこともある。しかし病気を知られその世界にいられなくなったのだ。

――美人だ、気だてだって悪くない。ただそういうところがあれば、普通の男じゃつきあっていけん。おまえのような奴でなきゃ。おまえは何でもできる。弱みがない。ひとつくらい弱点を持ってみろ

結婚をしないでいるのは、怜子が承諾《しょうだく》しないからだ。怜子のそういう病気を恐れているのは、他ならぬ怜子自身だった。ある瞬間、何もわからなくなり、気がつくと、万引きや掏摸《すり》まがいの発作を起こしている。だから生理がちかづいたりすると、つとめて外出しないように部屋に閉じこもってしまう。

洋一は何もいったことはない。以前トラブルが起きたときは、洋一が処理してきた。その詳細を怜子にあとで語ってきかせることもない。

洋一は自分のカクテルの残りを干すと、Kを見つめた。

「いわれたよ。『おまえは人より強い。だから人より弱い女とつきあえ。おまえが一・五人前で、女は〇・五人前、ふたりあわせて二人前がいい。おまえが一人前の女とつきあったら、二・五人前になる。それじゃ不公平だ』って」

Kには隠さない。Kは普通の人間なら口にしないようなきつい言葉でも、いきなり投げつけてくる。その場に人がいればいわないが、もしいれば、思わず息を呑むようなことがらでもだ。だが信じられる人間だ。

「それは初めてね。でもあの人らしい」

Kは呟いた。

「お代わりは？」

洋一はKに訊いた。

「いらない。行くところがあるから」

「仕事？」

「ちがう」

Kは煙草《たばこ》をひきよせた。Kが何の仕事をしているか、洋一は、はっきりとは知らない。以前、及川からデザイナーだと聞かされたことはあった。ただしそれが、洋服のなのか、車のなのか、家のなのか、知らない。

訊いたこともない。

出身がどこなのかすら、洋一は知らない。Kも口にしない。それよりも何よりも、Kは以外の名を知らない。

Kは煙草を吸いながらキイホルダーを見つめていた。

洋一はアイスウォーターのグラスをふたつ作った。ひとつをKの前に、ひとつは自分が飲む。

及川はあっけなく死んだ。月曜日の晩、店を閉めるときに別れ、火曜の昼、準備のために出勤していた洋一のもとにKから電話が入った。

Kの声は落ちついていた。

――Kよ。今、あの人のマンション。あの人、死んだわ

及川はベッドの中で静かに死んでいた。命を奪ったのは、心臓発作だった。生まれつき心臓が弱かったことを、及川は誰にも告げていなかった。

薬を飲んでいる姿は一、二度見たことがある。訊ねると、

「肝臓だ」

素っけなく返されただけだ。

駆けつけた洋一に、ベッドのかたわらにおいた椅子《いす》にすわるKはいった。

「ごめん。あの人の家族に知らせるの、一時間だけ待って。わたし、まだこの人と別れてないの」

言葉の意味がわかった洋一は無言で部屋を出ていった。一時間後、及川の母親に知らせて戻ってくると、Kはいなかった。

及川はある有名な政商の妾腹《しょうふく》にできた子供だった。父親は今でも健在で、滅多に新

聞や雑誌などには名がのらない。

――有名だが、誰も記事にはしない。つまりそれだけ、力が強いってことらしいな

一度だけ及川がいったことがある。

父親が経営する企業にはつとめなかった。まっとうではなかったが、まっとうでは

ないことを知っているくらいは、まっとうだった。「ジャグ」は、その及川が初め

て、まっとうなことをした遺産だと、そのとき洋一は知った。父親はそういう及川を

許していなかった。

及川が遺したのは「ジャグ」と新しいフェラーリ・テスタロッサだった。

「ジャグ」は洋一に、フェラーリはKに贈られた。そう記した遺言書を、及川は弁護

士に預けていた。さもなければ、すべてを及川の父親はとりあげようとしたろう。

Kはフェラーリを売り払い、半分を施設に、半分を洋一に渡した。

「K資産」

Kはいった。Kと、及川を知る客の飲み代だと。

K資産はそのまま、定期預金口座にうつった。Kが受けとる日まで、「ジャグ」の

金庫に通帳が入っている。

キイホルダーだけは残してあった。キイもついている。ディーラーに渡したのはス

ペアキイだ。

「ジャグ」を開くまでの及川の人生を、洋一はほとんど知らない。Kも知りあうまでの及川の過去を知らない。

ふたりが話す及川の姿は、たいてい既にふたりとも知っているものだった。それでもたまにどちらかが知らなかったことが出てくると、黙って乾杯した。他人がいれば及川の話は一切出ない。

洋一は煙草をくわえ、天窓を見上げた。雪はまだ降っている。

奥の席の四人組が腰をあげた。ひとりがクレジットカードをさしだす。

ぞろぞろと四人が出ていった。洋一がテーブルのあとかたづけをする間、Kは無言でカウンターにすわっていた。

かたづけを終えた洋一がカウンターの中に戻ってきても、酒棚のキイホルダーを見つめ、無言で煙草を吸っている。帰る気配はなかった。

洋一は何もいわず、洗ったグラスを磨いた。横森の仕事だったが、することが必要だったのだ。

グラスを磨き終え、また煙草を吸った。

やがてウィリー・ネルソンのテープが終わった。閉店の二時を五分過ぎていた。

洋一はテープをかけかえなかった。

Kが目を上げた。

「及川が生きてたら……一緒に行った？」

「関係ないさ。俺と俺の女のトラブルだ」

洋一は静かに答えた。

「ひとりでかたづかなかったら――ふたりでか――どうする？」

「わからない。あの人がいたら、これ以上はない、と思うくらい心強かったことは確かだ」

「そうね」

Kは外していたマフラーを巻きつけた。

「ごちそうさま。行くのでしょ」

洋一は頷いた。ストゥールを降りたKがコートを着けるのを見つめていた。

Kが出ていくと、洋一は階段の上においた看板の灯《あか》りを消した。

シャッターをおろし、店内の照明も消す。

松川興業という名の毛皮屋が、深夜まで連絡をしてこなかったのは、怜子が洋一の名をなかなか口にしなかったからだろう。

口にしなかったのは、つまりはそういう相手だったからだ。

クーラーについた小さな蛍光灯に、アイスピックの針が光っていた。ダッフルコートに袖《そで》を通し、洋一はそれを見つめた。

だが手にはとらなかった。ポケットに両手をさしこみ、店の裏口に歩いていった。

タクシーを降りた洋一は夜空を見上げた。

白い息が濃い。まっ白な息を見ると、初めて煙草を吸ったときのことを思いだす。十五か六、十年以上も前のことだ。口先だけでしか吹かせず、仲間に笑われた。冬の寒い朝、家の裏でこっそり吸いこむ練習をした。白い息と混じった煙は、大人の吸い方を味わわせてくれた。

〝金魚〟――そうからかわれたものだ。口先でしか吹かせず、肺の中まで煙を吸いこめない奴のことだ。

今はちがう。それどころか口先で吹かしたとしても笑う人間すらいないだろう。

雪が瞼《まぶた》にあたってとけた。

アイワビルはすぐにわかった。灯を落としたキャバレーの看板が一階にあり、二階は麻雀荘になっている。三階は看板がなく、四階が「松川興業」だった。

シャッターをおろしたキャバレーの入口のわきに、小さなエレベーターホールがあった。

箱に乗りこむと、閉まるまでの一瞬、あたりに目を走らせた。灯りが見えるのは三軒向こうのラーメン屋だけだった。人声も聞こえない。叫びや悲鳴に駆けつける人間はいそうにない。

四階で降りた。

曇りガラスに金文字で「松川興業」と入ったドアがあった。ごていねいに代紋《だいもん》まで打ってある。

ノックした。

「はい」

電話で聞いた声が返事をした。

洋一はノブをひねった。鍵《かぎ》はかかっていない。

八畳ほどの部屋にデスクがふたつと応接セットがあった。窓ぎわの壁に神棚がまつられている。デスクにふたり、ソファにふたり、そして怜子がいた。怜子はソファのひとつにふたりのやくざと向かいあわせにかけていた。ジーンズに革のブルゾンを着ている。

部屋の中はガスストーブで暑いほど暖まっていたが、怜子は感じていないようだ。ブルゾンの両ポケットに手を入れ、足もとをじっと見つめている。

デスクにいるのは、スリーピースを着た長髪の男と、茶のブレザーのがっしりとした坊主頭の男だった。長髪が三十四、五、坊主頭は金ぶちの眼鏡《めがね》をかけ、四十ちかい。

ソファのふたりはナイロンのブルゾンに明るい色のスラックスで、双子のように雰囲気が似ていた。高々と組んだ足の、スラックスの裾《すそ》から、ジッパーをだらしなくおろしたブーツがのぞいている。どちらも若く、典型的なちんぴらだった。

「佐伯さん？」

金ぶちの坊主頭が目を上げた。洋一は頷いた。ちんぴらが煙草の煙を大きくふき上げ、無関心そうに佐伯を見つめた。テーブルにラークと、大きな金のライターが載っている。

怜子が顔を上げた。こわばった顔からは何も読みとれない。髪をポニーテイルにしていた。ジーンズのときはいつもポニーテイルだ。

「まあ、かけなさいよ」

金ぶちは嗄れ声でいって、怜子の隣を指した。

「先にこいつを帰してやりたいんですが」

洋一はいった。

「なにを!?」

ちんぴらのひとりが上目づかいに洋一をにらんだ。

「帰しちゃったら状況がわからんでしょう」

金ぶちが猫なで声でいった。

「わかっています。こいつは病気なんです。以前にもありましたから」

洋一はいった。怜子がぐっと、奥歯をかみしめた。

「この野郎」

ちんぴらが立ちあがった。片方はあいかわらず煙をふき上げている。長髪の男は一度も顔をあげず机上の書類に目を向けていた。

「全面的におたくが非を認めるのかね」

「ええ」

洋一が答えると、金ぶちは小さく頷いた。

「ああそう。じゃいいや。あとでガタガタ泣かれても困るからね。ま、一応、念書とってあるし……」

金ぶちは立ちあがり、デスクを回りこんだ。怜子のかたわらにかがむと、肩を叩く。

「あとの話、旦那さんとするから、帰んなさい。表に出ると、おたくも色々困るだろうし、ね」

怜子が鋭い目で、金ぶちと洋一を見比べた。恐怖とは別の激しい感情がそこにあった。

「帰れ」

洋一は短くいった。

「いるわ」

「帰れ。てこずらすな」

殴られたように怜子が首をすくめた。のろのろと立ち上がる。

長髪をのぞいた全員がそれを見守った。ドアにちかづき、怜子が足を止めた。

「洋《よう》、あたしやってない……」

「帰んなさい。ね……」

金ぶちが言葉をさえぎった。

怜子が金ぶちをにらみつけた。くやしそうな顔だった。

きれいな顔をしてる——洋一はそれを見つめ、思った。

怜子の目が洋一の視線をとらえた。泣きだしそうな表情になっていた。

「大丈夫だ。俺が責任を持つ」

「あたし……でも……」

「いいんだ」

洋一は少しだけ微笑んだ。

「帰って暖かくしてろ」

怜子は小さく頷いた。目が潤んでいた。

怜子が出ていった。

洋一はしばらく閉まったドアを見つめていた。それからソファに腰をおろした。

金ぶちが洋一の隣にかけた。

「強情な女《ひと》だね、あの人は。なかなかあんたの名前をいわなくてね。迷惑かけたくなかったんだろうね」

「駄目になったという品物を見せてもらえますか?」

頷いて洋一はいった。

「なんだおまえ、その態度は?」

煙草を吸っていたちんぴらが初めて口をきいた。

「おめえの女房が、こっちに迷惑をかけたんだろうが。まずひと言、すみませんがあるべきだろう!」

「まあいいよ」

金ぶちがいなした。洋一は金ぶちを見つめた。

「なんだ、この野郎、その目つきは」

立ったりすわったりしたちんぴらが洋一のコートをつかんだ。金ぶちはそれを制さなかった。

「品物はね、奥の部屋にちゃんと持ってきてある。うちは、誠意を持ってことにあたるつもりだよ。なにもあんたを騙《だま》そうなんて思っちゃいない。もし心配なら出るところへ出たっていい。そんときは、民事の賠償だけじゃすまない。つらいのはおたくの方だろうと思ってね……」

洋一はされるままになっていた。

「誠意には誠意をもって応《こた》える。これが大人のやり方ってもんでしょう。旦那さん」

金ぶちは洋一の顔を下から睨《ね》めあげた。

「奥さんを帰したのも、あんたを呼んだのも、若い女性を男が数人がかりで脅しつけた、なんていわれたくないからだよ。フェアにやろうってことでね」

バタンと音がした。

長髪の男が、読んでいた書類を伏せたのだ。洋一には目もくれず、いう。

「じゃあこれで帰るわ。二丁目のビルの件は、そっちでやって」

ちんぴらがさっと立ちあがった。

「お疲れさまでした」

上体をふたつに折って頭をさげる。長髪は軽く頷いた。

「金の方は現金でな。銀行通すと、税務署がうるさいからよ」

「はいっ」

ちんぴらが威勢よく頷く。長髪がコートをとると、ふたりがかりで着せにかかった。

長髪は洋一に顎をしゃくり、ちんぴらにいった。

「それから、鍵、かけとけよ。麻雀屋、まだ客がいるからな」

「はいっ」

「ほんじゃ、専務、帰るわ」

金ぶちがふりあおいだ。

「おう、御苦労さん」

「例のビルの持ち主、きっちりしとこ、な」

「おお、明日にでもこいつらやるよ。四の五の、いわさんように」

「頼む」

「お疲れさまでした！」

「お疲れさまでした！」

ドアに向かう長髪に、ちんぴらが声を合わせてくり返した。

長髪が出ていくと、金ぶちはすわり直した。

「さてと。あんたとしても、状況は一応聞いときたいだろう」

洋一は初めて目をあげた。

「うちの店はこの先、すぐそこだよ。昼間来りゃすぐわかる。夜九時までやってるんだ。あれ、何時頃だったかな……、八時頃だな、おたくの奥さんがふらっと来てね」

洋一は無言で金ぶちを見つめた。

「おや、ちょっと垢《あか》ぬけた娘《こ》だなって思ってさ、見てたのよ」

ちんぴらふたりは腰をおろし、煙草に火をつけた。

「他にお客さんがいたんだけど、俺は、あんまり客の相手しないんでね。店の方は女の店員がふたりいて、そっちは、その別の客応対してたんだ。まあ毛皮屋ってのは、肉や魚みたいに、いらっしゃいませ、はいどうぞってぐあいに売れる商売じゃないからさ」

金ぶちは懐《ふところ》からシガレットホルダーをとりだすと煙草をさしこんだ。ちんぴらのひとりがライターをさっとさしだす。

「冷やかしでも人が入ってくれるだけましよ。そしたらふらあっと吊《つ》るしてあるシルバーフォックスのコートを上に着こんでね、出ていこうとするじゃない……」

金ぶちは大げさに首をすくめた。

「慌てて追っかけてさ、もしもしっていったんだよ。もしもしってな。そしたら、おたくの奥さんいきなり何したと思う？」

「人ごとみてえに聞いてんじゃねえぞ、この野郎」

ちんぴらが凄《すご》んだ。

「うちの並べてあったハンガー台、いきなりバターン！　てひっくり返したんだよ。別のあっという間さ。そいでもって表へ、たたって駆けだした。こっちは驚いたよ。手荒な真似はできねえ。お客さんなんかまっ青よ。泡くって雪の中追っかけて、それも相手は女だ、手荒な真似はできねえ。腕だけなんとかつかまえて、店の方へひっぱり戻した。ところがどうだい、うんでもなけりゃ、すんでもない。石っころみたいに黙っちまってさ。その間、店の方は大わらわよ。おたくの奥さんがひっくり返したハンガー台は、うちでも最高級の品ばっかり吊るしてあってね。それがなんと、ガラスのショウケース直撃よ。粉々になったガラスの破片が、床といわず、毛皮といわずとび散って、どうにもこうにもならねえ、ほらっ」

金ぶちは右手の指をさし出した。絆創膏《ばんそうこう》が二枚、人さし指と親指に巻かれている。

「こまかいガラスの破片てのは、どうにもなんないね。落ちてた毛皮を拾いあげただけでスパッだよ。こんなもの危くって売り物にもならねえ。洗濯に出しゃ、毛皮のツヤなくなっちまうし、本当、参ったよ」

「それで弁償を？」

「そうさ。ものはひきとってくれていいよ。正札《しょうふだ》ついてるのもあるし、掛け値なしの一着五百万が十着、五千万だ。本当なら契約済みのもあって、そっちはお客さんに泣いてもらうしかない。うちの信用もガタ落ちだから、そこのところの損害賠償もしてもらいたいくらいだが、そこはそれ、あんたがいうように、おたくの奥さんが病気だと、こっちもひと目見てわかったからさ……」

金ぶちは洋一の肩を軽く叩いた。ホルダーから吸いさしを抜き、灰皿に消さずにほうり出す。

洋一はいぶっているそれをじっと見つめた。

「それはうちが泣きってことにしよう」

新たな煙草をホルダーにさしこみながら金ぶちはいった。

「だから俺に、五千万泣けと……？」

洋一はうっそりといった。

「泣けってのはないだろうがよ。五千万で済まそうよって、こっちはいってんだよ。店の連中なんか、訴えろって、カリカリしてるぐらいさ」

ちんぴらにつけさせた煙草の煙を、金ぶちはふきあげた。

「すぐにはできない金だろうが、おたく、さっきの店の従業員かい？」

洋一は相手の顔を見た。

「共同経営者だ」

「そう。場所は六本木《ろっぽんぎ》だね。店の大きさは何坪ぐらい？」

「それがどういう関係がある？」

「現金で五千万なければ、店の方を処分するしかないだろう」

「共同経営者だといった」

「そっちの問題だね、それは。まさかローンを組んで十年がかりで払ってもらうってたちの金でもないしね、これは」

洋一は答えなかった。

「それで共同経営者ってどんな人？」

洋一の口もとにわずかな笑みが浮かんだ。

「いい男だよ」

呟くようにいった。

「ほう。死んだって聞いてたがねえ……。おいっ」

金ぶちはちんぴらに顎をしゃくった。

「はい」

ちんぴらが立ちあがった。入口とは別の、奥に通じるドアを開いた。中に入ってしばらくすると出てきた。左手に毛皮のコートを、右手に紙片を持っている。

「見てみろや」

どさっとコートを洋一の膝《ひざ》にほうりだした。洋一は目を落とした。

毛皮はガラス粉がびっしりとその毛並に埋まっていた。蛍光灯の光を受けて、キラキラと光っている。

「商売モノにならないってのはわかるだろう」

荒々しい声でちんぴらはいった。

「これ一着だけかい」

洋一は訊ねた。

「あとの九着は奥にあるよ。見てえのかよ」

「疑ってるのかい、あんた？」

金ぶちが声の調子を変えた。

「こっちはしたでに出てる。あんまりいい気になるなよ、おいっ」

洋一は金ぶちの顔を見つめた。

「このう」

金ぶちがさっとクリスタルの灰皿をつかみ、洋一の頬《ほお》に叩きつけた。唇が切れ、血がとんだ。血はコートの上にぽたぽたと落ちた。

カチャッという音がした。洋一以外の全員が入口のドアをふり返った。

「なんだよ、おまえ――」

ちんぴらが驚いたようにいった。

「この人の共同経営者の代理よ」

Kの声が聞こえた。洋一はふり返った。

Kが框《かまち》によりかかり、コートのポケットに両手をつっこんでいた。

洋一の血に染まった顔を見ても顔色を変えない。

「おたくを呼んだ覚えはないがね」

金ぶちが落ちついた声でいった。

「あたしは、洋服のデザイナーをやってるのよ。だから毛皮には詳しいの」

さっと進み出た。洋一の膝の上からコートをつかみあげた。無造作に毛を数本ねじり、ひきぬく。

「安物ね。染めでごまかしてあるけど、原価一着、二、三万てところよ」

「なんだとこの野郎！」

金ぶちが立ちあがった。ちんぴらがKの肩に腕をのばした。瞬間、洋一の体が躍った。

テーブルを蹴り倒しながら、ふり返ったちんぴらの顔にストレートを叩きつける。

ちんぴらの体がふっとんだ。

「野郎っ」

もうひとりのちんぴらが殴りかかった。その腕を左でブロックし、鳩尾に拳を打ちこむ。呻いて前かがみになったところを、髪をつかんで起こし、顔面に膝蹴りを加えた。

洋一の膝に歯が折れる手ごたえが伝わった。それでも洋一は相手の顔を放さなかった。

髪から両耳に手を持ちかえ、二度、三度と膝蹴りを加えた。鼻の骨が砕けるのも伝わった。

「放せ！　この野郎」

仲間の絶叫に、最初のちんぴらが立ちあがり、とびついた。

洋一が右手を放し、肘打ちを見舞った。側頭部にくらい、ちんぴらは腰を泳がせた。

膝蹴りをくらっていた方は、洋一以上に顔面を染めている。片手が離れても、立ちあがる力はなく、両手両足を床につけていた。

洋一はその顔を蹴りあげた。

ガクンと顔をのけぞらせ、ちんぴらは仰向《あおむ》けに倒れた。白眼をむき、ぴくりとも動かない。口から血の泡をふいている。

向きなおった洋一の右腕を何かが切り裂いた。ダッフルコートの袖がぱっくりと口を開いている。

匕首《あいくち》を手にしたちんぴらが腰を落とし、かまえていた。

「腹、えぐってやる」

洋一はゆっくりと口もとの血をぬぐった。

「あたしね、及川のお袋さんのところへ行ったんだ」

Kがひとりごとのようにいった。

「ずっと気になっててね。やっぱりそうだった。及川の父親、あたしとあんたを嫌ってた。というより、憎んでたわ」

「わかってる」

Kの方はふり向かず、洋一はだみ声で答えた。

ちんぴらがさっと匕首をはらった。洋一はわずかにしりぞいた。

「及川の痕跡をぜんぶ消したい、そう思っているのね……」

ちんぴらが再び匕首をふるった。洋一が体を低くした。刃先が空を切ったせつな、ちんぴらの懐にとびこむ。

匕首をつかんだ手首をひねった。ディスコのボーイをのしたときと同じ手だった。ちんぴらの内懐でうしろ向きになり、肘打ちを鳩尾に叩きこむ。

匕首が床に落ちた。ちんぴらは、あのときのボーイとちがい、ひざまずかなかった。肘打ちが三度、同じところへ入った。つづいて向きなおって足ばらいをかける。

ちんぴらは体を丸めて仰向けに倒れた。洋一はその顔面に踵《かかと》をつっこんだ。

赤ん坊のむずがるような悲鳴が、靴底から聞こえた。二度靴を踏みおろすと、悲鳴はやんだ。

「そこまでだ、この野郎」

金ぶちが嗄れ声でいった。両手で拳銃を握りしめていた。小型のリボルバーだった。

「おまえらぶち殺して、冷たい川にほうりこんでやる」

洋一は冷ややかに銃を見つめた。

「損害をとり戻せないぜ」

「かわりに店をもらうさ」

「なるほど」

洋一は低い声でいった。金ぶちは洋一に近づきすぎないよう距離を保っていた。手がとどく距離ではない。

「どうしてまっとうなやり方をしないんだろうな」

洋一はKに聞かせるようにいった。

「まっとうなやり方じゃ、腹の虫がおさまらないのじゃない？　徹底的に叩きつぶしたいのよ」

「坊主憎けりゃ……か」

「そう」

Kが進み出た。両手はコートのポケットに入っている。金ぶちの銃口がさっとKの方を向いた。

洋一が進み出た。銃口は今度は洋一の腹を狙った。

Kの右手がコートのポケットから抜けだした。モエ・エ・シャンドンの空き壜を逆手に握りしめていた。無造作に金ぶちの手首にふりおろした。

壜が砕け、銃口が下向きになった。火を噴いて、床に弾丸がくいこむ。

洋一の右手が落ちていたクリスタルの灰皿をすくいあげた。はっとしたように顔をあげた金ぶちの眉間《みけん》に、灰皿を叩きつける。

金ぶちの眼鏡が粉々になった。両鼻からおびただしい量の血がふきだした。金ぶちが銃を落とした。激痛のあまり、両手を顔にやる。

その額《ひたい》に洋一は灰皿をふりおろした。分厚い灰皿にヒビが入った。割れた額からも血を流しながら、金ぶちを失った金ぶちは膝をついた。

そのまま前向きに倒れ、動かなくなった。

洋一は灰皿をその背中に落とした。灰皿は小さく弾んでふたつに割れた。

洋一とKは視線をかわした。

静かだった。誰も駆けこんでくる気配はない。

「ここにいるの？」

やがてKが訊ねた。

洋一は首をふった。

Kが踵《きびす》を返した。洋一はかがんで、コートと一緒にちんぴらが運んできた紙片を拾いあげた。

「ジャグ」の権利譲渡をうたった書類と、怜子の書いた念書だった。

譲渡書類には、ごていねいに「ジャグ」と洋一の住所まで入っている。

念書はコートにおさめ、譲渡書類はふたつにひき裂いた。

Kが框によりかかり、首だけをひねってそれを見つめていた。

「また来るわよ、いつか」

洋一は頷いた。

「怜子の病気のことを知って、DMかなにかで釣ったんだろう」

「あくどいやり口ね」

「思いきりつき落としたかったんだろうな」

いって洋一は、やくざたちを見おろした。

「思いきりな……」

外に出た。先に出たKがキャバレーの看板につもった雪をかきとった。無言で洋一にさし出す。

「なんだい」

「これで唇冷やしたら。血もとれるし」

洋一はにやっと笑って雪を受けとった。

「やんだみたいね」

歩きだすと、夜空を見上げてKがいった。

「いつ空き壜を持っていったのか、気がつかなかったよ」

洋一はいった。

「心配でそこまで注意がまわらなかったのよ」

「そんなつもりじゃなかったがね」

「及川みたいになりたいって、いったでしょう」

つもった雪が凍りかけているアスファルトを踏みしめながらKがいった。

「いったよ」

「もうなってるわ」

洋一は微笑んだ。

しばらくふたりは無言で歩いた。

「なんで来たんだ？」

やがて洋一が訊ねた。

「及川がいたら心強かったっていったから」

「…………」

「あたしは及川の女だから」

「彼を壜で殴ったことあるかい？」

「まさか」

Kが笑った。

「洋服のデザイナーだって、今日、聞いた」

「嘘《うそ》よ。でもあの毛皮が安物だっていうのは本当」

洋一は息を吐いた。

「変わった女《ひと》だな、あんた」

「そう？」

交差点に出た。つもった雪を嫌ったのか、客待ちのタクシーはいない。無人の道路で信号だけが点滅していた。

「歩くしかないな」

Kは軽く頷いた。

「じゃあここで別れましょ」

洋一は頷き返した。Kはくるりと背中を向け歩きだした。

「待った！」

洋一は叫んだ。Kがふり返った。

「あんたの名前、聞きたくなったよ！」

「Kよ！」

Kはうしろ向きに歩きながら叫び返した。

「Kって何の略だい!?」

Kは一瞬、立ち止まった。考えるように、洋一を見つめた。

洋一は答を待った。

「『空気』！」

洋一はゆっくりと眉《まゆ》を吊りあげた。

「『空気』のような女だったから！」

Kは両手を口にあてて叫んだ。

洋一は笑いだした。体を折って笑った。

笑って笑って、笑いぬくと涙をぬぐった。

「ぴったりだ！」

Ｋは手をふった。

「『空気』と『死体』じゃあ、やっぱり縁がないな！」

洋一は叫んだ。Ｋは答えなかった。手をふりながら遠ざかっていく。

洋一はそれを見送った。Ｋが背中を向けて歩きだすのを見届け、煙草をぬく。腫《は》れた唇におしこんで火をつけた。

大きく吐き出した煙は白くたち昇っていった。洋一は、それを追うように歩きだした。

ゆきどまりの女

1

店の中は静かだった。

有線放送のBGMも切られ、外の看板も灯《あか》りを落としてある。

カウンターに腰かけた男は注意深く、分厚いカップを受け皿に戻した。緊張しているからなのか、それが癖の神経質なタイプの人間なのか、まるでカップの中味が薄いコーヒーではなくニトログリセリンであるかのような仕草だった。

サラリーマンの一年生が好んで着るような濃紺のスリーピースにプレスしたシャツ。

白いシャツの襟《えり》と赤いタイがきっちりと組み合わさった上には、決してサラリーマン一年生には見えない、無表情の顔が浮かんでいる。ぴたりとなでつけた髪、カウンターの上の天井にはめこまれた電球の光をぼんやりと反射するメタル・フレームの眼鏡、薄い唇《くちびる》が男の雰囲気を決定していた。

体重をわずかに移すと、男の体の下で丸いストゥールがきしんだ。

カウンターの内側で、かちりという音がした。かすかな音を立てて燃えていた、湯沸かし器の青い種火が消えた。

背が高く、色の浅黒い、陰気な顔つきの男が、カウンターの内側で立ち上がった。

「元栓《もとせん》のコックが固いんだ」

独り言のように呟《つぶや》くと、ジーンズに巻いた黒いエプロンを外した。

「これはいいのか」

カウンターの男が、自分の使ったカップを指さした。

「かまわない。明日、洗う」

背の高い男は、ハネ戸になっているカウンターの端を持ち上げながら答えた。

腰かけている男は、そのカップに目を落とした。今まで自分がコーヒーを飲んでいた、その白いモーニング・カップが突然、色をかえてしまったとでもいうように見つめた。

「洗っておけ」

カウンターを出かけていた男は振り返った。

「洗っておけ。気になる。そういう性質《たち》なんだ」

いぶかしげに、スーツの男を見つめた。だが小さく息を吐き出すと、大股《おおまた》で、内側にひき返した。

毛深い、指の長い手がカウンターの上をすべるように動き、カップと受け皿が消えた。

「水は冷たいんだ」

さして苦にもしていないような、さりげない喋《しゃべ》り方だった。手早くカップと受け皿を洗うと、広げた布巾《ふきん》の上に並べる。

ヘッドライトが通りに面した窓のブラインドのすき間からさしこんだ。ブレーキの音がして、ドアの開閉音が続いた。すぐにギアが入り、走り去る。

カウンターの上の照明の他はすべてスイッチを切り、一日の会話と出会いを沈めた闇《やみ》を背に、二人の男は並んだ。

「いつだ？」

ジーンズの男は左手をのばし、逆さに積み重ねてあった安物の灰皿をひとつひきよせて訊《たず》ねた。

「早い方がいい。できれば今夜」

「今夜」

眉宇《びう》を寄せて、くわえた煙草《たばこ》にマッチの炎を近づけた。半ば眸《ひとみ》を閉じたような、眠たげな目が腕時計をのぞきこんだ。

「朝まで五時間しかない。急すぎるんじゃないか」

「先生が急いであんたに任せたいといっておられる」

「御指名か」

「そういうことだ。さほど難しい仕事じゃない。独り暮らしの女だ」

「準備は？」

「ほとんど整ってる。私が乗ってきた車を使え。表に駐《と》めてある。助手席に地図と住所をかいた紙がある。そこへ行けば、その女がいる」

「簡単だな」

煙を吹きあげて、ジーンズの男は答えた。喜んでいる様子はない。それが気になるように、隣の男は尻《しり》をずらした。

ストゥールがきしんだ。

「車はそこに乗り捨ててもかまわない。指紋と地図・メモは残すな」

「わかってる。他には」

灰を落とした、煙草の赤い火先《ほさき》を魅せられたように見つめながら訊ねた。

濃紺のスーツに赤いタイをしめた男は、煙草を吸いたいのを我慢しているようだった。

流れてくる煙からいらだたしげに目をそむけるといった。

「条件がひとつ、いやふたつある」

「………」

「銃は使うな」

短くいって続けた。

「それから、その女を抱くんだ。やった後じゃなく、やる前にだ。女はそのつもりであんたを待っている」

煙草をもみ消した男の唇のはしに、陰気で皮肉な笑みが浮かんだ。

「殺されるつもりで？」

「そうじゃない。抱かれるつもりでだ。そういう女なんだ」

「他にはもうないのか。条件は」

「ない」

「先生の御指名で、先生の条件なんだな」

念を押した。

「そうだ。金はいつものように払う。額はこの前と同じだ。楽だろう、前に比べればば」

無関心な様子で、視線を前に向けて話を聞いていたジーンズの男は、そこで初めて隣にすわる男を見た。

「どうかな。やってみなくてはわからんだろう」

うっそりと腰をあげ、答えた。

＊　＊

闇の中で、プッシュホンが軽い、乾いたベルを告げた。三度目の切れ目に、受話器が持ち上げられた。

「はい」

女の声が答えた。細い、深みを帯びた声だった。

「あの男がひきうけた。これから、そっちに向かうだろう。……電話を待っている」

「はい」

そこで電話は切られた。冷たい不通音。女も受話器をおろした。

灯りをつけなくとも、女には自分の住む家の、どの部屋のどこに、何が置いてあるかわかっていた。

闇の中で女は立ち上がり、一枚のドアを隔てた部屋に進んだ。その部屋の中央には、ダブル・サイズのベッドが置かれている筈《はず》だった。

ベッドの端に腰をおろし、女はマットの間に右手をさし入れた。そこにあるものをつかんで引き出した。

「ミクロス」という名のフランス製の小さな拳銃だった。

二十二口径。

しかし、人を殺すことはできる。女の手は灯りを必要とせずに、マガジンを落とし、装弾を確かめた。マガジンを戻し、スライドをひいて第一弾を薬室に送りこむと、マットの間にさしこんだ。それから右手が、ベッドの周囲をゆっくりと撫《な》でた。

その手に、拳銃の在《あ》り処《か》を記憶させるためだった。

2

その家は都心から三十キロほど離れた郊外に建っていた。

たった三十キロで、あたりの景色は全く雰囲気を変えてしまっている。舗装されていない一本道のつきあたりに建つ家。周囲は雑木林と、放置された畑か、雑草の生い茂った平坦な湿地帯で閉ざされている。ヘッドライトの他に、灯りはない。木製の電柱が青い闇を背景に黒々と浮かびあがっている。

小さな蛾《が》が光芒《こうぼう》の中を舞っていた。男がライトを切り、イグニション・キイを回すと、すべてが闇に沈んだ。

虫の音が夜気と共に、おろしたサイドウインドウから流れこんでくる。

道は、その家でゆきどまりになっていた。従って、そこの住人に用のある者の他は、やって来ない。

男は下はジーンズ、上は厚いネルのシャツに紺のスイングトップといういでたちだった。両手には薄い皮の手袋をはめている。スイングトップのポケットには、細いが強靭《きょうじん》な針金が入っている。

できれば、他の道具を使う方が望ましい――男は考えていた。何か、その家にあるものを、包丁でも、スカーフでもいい。

車内にすわってしばらく待った。何か起きるのを待ったのではない。何も起こらぬことを確かめたのだ。

車を降りて、ロックせずに扉をしめると、男は歩き始めた。舗装されていない道路は、湿ってはいなかったが、それでも男は用心深く、ブーツの爪先《つまさき》を立てた。

木造のさして大きくない平屋建てだった。

白く塗った扉の、その塗料がところどころはげているのが、建ってからの年月を語っている。

丸いブザー・ボタンが扉のわきに下がっていた。男は、扉の前に佇《たたず》むと、それを押した。澄んだ夜気と、十以上の月齢が、男の視力を助けたのだ。

男のものうげな面《おもて》には何の表情も浮かんでいない。

もう一度ブザーを押して待った。

古めかしい玄関灯がつき、黄色い光を投げかけた。男がそれを見上げると、球形の金魚鉢のような被《おお》いの底に、幾重にも積もった虫の死骸《しがい》が黒い影をつくっていた。

錠《じよう》の外れる音が扉の向こうでした。

「どなた」

「先生のところから」

男は答えた。扉が内側に開いた。

長い髪を両脇《りようわき》にたらした女が立っていた。

生地の薄いワンピースをまとっている。共切れのスカーフを首に巻いていた。

ちょうどいい、あれを使おう。

男は思った。

背はそんなに高くない。顔が男の顎《あご》のあたりにくる。みにくくはない。むしろ美人の部類に入るだろう。だが、年齢の判断は、男につかなかった。
二十六、七か。ひょっとしたら三十を過ぎているかもしれない。家の中が暗すぎたのだ。
「入って」

女は一歩退《さが》って、体を開いた。

フロア・スタンドがひとつともっているきりの部屋だった。けばの抜けた絨緞《じゆうたん》の上に、古いが値の張りそうな革のソファが並べられている。壁ぎわには、年代物の衣裳《いしよう》棚がおかれ、大きなフランス人形が二体、その上に腰かけていた。

ソファとみがきこんだセンターテーブルのすき間は、体を縦にしなければならぬほど狭かった。

女は、ソファの背もたれに手をついて、そのすき間に入ると、片脚をそこに残し、片脚を体の下に畳むようにしてすわった。

「かけて」

男の方を見ないで女はいった。男は女の見開いた目の視線の先を追った。

フランス人形。

男が向かいに腰をおろすと、ソファの革が音をたてて沈んだ。女は、その音を聞き、顔をうつむけた。髪がたれ、暗いスタンドの灯りでは、表情の読めぬ陰をつくった。

口はさほど大きくない。鼻はまっすぐできれいな形をしている。女が口を開くと、白い歯並みがうかんだ。

「何といわれてきたの」

「あんたを抱け、と」

「そう」

女はあっさりと頷《うなず》いた。

混血かもしれない。

男は思った。

肌が透きとおるように白い。心持ち目尻《めじり》のつりあがった眼は大きくて、今まで彼女が目を向けていたフランス人形のように開いている。

「お酒、飲む？」

うつむいたまま、髪をかきあげて女は訊ねた。形のよい耳が露《あらわ》になると、芳香が漂った。

いや、といいかけた男の心を、その香りが捕らえた。もらおう、という言葉を、男は危うく呑《の》みこんだ。

「いや、結構だ」

男が答えると、女は男のすわる方角に目を向けた。

「不思議ね、私のところにやってくる男の人は皆、お酒を飲みたがらないみたい」

抑揚のない口調に、かすかに揶揄《やゆ》の響きがあった。

「これまでにも、何人か来た？」

男はぎこちない問いを放った。今まで、自分が手にかけた人間と、会話を交わしたことはなかったのだ。きっかけをのぞけば。

殺すきっかけ。

何食わぬ顔をして、相手の部屋にあがりこむための口実である。それらはすべて嘘《うそ》で固めてあった。

偽のメッセージの伝達であり、決して払われることのない金の支払いのためである。そうして、男はナイフをふるい、窓からつき落とし、銃の引き金を絞った。

だが、今はちがった。男は、抱く女としてその女を見ていた。殺す側と殺される側である前に、抱く側と抱かれる側なのだ。

それが男をぎこちなくさせていた。

「そう。何人か、ね」

間をおいて女は答えた。

接待係。

男の頭をそんな考えがよぎった。おそらくは、「先生」と呼ばれている大物が率いるグループの中で、男達を肉体で接待する役割を果してきたのだろう。そして、何らかの理由で不要、あるいは存在してはまずい事態が生じたのだ。

殺す前に抱かなければならない——その依頼には奇妙なところがあった。しかし、男はその意味を深くは考えなかった。なぜなら、深く考えたところで、殺すには変わりがないのだし、殺す相手に興味を抱けば、失敗の原因にもなりかねない。

男は沈黙して頷いた。

女は再び目を下に向けていた。やがて立ち上がるといった。

「寝室は向こうよ。先に入ってるから、呼ぶまで待って」

左手でソファの背もたれを撫でながら、男に背を向けた。

酔っているのか、と男は思った。その部屋に面して閉じられた一枚のドアに行き着くまでの足取りが、二、三歩、ふとおぼつかなげに見えたのだ。

ドアは男の目の前で閉じた。

男は手袋をゆっくり外した。女の残した香りがかすかに漂っている。

「どうぞ」

低い声がドアの向こうから聞こえた。男は手袋ごとノブをつかんだ。

開いたドアのすき間からさしこんだ光の中にベッドがあり、毛布が盛りあがっていた。

脱ぎすてられたワンピース、下着がベッドの脇にあった。香りがより濃くなったように男には感じられた。

「中に入って、扉を閉めて」

「灯りは？」

「いらないわ。こういうのが好きなの」

ベッドサイドにスタンドがあった。あとは窓もない、何も置かれていない部屋だった。

ドレッサーも、ナイト・テーブルも、女の寝室らしいものは何もない。

男が扉を後ろ手で閉じると、部屋は真っ暗になった。

「そこで洋服を脱いで、こっちに来て。大丈夫、何もないからつまずく心配はないわ」

男はかがみこみ、ゆっくりブーツのジッパーをおろした。それを脱ぎすて、スイングトップの前を開く。

行為が終わってから、あのスタンドの灯りをつけることになるだろう。洋服を身につけるためには灯りが必要になるからだ。あのスカーフを女が首に巻きつけるとき、それを手伝ってやればよい――男は思った。

すべてを脱ぎすてると、男は全裸の長身で闇の中に立った。二歩と踏み出さぬうちにベッドが彼の脚に触れた。女が毛布をはぐった。

女の体は熱かった。男は女の両腕をつかむと万歳をさせるように開いた。唇を首すじから腋へと落とす。

女の腕は華奢《きゃしゃ》で、男の気持をかきたてるものがあった。下半身を密着させ、堅くとがった乳首を含むと、女は鼻から息を抜いた。

真の闇の中で交わるのは、都会で生きてきた男にとって、初めてのことだった。それが彼を荒々しい興奮に誘った。思うようにさいなんでやろうという要求が、彼の下半身に強い力を集めた。それは、さっきまで寡黙であった女が、相手の見えぬベッドの上ではむしろ大胆に振舞ったからかもしれない。

男の体の上や下で、脚を踏んばり、上体をのけぞらせ、シーツをひきしぼる。

途切れ途切れの喘《あえ》ぎが、時にかん高い悲鳴のように、女の喉《のど》から洩《も》れた。

男の動きが、後背位で早まったとき、下半身を押しつけていた女が、不意に言葉を絞り出した。

「お願い、いくときは下にして」

男は無言で女の尻を持ち上げ、おろした。

細い足首を握り、思いきり開くと、潤みきった中に埋没した。ひとたびの中断が女により興奮を与えたようだった。可能な限り深く沈めると、耐えきれぬような叫びを放つ。

着実なストロークがやがて早まり、男は到達した。自ら、選んで長くした道程だった。それだけに満足感も大きい。

呼吸を止めていた女が、脇腹を痙攣《けいれん》させながら息を吐き出した。泣いている娘がしゃくりあげているようだった。

男は女の足をゆっくり放すと、その上に被いかぶさった。

女が両腕をだらりと、ベッドのはしにおろすのが、男には気配でわかった。

その後の女は全く静止し、自身の闇の中をさまよっているかのように男には思えた。だが、右手だけがうごめいていたことを知ったのは、女の胸の上にのせた、彼の頭――顳顬《こめかみ》に、何か硬く冷たいものが触れたときだった。

男の意識は、そこで途絶えた。二発目の乾いた銃声はその耳に届かなかった。

女はゆっくりと、重くなった男の死体の下から脱け出した。手早く、服を着け銃を左手に持つと、寝室から出た。

別室に置かれた電話の前に腰をおろす。灯りのない部屋の中で、指がボタンをまさぐり、押した。

二度目の呼び出しに、相手が応じた。

「すみました」

女はいった。

「わかった。片付けに人をやる」

「はい」

受話器をおろすと、女は立ち上がった。拳銃を電話の横に置き、両手をうなじの後ろにやって髪をたばね上げる。

瞳を閉じた女が、バス・ルームに向かおうと脚を踏み出したとき、その腿《もも》の内側を、死んだ男の放った最後の生命が伝い落ちていた。

3

「バーモントの月」がその夜のラスト・ナンバーだった。余韻を残して、鍵盤から指を上げた男が、軽く頭を下げると客席からまばらな拍手がおこった。

ステージに向けられていたスポットが消えるや、ベーシストはベースをかつぎ、ドラマーはスティックだけを手にして小さな楽屋にひっこんだ。

二組のカップルと一人の男しか残っていないテーブルに、ウエイターがラスト・オーダーを訊ねに向かった。

ピアニストは小柄でぽっちゃりとした体つきをしていた。髪は薄く後退しているが、その剽軽《ひょうきん》な雰囲気とは裏腹に、ひどく厳粛な顔つきで、赤い布をひろげている。

商売道具の鍵盤の上に、その細長い布をのせ、蓋《ふた》をおろした。黒いお仕着せのウエイターがそこに歩みより、囁《ささや》く。

ピアニストの口元がほころんだ。とたんに男の顔や体全体から愛敬《あいきょう》が漂う。

閉店までの三十分間、彼に酒を奢《おご》ろうと申し出た客がいるのだ。彼は丸まっちい体を、弾ませるようにその客のボックスへと運んだ。

一組のカップルが重い腰をあげた。

午前一時三十分。

ようやく、女が覚悟を決めたのだ。四十代半ばの男と三十そこそこの女の組み合わせだった。薄暗い店内の茶のカーペットの上に、そこだけ丸い光の輪を落としているキャッシャーへと、二人は酔った足を向けた。

それを見送ったピアニストは口の中で、小さく「どうも」と呟くと、客に向き直った。

濃紺のスーツに白いシャツ、酔いなどまるで感じさせない、きつく結ばれた赤いタイをピアニストは見上げた。

「飲むのはいいが程々にしろ」

髪に塗られた油が、天井のスポットに光った。地肌がきれいに見える、七・三だった。

メタル・フレームの眼鏡に、嬉《うれ》しげに水割りを作るピアニストの姿がうつっている。

「どうして。こんなにおいしいものは他にないのじゃないかね」

ピアニストは客の酒をついだ。自分のグラスを、置かれた相手のグラスに軽くあてた。

眼鏡の奥の眼に嘲《あざけ》りの色が浮かんで、消えた。客は身をのりだした。

「仕事だ。急ぎのだ」

グラスをかたむけていたピアニストはいぶかし気に、いった客の顔を見た。

「俺は酒好きでお喋《しゃべ》りだというんで、先生のところの仕事から外されたんじゃなかったの？」

「手違いがあった。あんたに急いで頼みたいとおっしゃっている」

「先生が？」

客は頷いた。

「おたくは腕のいいのが他にもいるじゃないか。何もこんな呑《の》んべに頼まなくたって、コーヒー屋の親爺《おやじ》とか……ああ、あいつはどっかへ逃《ふ》けちゃったんだ。行方《ゆくえ》はまだわかんないの？」

客の顔が一瞬、こわばった。

「どこで聞いた？」

「何を？」

二杯目を飲み干してピアニストは訊ね返した。

「その話だ」

「さあね。どこだったっけ。何しろ、先生のところの人はこの街に多いから、何となく噂《うわさ》をきくんだ」

客は口元をひきしめ、話を変えた。

「いいか。今夜中だ。相手は女一人。条件がふたつだ」

「どんな」

三杯目を注《つ》いだ。

うんざりしたように、それを見つめて、客はいった。

「銃は駄目だ」

「そいつは大丈夫だ。あんな物騒なもの、俺は使ったことないよ、第一……」

「黙って聞け。それとやる前に、女を抱くんだ。生きているうちにだ、いいな」

「強姦《ごうかん》は趣味じゃないよ」

「女は、あんたが抱きに来ると思って待っている。だからそういうことにはならん」

ピアニストは唇をすぼめた。客が報酬の額を低い声でいうと、そこから細い口笛が洩《も》れた。

「いい仕事だな。本当、悪くないよ」

「但《ただ》し、今夜中だぞ」

「場所は？」

「郊外だ。タクシーはまずいから、俺が乗せていってやる。いいな」

「オーケイ」

客はピアニストの返事に頷くと、勘定をするためにウエイターを呼んだ。

「待った」

ウエイターが歩みよってくると、ピアニストがいった。

「こんないい仕事を回してくれたんだ。今夜は俺が奢るよ」

勿体《もったい》をつけていったピアニストを見おろす客の瞳に、今度こそ消えることのない嘲りの色が現われた。

＊　　＊

ベルが鳴ったとき、女は闇の中で一体の人形を抱き、ひっそりとうずくまっていた。

扱いの簡単なカセットデッキから、シャンソンが低く、呟くように流れている。幾度も聞いたのだろう、テープはのびかけていて、ただでさえ低音の女の歌声が、時に男の囁きにも聞こえる。

　頭をたれ、フランス人形の髪をなでていた女は、そっとその人形を押しやると立ち上がった。

「これから向かう。すんだら玄関の灯りを点滅させろ。奴を送っていった者が片付けに待機しているはずだ」

「わかりました」

　ずっと口をきいていなかったのか、かすれた声で女は答えた。

　受話器を戻すと、女は寝室に向かった。

　そこで女は、儀式にも似た正確さで、銃を抜き、確認した。

　無表情でそれをくり返す女は、恐怖も期待も抱いてはいないかのようだった。

＊　　＊

「東京から大して離れてもいないのに、こんな田舎《いなか》があるんだな」

　ピアニストは首をねじり、今まで彼を乗せた車が走ってきた後方の道を振り返った。

　運転席にすわる男はそれには答えず、エンジンを切ると、ピアニストの方を向いた。

「あの正面の家だ。朝まで時間がないぞ」

ピアニストは運転席の男の方に向き直った。不思議そうにいう。

「ずっと考えてはいたんだ。でもわからない。どうしてなんだ？」

「何が、だ」

男はゆっくりと訊《き》き返した。

「銃を使うなというのはわかるよ。あとが面倒だものな。死体を片付けるのは、あんた達だし、どんな恰好《かっこう》で始末しても射殺は、死因がわかる――ましてや女じゃね。でも、抱いてから殺せというのはなぜなのかね」

ピアニストがいうと、男は瞬《まばた》きもせずに、ピアニストの顔をのぞきこんだ。

「殺す理由が知りたいのか」

「そんなんじゃないよ」

ピアニストは慌てたようにこたえた。

「ただ、どうして抱かなきゃならんのか、それを知りたいんだ」

「あんたはさっき、いい仕事だと喜んだのじゃなかったのか」

「そりゃそうだ、だがどうせ殺す女なんだ。あっさりやってしまってもいいのじゃないかと思えてな」

「この仕事が嫌になったのか」

男の言葉は冷やかで、粘っこい響きがあった。

「そうじゃないさ」

「よし、教えてやろう。女は、うちの、つまり先生のところの人間なんだ。こんな辺《へん》鄙《ぴ》なところの一軒家に住んでいるのは、先生や先生の親しい方々をおもてなしするためなのだ。だが、知りすぎたし、先生はもうあの女は趣味に合わなくなったとおっしゃってる。だから殺す必要が生じた。しかし、女の方も最近それを薄々感づいて用心している。密《ひそ》かに警察の人間と連絡をとろうと試みているようだ。女が単に失踪《しっそう》しただけでは、かえって警察の疑惑を招く。そうならないためには、情死――できれば情にからんだ自殺の線で女の死体を処理しなきゃならん。わかるな、男に抱かれた痕跡《こんせき》が必要なんだ。その痕跡をあんたが残すというわけだ」

「わかったよ」

「女には、あんたはおもてなしするお客だといってある。だからうまくふるまうんだ」

「寂しくないのかな。こんなところに住んでいて」

ピアニストは肩をすくめ独り言のように呟いた。返事を得られぬ会話には慣れているようだった。

目は前方に向けられている。ヘッドライトが、障害物のない一本道の果てにある、ゆきどまりの家を照らしていた。

「さっさと行け。女はあんたが来るのを待っているんだ。遅れれば怪しまれる」

「やけに暗いじゃないか。どうだい、この闇は。女独りで恐くないのかな」

ピアニストは左手でドアを開くと、再び呟いた。

クリーム色に派手な赤の格子が入ったウインドウペインのジャケットが、ヘッドライトに浮かんだ。舗装されていない足元をすかすように見て歩いてゆくピアニストの姿を、男は見つめていた。

やがてピアニストが玄関まで辿《たど》りつくと、馬鹿にしたように、フロントグラスを指で弾いた。

ぱちっという音が車内に響くのと、黄色い玄関灯がつくのが同時だった。

ライトのスイッチを切り、男はシートの背を倒した。

「お待たせしましたね」

女がドアを開くと、ピアニストは軽く御辞儀をしていった。まるで、知人の家を訪れたような、くつろいだ仕草だった。

「どうぞ」

女は髪を右手でそっとかき上げると、低くいった。言葉には何の抑揚もなかった。

「靴は脱がなくていいんですね、じゃ失礼」

室内に入ったピアニストは、中の暗さにとまどったように目を瞬《またた》かせた。

青く、裾《すそ》の長い部屋着を女はまとっていた。腰のところを革のベルトが絞っている。

見る者にとっては、優雅にもうつる物腰で、女は年代物のソファに腰をおろした。小さなスタンドがひとつ点《とも》っているきりの部屋の中で、その部屋着だけが青くにじんでいるように見えた。ほの白い顔を、女はうつむけた。

ピアニストは女の向かいに腰をおろそうとした。が、テーブルとソファのすき間が狭すぎて脚が通らなかった。

「よいしょ」

ソファを後ろにずらそうとすると、ガタリと音がした。

「どうしたの」

女はうつむいたまま訊ねた。

「いや、この部屋は、あたしのようなでぶにはちょっとスマートすぎるんで」

「そう」

女は頷いた。どうでもいいというような風情だった。

「お酒、飲む？」

女の問いに、一瞬とまどったようにピアニストは向かいを見た。だが、そのすきに女の気持が変わってしまうのを恐れたのか、素早くいった。

「いただきましょうか。目がないんです」

女は突かれたように面《おもて》を上げた。小首をかしげ、男の方に横顔を向けた。開かれた瞳は、男の背後にある衣裳棚の、その上にのせたフランス人形に向けられていた。

「あなたの後ろにキャビネットがあるわ、グラスもそこよ」

「どれ」

大儀そうにピアニストは体をねじった。女の言葉通り、そこにはガラスのはまった低いキャビネットがあった。

室内の暗さのせいで、黒く色を変えて見える濃緑のフロスティ・ボトルと、ブランデー・グラスがふたつ入っている。

ボトルとグラスに手をのばしながら訊ねた。

「あんたは？」

女も一瞬、答えるのに間をおいた。

「そうね。いただこうかしら」

「よかった」

ピアニストは片手に持ったふたつのブランデー・グラスに酒を注いだ。

そのときだけ、静かな部屋の中に、言葉と衣《きぬ》ずれ以外の音が響いた。

コルクの栓を抜く、柔らかい響き、グラスを伝う液体の音、そしてガラスのセンターテーブルに、かちりと音をたててグラスがおかれた。

「どうぞ」

「ありがとう」

女の手がテーブルの上を這《は》った。開いた親指と人さし指の間でグラスの脚をつかむ。

ピアニストはグラスを唇に当てたまま、それを見つめていた。が、何もいわなかった。

「いい酒だ。あたしがいつも仕事場で飲む酒よりずっといい」

「仕事場？」

顎《あご》から首すじへの美しい線を男に見せたあと、女はグラスを両手で包んで訊ねた。

「これですよ」

ピアニストは空中で、鍵盤を叩《たた》く真似をしてみせた。ひらひらと、丸い体には似合わぬ、長い指が宙で動いた。

「え？」

「ピアノです」

満足したようにピアニストは答えた。

「普段は、酒場でピアノを弾いている。客のリクエストなんかにも時々、こたえてね。ルックアトミー、アイムアズヘルプレスアキトンアップア・トリー……といった具合で」

「そう、ピアノを弾いてるの」

女は深く頷いた。もの憂げな動作に、香水がかおった。

「良い匂いだ。高いんでしょうな、これが」

機嫌よくピアニストはいった。

「コロンのこと？」

「そう、素晴らしい。一度、あんたのような美人を前に弾いてみたいもんだ」

女の口元に、満足そうな微笑がのぞいた。それは嬉しげであり、どこか優雅な邪悪さといったようなものを秘めていた。

「いつか、ね」

女はグラスを干すといった。

「そうですな。いつか、お願いしましょう」

ピアニストが頷き返していうと、女は立ち上がった。慎重にグラスをテーブルの中央におろすと、いう。

「寝室はあちら、わたしは先に入ってるから呼ぶまで待っていて」

女が寝室に消えると、ピアニストは閉じられたドアを見つめた。それから、自分が入ってきた玄関の扉を振りかえる。

衣裳棚の上に腰かけたフランス人形を振りあおいだ。考えこむような目をしていた。

機嫌のよさは消え、閉店ちかくのステージで、鍵盤の上に赤い布を広げていたときの厳粛な面持ちに戻っていた。指がテーブルの上で踊っている。

ドアの向こうで女の低い呼び声がした。ピアニストは立ち上がり、フランス人形と見つめあった。

「どうぞ」

もう一度、呼び声がした。ピアニストは手をのばし、人形の髪に触れた。ひとかかえもある、大きな人形だった。重みもある。

ピアニストの口元に笑みがのぞいた。

4

「真っ暗ですな。灯りがほしいが」

ピアニストは寝室の入口に立っていった。

流れこむわずかな光で、大きなベッドの上の毛布のかたまりからほの白い腕がのばされるのが見えた。スタンドはパチリと音をたてたが、灯りはつかなかった。

「切れているようだ」

「そうね。でもわたしは暗い方が好きなの。そこで洋服を脱いだら、ドアを閉めてこちらに入ってきて」

女は低くこたえた。

ピアニストは歯のすき間から口笛のような音をたてて息を吐いた。身につけていたものを脱ぎすて、後ろ手でドアを閉じるまで、女は毛布の中で身じろぎもしなかった。

ドアの差し金がかかるカチリという音と共に寝室は闇に沈んだ。

女が軽い溜息《ためいき》を洩らすのをピアニストは聞いた。彼が毛布をはぐると、室内に香りが漂った。

ピアニストはゆっくりと女の体の上にのしかかった。肌は接しても、重さを感じさせぬような、巧みな体位を彼は取っていた。

繊細な指先を、女の体のすみずみで動かす。さして大きくもないが、標高のある乳房を、その麓《ふもと》からじらすように輪を描いて、頂きに向かうのは、彼の唇である。

右手の指が、女の耳の裏からうなじにかけて軽やかに触れると、女は体を震わせた。鳥肌が、肩先から胸にかけて広がっているのがわかった。

乳房を口に含むと、堅く張りのある突起に形状を変えていた。

左手を、女の右脚にのばした。指の間をなぞると、女は膝《ひざ》をたて、小さな声をあげながらピアニストの下半身に手をのばしてきた。左手で、ピアニストの胴を抱きかかえるようにして、右足の甲を彼の脇腹に押しつけながら、探す。右手が見つけだし、力をこめずに握った。親指は、彼の先端に触れている。

ピアニストは乳首の先の中心部に軽く歯をあてた。

女は背中を反らせて、声をあげた。右手で女の左側面を縦になぞる。

女は両膝をたてていた。ピアニストを握る女の右手に引こうとする力が加わってきた。

引き入れようという欲求のあらわれだった。

ピアニストの右手の指が女の中心部をなぞった。軽く触れただけで、女はもう一度、背を反らせた。首を横に向け、枕《まくら》に強くおしつけているようだ。

軽く触れただけなのに、その開かれたうなじに移した、ピアニストの人差し指の爪先は濡《ぬ》れていた。女が右手をピアニストの体から離すと同時に、ピアニストは左手の指をからませた。

ピアニストの腰に、女の左腕の強い力があった。信じられぬほど強い力だった。

沈めると、熱い。

女は下半身をできうる限り強く押しつけてきた。どんなに深く沈めても、足りぬようだった。文字通り貫かれることを望んでいるかのような動きだった。

ピアニストが腰を引き、入口まで先端を戻すと、女の全身にこわばるほどの力がこもった。

最初のストローク。

それを待ち、備えようという動きだった。

沈めると、息を詰めるような呻《うめ》きをあげた。

激しくはないが、確実で容赦のない動きをピアニストは開始した。

女の口は閉じられることはなかった。切れ切れに、ときには長く尾を引くように、声を洩らし続けた。

ピアニストは数をかぞえるように正確だった。着実なストロークは、段々浅くなり、それと共に、女の体に訪れるものに対する期待がみなぎり始めるのがわかる。

女の右手がピアニストの左手を離れ、両手が両腿のあたりのシーツを強い力で握りしめていた。

ピアニストが決められていた数に達したかのように浅くなっていた動きを一気に変え、深くつきおろすと、女は鋭く、短い叫びをあげた。

叫びと、しゃくり上げを交互にくり返し、痙攣が脇腹で始まった。

だが、ピアニストは、まだ終えなかった。

小休止のあとストロークを再開する。

既に女は、ピアニストの動きに合わせて、叫びを変えていた。

背が振幅のように反り、高く持ち上がっては戻る動作をくり返す。

ときどき、乳首の先端に歯をあてたり、指を背に回すと、女は声の変化でそれに答えた。

女の体が期待し、ピアニストがそれに応《こた》える。幾度かの小休止のくり返しのあと、ピアニストは自分自身の満足に向かって動き始めた。

女の顔のほぼ真上にあたる位置に、ピアニストは頭をおいていた。右手の小指を、女の唇にやった。

片手腕立て伏せに似た、その動きをピアニストは見かけからは想像もできない強靱《きょうじん》な体力でこなしていた。

女の舌がピアニストの小指を湿らすと、彼はその指を下半身に向けた。

ピアニストは到達する瞬間、その指でも女の体を貫いた。

女は爆発するような叫び声を上げた。長く尾を引くと、それはやがて泣いた幼児のしゃくり上げにと変化した。

ピアニストは、姿勢を変えなかった。さすがに息を荒くしながらも、女の上に被いかぶさりはしなかった。

女の両腕にこもっていた力が解かれた。ピアニストの肩に軽くさわるような動きを示すと、ぱたりと落ちる。

ピアニストは二人の足元でくしゃくしゃになっていた毛布を左手をのばして捜した。

ゆっくりと結合をほどくと、自分と女の間に毛布をひきあげた。

毛布ごしに女の体に自分の重みをあずけるようにした。体を下げ、顔が、女の胸の上にくるような姿勢をとった。

女は左手を上げ、ピアニストのわずかにザラつく頰《ほお》に当てた。右手がゆっくりと、ベッドのマットにのびた。

不意にピアニストが体を持ち上げたので女の左手は目的を失った。と同時に、マットのすき間から這い出しかけていた右手も止まった。が、すぐにピアニストの右手が温かく女の左手を握りしめた。再び重みが毛布ごしに女の胸に加わる。

女は右手を毛布の中に引き入れた。

毛布の中でくぐもった銃声が二度した。女の胸の上で重みが跳ねた。

ピアニストはベッドの上から転がり落ちた。呻きも叫びも上げなかった。

女は耳をすませるように、毛布の中で動かなかった。

やがてゆっくりと銃を枕元に置き、立ち上がった。ベッドの傍《かたわ》らに脱ぎすてていた部屋着を身につける。

それから寝室を出ると、玄関に向かった。

＊　＊

車の中で待つ男は、玄関灯が点滅するのを見て、煙草を灰皿にねじこんだ。エンジンを始動し、ゆっくりと車を前に進める。

死体を積みこみやすくするためだった。

彼が待つ間、その一本道を通る者はなかった。

車を駐め、扉をノックすると女が開いた。

「すんだわ」

かすれた声で女はいった。

「そうか、御苦労さん」

男は頷いた。男の顔には、彼が待つ間のこの家における行為に対しての、どんな表情も現われていなかった。

暗い家の中に入ると、センターテーブルの上にのったふたつのグラスが目に入った。

「飲んだのか」

半分以上閉じている、寝室のドアを見やって男は訊ねた。

「ええ」

ソファに腰をおろした女は、瞳を閉じて頷いた。女の体からは、香水と、無煙火薬の匂いがかおった。

「仕事にかかる前に、俺も一杯もらおう」

男は女の向かいに腰をおろしていった。ピアニストが使ったグラスをひきよせると、酒をついだ。

女は目を閉ざしたまま、うつむいていた。

「あの男は何をしたの」

「何を？」

酒を飲み下した男は訊ね返した。

「そう。この家に来させられるような失敗を犯したの？」

「訊いてどうするんだ」

男は無表情でいった。

「別に。別に何も」

「では知らないことだ。ただ、先生がそうするべきだと決めたから、ここに送られた――それだけだ」

「そうね」

女はあっさりと頷いた。

「さて、明るくなる前に――」

片付けよう、といいかけて立ち上がった男は凍りついた。

女が背を向けている、寝室の扉がゆっくりと開いたのだ。

「お喋りだけど、用心深い――先生はそういっていなかったかね」

全裸のピアニストが寝室の入口によりかかっていった。

ピアニストの声を聞いて、女は息を呑んだ。

ピアニストが右手をもたげた。女がベッドの上に置いておいた〝ミクロス〟がバンと乾いた銃声をたてた。中腰になっていた男は、額に被弾してひっくりかえった。

「どうしたの！」

女がベッドの上以外で、初めて感情を含んだ声を上げた。

ピアニストは何もいわなかった。

「どうしたの、一体？」

恐怖が感じとれる叫びだった。

女は寝室の方角を、そこに立つピアニストを振り返った。だが目は閉じたままだった。

「かわいそうに」

ピアニストは初めて独り言のようにつぶやいた。

女は事態を悟った。体をこわばらせて、ソファに沈むと、背もたれをきつくつかんだ。折り曲げた指が白い。

「ゆきどまりの家に住んでいて、あたりは真っ暗。部屋も暗くしている。ここに来る者は殺される者だけ、そういうことかね」

ピアニストはゆっくりと喋った。

女は返事をしなかった。

「何人来た、これまでに」

ピアニストが訊ねると、女は右手をさし上げた。四本の指が浮かんだ。

「四人、かね。コーヒー屋の親爺もそのうちの一人だったのだろうな。うまいやり方だ」

感じ入ったように続けた。

「まったく、先生は頭がいい。役に立たなくなったり、ヤバくなった人間をここに送りこむ。そうしておいて、あんたに始末させたんだな」

「どうしてわかったの」

押し殺した声で女は訊ねた。

「あんたの目が不自由であることは話している途中でわかったよ。あたしがピアノを弾く真似をしてみせてもわからなかったからね。尤《もっと》も、あれもわざとしたんだ。あの男は、あんたがそうであることを教えちゃくれなかった。変だと思った。おまけに、あんたがあたしを誘いこんだ寝室はまっ暗闇だ、ピンときたよ。いつしかけるかなと思って、あたしはあんたの手の動きに注意してたんだ——あの瞬間を別にすればね。その後、あんたの右手の行方がしれなくなった。あたしが寝返りをうったのはその時だ」

「でも、弾丸《たま》は？　弾丸は確かに……」

ピアニストは首を振った。本当に気の毒でたまらないといった様子だった。

「あたしは、あんたが先にベッドに入ったあとで、じっと考えたんだ。あんたが飾っておいたお人形とにらめっこをしてね」

女は息を詰まらせた。

「じゃあ、じゃあ、わたしが撃ったのは……」

「あの人形を片時も離さず可愛《かわい》がっていたのだろう。気の毒をした。あんたにとっちゃ本当の愛人はあの人形しかいなかったんだろうな」

別室のプッシュホンが軽やかな音をたてた。女が顔をその部屋に向けたとき、ピアニストは大股で踏み出し、女の顳顬《こめかみ》に銃をあて接射した。長い髪が数本、宙を舞った。

女がテーブルにつっぷすと、ピアニストはその手にそっと拳銃を握らせた。

電話は鳴り続けていた。

ピアニストは、寝室に戻り衣服を身につけた。ベッドサイドのスタンドは最初からコンセントに差しこまれていなかった。

窓もない、灯りの全くない部屋なのだ。

床には黒い焦げ跡を顔につくったフランス人形が転がっている。

電話は鳴り続けていた。

ピアニストはかがみこんで、ベッドに落ちているふたつの薬莢《やっきょう》と、フランス人形を拾い上げた。

薬莢をジャケットのポケットに仕舞うと、人形をこわきにかかえ、ピアニストは寝室を出た。

テーブルに上半身をのせている女は、目を閉じているせいか、まるで眠っているかのように見えた。

ピアニストは女の死体を見つめ、もう一度かぶりを振った。部屋着の裾からのぞく、死体の脚を、液体が伝っていた。ピアニストが女に与えたものだった。

ピアニストはそれから、小さく口笛を吹きながら、玄関に向かった。

「君去りし後《アフター・ユーヴ・ゴーン》」

電話が鳴り続けていた。

冬の保安官

シーズンオフの別荘地は静かだった。

夏が過ぎさり、冬を迎えようとしている別荘地には、凝縮された享楽の雰囲気はない。

夜は静かで、夏の間の夢の名残《なごり》を、遠く闇《やみ》の向こうへ押しやってしまっている。芝の広がる庭で開かれるようなガーデンパーティのはなやかな笑い声も、けたたましい嬌声《きょうせい》もそこにはなかった。

あるのは、雨戸をたてひっそりとした無人の家並みで、音をたてるのは、山の下から吹きあげる風に、枝を触れあわす、葉をすっかり落とした木々だけだ。

男は静かな場所が好きだった。静かな場所にひとりで立ち、音のない空気に耳をすませ、あたりの匂《にお》いをかぐのが好きだった。

彼は今、誰も乗っていないジープのかたわらに立っていた。ジープはエンジンの唸《うな》りでかすかに震え、ヘッドライトが人影のない家々を照らしていた。

別荘地は、温泉街を見おろす山の中腹に沿ってあった。登ってくる山道はつづら折りで起伏も激しく、ときおり山のふもとを行く車の放つ光が、鋭い角度で夜空をよこぎっていった。だが今夜そこまで登ってきた車は、彼の乗ってきたジープ一台きりだった。

別荘地帯の入口には、小さな監視所がある。そこには年寄りの管理人がいて、あたりが雪に閉ざされてしまうまで暮らしているのだった。

男が立っているのは、山の頂上に向かっている舗装された山道で、平地と山頂のほぼ中間あたりの高さに位置し、最も別荘が多い丘につづいていた。そこまで来るとようやく、山道の傾斜はなだらかになり、道幅も広くなるのだ。

道の両側に立ちならぶ別荘の大半は個人の所有物だが、中にはいくつかの貸別荘もあった。男にとってはたいしたちがいではない。人のいない別荘地は、彼にとっては単なる仕事場であり、その静けさが彼を満足させた。

夏の別荘地にあるのは、短い季節の間に精いっぱいの快楽をむさぼろうとする人間たちの欲望だけだ。年とともに、やってくる者の顔ぶれが変わろうとも、そこで彼らがわずかな時間に費す、金や無駄な努力は同じだった。何かから逃れるように、暑苦しい街からやってきたとしても、結局は再びそこに戻っていくことになるのだ。

男は長い時間、そこに佇《たたず》んでいた。ただひっそりと、あたりの景色と同じように、動かず立っているだけだ。年は四十を幾つかこえたぐらいで、贅肉《ぜいにく》のつきはじめた体は、がっしりとしている。

顔だちは全体に優しく、目尻《めじり》には笑い皺《じわ》があった。その目はときおりあたりを見回したが、特に意識しているものはないようだった。火のついた煙草《たばこ》を、腰のあたりにたらした大きな手にはさみ、立ち昇る煙がけむいかのように目を細めている。引退したスポーツ選手を思わせる大柄な体は、襟に毛皮のついたジャンパーで包まれていた。

見上げると、都会では見ることのできない澄んだ夜空に、溢《あふ》れるほどの星が浮かんでいた。一年中で、最も美しい星空を眺められる時期なのだった。

彼は煙草をジープの灰皿で消し、エンジンとライトを切った。助手席から大型の懐中電灯をとりあげ、ベルトで肩から吊《つ》るす。

それから誰もいない別荘を見回すと、最も近い場所にある一軒に向けて歩き出した。

懐中電灯はつけない。晴れた夜空には、充分道を辿《たど》れるだけの明るさがあった。冷えた夜気が、彼の吐く息を白く変えた。

その別荘は白塗りの瀟洒《しょうしゃ》な木造二階建てで、落ち葉の中に埋もれていた。山道からわずかにそれた斜面にあり、上り坂になった階段が、おもちゃのようなポーチにつづいている。

階段は地面に短く切った丸太を埋めこんで作ったものだった。彼は階段を上ると、戸口に立ち、懐中電灯を点《とも》した。

錠前の具合を見、同じようにフランス式の小窓におりた雨戸を調べる。錠前はきちんとかかっていて、こじあけられたような跡はなかった。

男はその家をひと回りした。かさかさに乾いた落ち葉を踏みしめ、二階を見上げる。

入念に、変わった様子がないことを確かめ、電灯を消し、元の山道に戻った。

彼は次の別荘に向かった。一軒一軒を丁寧に調べていく。どこもすべて無人で、異常はない。

やがて彼は駐《と》めておいたジープにひきかえした。来たときと、何ひとつ別荘地に変化はなかった。

その夜の彼の仕事は、それですべて終わりだった。冷えの厳しい山で、寝床の調達を他人の家で果たそうとしたり、乾燥した空気と暖をとるための焚《た》き火の関係について無頓着《むとんちやく》な人間がいないかどうかを確かめるのだ。

たまに、もう少し手癖の悪い手合いを相手にすることもあった。が、それとて、彼には重大な問題ではなかった。彼は、この仕事が気に入っているのだ。

男はジープの中で数本の煙草を灰にすると、車首を巡《めぐ》らせた。

山道をゆっくり下っていく。

時刻は真夜中すぎで、その晩はもう、別荘地にやってくる者はいない筈《はず》だった。いつ、どの別荘が利用されるかは、常に、前もって所有者または使用者によって、管理人を通じ、彼に連絡されていた。

彼が実質的な管理を受けもっているのは、五十軒近い別荘だった。彼はそのすべての利用日程のリストを持っており、その夜は、うち二軒にしか人はいなかった。

その二軒のたっている地帯はもう見回ったあとだった。山のふもとの方の別荘地帯だ。

山道を下っていった彼は、道に面した一軒の別荘の前で車を止めた。それは山小屋風に造られた二階屋の建物で、横手にコンクリートをしいた駐車場を持つ別荘だった。

そこに一台の車が駐まっていた。メタリックブラウンのトランザムで、一階の窓からもれる灯りが車体を鈍く照らしている。

前にそのあたりを見回ったときには、なかった車だった。

周囲の別荘はいずれも無人で、その別荘も今夜は誰も利用者がいないことになっていた。

彼はジープを止めても、すぐにはおりなかった。座席の中で背すじをのばし、じっとトランザムを見つめていた。

その別荘は個人の所有で、メタリックブラウンのトランザムが過去に駐まっているのを見たことはなかった。

やがて彼はジープのエンジンを切ると、おりたった。別荘の木の扉は閉じていて、灯りがもれているのは、横手の窓におろされたブラインドのすきまごしだった。

彼は懐中電灯を点し、ダッシュボードからバインダー型のリストをとり出すと、その別荘の持ち主を調べた。持ち主は、横浜《よこはま》に住む、芸能プロダクションの社長だった。しかしその男が他にもあまり人にはいえぬような副業を営んでいることを、彼は知っていた。

駐車場の入口には、鎖をはりわたした柱が立っている。車を入れるには、その柱をコンクリートの床から抜き、鎖をたるませるのだ。柱はがらんどうのステンレスで、たいした重さはない。

彼は鎖をまたぐとトランザムに歩み寄った。ナンバープレートを照らす。横浜のナンバーがついていた。

ボンネットに掌をのせた。冷えきっている。十分もあれば冷えきる季節だ。

それだけのことをすると、彼はもう一度背すじをのばして無人の車を見つめた。それから落ちついた足取りで駐車場をよこぎり、家の扉の前に立った。頑丈な樫《かし》の板で作られた扉には、真鍮《しんちゆう》のノッカーがついている。そのノッカーを、彼はゆっくりと叩《たた》いた。

金属性の音があたりに響いた。周囲はまるきりの闇だった。

返事はなかった。彼は再びノッカーを叩いた。

扉が不意に開き、彼は暖かそうな光に包まれた。同時に、銃口と向かいあっていた。

拳銃《けんじゆう》は小型のオートマチックで、持っているのは頭をポニーテイルにした少女だった。

真夜中の別荘よりも、真昼の原宿《はらじゆく》が似合いそうなその娘を、彼はじっと見つめた。ポニーテイルにはパラシュートスカートと同じ花柄のスカーフが巻きつけられ、白の飾りボタンがついたブラウスに、黄色いカーデガンを羽織っている。

年はどう多く見積っても、運転免許を取得できる、ぎりぎりというところだ。

娘は、薄くルージュをひいた唇をきつく嚙《か》み、両手で拳銃を構えていた。整った顔立ちの中で、幼さと成熟しかけた女の表情が入り混じっている。眼の下には、年頃には似合わない、うっすらとした隈《くま》があった。

男は低い声でいった。

「それの使い方を知っているかね？」

「知ってるわ」

娘は一歩退くと答えた。銃口は彼の胸元に向けられたままだった。

「だったら、試してみる必要はない。私はこの別荘地の保安管理人だ。シーズンオフの間の警備を担当している。今夜、ここには誰も来ないと聞いていたから、よったんだよ」

「そう」

娘は小さく頷《うなず》くと銃口をおろした。長い時間、ひどい緊張を強いられていたようだった。息を吸いこむとき、肩が震えた。

「あたしもここに今夜来るなんて、朝起きたときには思ってもみなかったわ。それに、ここってすごく寒い」

彼は娘の肩ごしに一階の部屋を見渡した。一室で一階の大部分を占めるその部屋には、毛脚の長いカーペットがしきつめられ、暖炉に似せたストーブが勢いよく燃えている。

丸太を組んで作ったように見せかけられた壁には幾枚かの絵がかけられ、部屋の正面には、大きな革製のソファが並んでいた。

ソファの中心のテーブルの上に、ブランデーのフロスティボトルとグラスがひとつのっていた。部屋の中には、娘の他に誰もいない。

「ひとりかね？」

彼は視線を娘に戻すといった。娘は男の背後にある夜をのぞきこんでいたが、はっとしたように顔を上げた。

「そ、そうよ」

「寒いのならドアを閉めてもいいのだが」

娘は頷いた。彼は玄関に一歩踏みこみ、うしろ手に扉を閉じた。

娘は男の革のジャンパーを見つめた。

「暖かそうね」

男が無言で頷くと、娘は初めて笑みを浮かべた。幼さが女に勝ったのだ。

男もほほえみ返した。それは、見る者を落ちついた気分にさせる笑みだった。

「君も暖かそうじゃないか」

男がいうと、娘は小首をかしげた。瞳《ひとみ》から心細さが消え、勝気な光が瞬《まばた》いた。

「体はね」

年には似合わぬ口調だった。

「ほう？」

娘は再び男の方に向き直った。

「おじさんの声、素敵ね。もっと聞きたいな。暖炉のそばに来て、少し話していかない？」

「そいつをどこかに置いておくと約束してくれるならね」

彼はいった。

「あら」

娘はいって、手にした銃を見おろした。

「こんなものにびくびくすることないわ。おじさん見るの、初めて？」

男は微笑を浮かべたまま首を振った。

「じゃいいじゃない」

口調には、どこか男に阿《おもね》るものがあった。まだ十代だとしても、充分に女であることを知る機会はあったのだ。

娘は暖炉のそばのソファを指した。

「さ、早く。靴は脱がなくていいの」

男がゆっくりと部屋にあがると、娘は拳銃をセンターテーブルの上に置いた。ゴトリ、という音は、小さいながらも人の命を奪うに充分な力があることを示していた。

男はソファに腰をおろし、娘の方は向かず、炎を見つめた。

「こんなに寂しい所で何をしているのかね？」

「あたし？　孤独を楽しみに来ている、といったら信じる？」

「いいや」

男は静かに首を振った。

「そうね。あたりまえね」

娘はくすっと笑って、テーブルから煙草をとり上げた。ライターは、娘には似合わない大ぶりのデュポンだった。

男は娘が慣れた仕草で煙草を吹かすのをじっと見つめた。

「たまには寂しいのって好きよ。でも今はちがう。待ってるんだ、あの人を。この別荘の持ち主。年は、そう……おじさんより少し下かな。悪い奴《やつ》。でも、あたしには優しいよ。お前は娘みたいだってよくいわれる。いやらしくない？　なんだか」

娘は笑った。白い喉《のど》が赤い光に映えた。

「こんなことというの変かな」

「いや。年より大人なんだなと思うだけさ」

男は首を振ってみせた。

「あたしさ、こういう所の管理人てみんなもっとお爺《じい》ちゃんばかりだと思ってたわ。ちがうのね」

「そう――最近、たちのよくない連中がときどき勝手に入りこんだり、悪戯《いたずら》をしたりするんでね。私は特別に雇われたんだ。冬の間だけ。だが今年で三年目になる」

「保安官だ、じゃあ。バッジもピストルも持っていないけど。よかったらこれ、貸してあげようか」

娘は屈託《くったく》なげに笑った。

「それは、君の恋人がくれたのかい？」

「そう。お前持ってろって。あとでここにあの人も来るわ。先に行って待ってろっていわれたの」

男はかすかに頷いた。

「欲しい？　ピストル」

「いや、必要ないさ。静かな街なんだ」

静かすぎるときもある、と彼は思った。たまには昔のことを思い出す。あまりにも忙しく、何もかも、考えるということができなかった日々を。

「おじさんもここに住んでるの？」

「はずれの方にね」

「奥さんや子供は寂しがらない？」

娘は新しい煙草の火口《ほくち》を見つめていった。

「いないんだ」

目を丸くした。

「別れたの？」

「そう」

「おじさんのことを理解できなかったのよ、きっと。あたしのママもパパも別れちゃったんだけど、よく、パパのことがわからないってこぼしてたわ。でも一番わかってなかったのは娘のことよね。あたしのこと、すごくいい子だって思ってたんだから」

「反対じゃないかな。理解しすぎていたから別れるってこともある」

「ふうん。人間て、そんなものかな。片《かた》っ方《ぽう》が片っ方を理解しているときは、もう一方は理解していない。結局、わかりあえたときは遅すぎたりしてね」

娘は笑った。今度の笑いは、男を意識した、どこか寂しげな笑いだった。

確かに遅すぎた。男は思った。彼には色々なことがわかったが、そのときにはもう他に何もなかった。そこで彼は仕事をやめ、この別荘地で働きだしたのだ。仕事は決して易《やさ》しいものではなかったが、彼にとっては生き甲斐《がい》だった。それがある日から、意味のない、つまらぬものになってしまったのだった。

彼は、ふと、今よりもっと寒い晩に、雨に打たれてずっと立っていたことがあったのを思い出した。

男は立ち上がり、暖炉の前に立つと手をかざした。炎は暖かだった。

暖炉の上には、六十号ほどの大きな絵がかけられていた。若い女が暗い街並みを背にし、街灯によりかかっている。幼さの残るその横顔に、男の気を惹《ひ》かずにはおかない翳《かげ》があった。

「これは君かい？」

男はジャンパーから煙草をとり出し、オイルライターで火をつけた。

「そうよ」

娘は頷いた。

「あの人が知りあいの絵描きさんに頼んで、描いてもらったの。素敵でしょう。いつかあたしを大スターにしてやる、そうしたらすごい値打ちが出るぞ、でも俺《おれ》は売らないって。アハハ、おかしいね」

「そう、君ならスターになれるかもしれない。この絵の君は少し寂しそうだが」

「精いっぱい気どったの。そしたらそんな顔になっちゃった。寂しいのは……」

娘はいい淀《よど》んだ。

「もう、スターは無理ね。いろいろあたしのために無理しておかしくなっちゃったみたいだから。この別荘も売るんだって」

「そうか。でもまた機会はあるさ。それより――」

男はあっさりと頷き、絵の背景を見つめた。横浜の街だった。外国人が多く、一日に幾つもの出来事がある盛り場だ。

「このバックは——」

男の言葉に娘も立ち上がった。絵と同じようにマントルピースによりかかったポーズで見つめた。

「わかる？　あまりきれいなとこじゃないけど、にぎやかで好きなんだ。あたしここで育ったの。知ってる？」

男は無言で頷いた。かつてはそこに彼の仕事場があった。彼はそこで、多くのものを見、学んだ。多くのものを知り、失った。その絵の街が、彼にはなつかしく見えた。見つめていると、雑踏や人いきれ、車の流れや夜のネオンサインなどが、目や耳に甦《よみがえ》ってくるようだった。

彼は目を閉じ、首を振った。深呼吸をして、目を瞠《みは》った。

「空気が少しこもってきたようだね。入れかえよう」

娘は頷くと、窓のブラインドを見、それから山道とは反対側に面した大きなサッシの窓を開いた。

二人は開かれた空間に歩みよった。眼下に温泉街の光が瞬いている。それは、ちっぽけな光の粒だった。ときおり、風が吹き上げると、別荘の両脇《りようわき》に茂った林の梢《こずえ》がさやさやと音をたてた。

「きれい。あたし、街の夜景って好きよ。なんかこう、胸がきゅっとするけど」

娘は息を吸いこんだ。

風にのって車の音が室内に流れこんだ。それはクラクションだったが、あまりに遠い距離をへだてていて、何か奇妙に現実離れをした響きがあった。

「まるで絵みたい。こんなところでずっと暮らしたらどうかな。飽きちゃうかな」

娘は独り言のようにいった。

「君には静かすぎて、つまらないだろう」

「でも、こういうのもいいなって思う。ガチャガチャしてばかりいるのが生活じゃないかもね」

「そしていつでも銃を持つ?」

「まさか。本当は使い方なんて知らないもん」

「恐かったんだな」

「そんなことないわ!」

不意に激しく娘はいった。

「あたし、恐いなんて思ったこと一度もないわ。そんなことでびびってたらスターになれっこないじゃない」

「………」

「もう、どっちでもいいけどね。面倒くさい。あーあ、アイスクリームが食べたいな」

彼はほほえんだ。

「ね、こんなところでさ、ストーブにあったまりながら冷たいアイスクリーム食べるのって、すっごい贅沢《ぜいたく》だと思わない？」

「ここにはないのかね」

「そんなガキっぽいもんおいてないって。前にそういったらあの人に馬鹿にされちゃってさ」

「じゃあ次に見回るとき、持ってきてあげよう」

「本当⁉　あたしチョコレートとナッツがかかってるのが好きなの。本当は太るとヤバいからさ、ずっと我慢してたんだ」

彼は太い息を吐いた。

「さて、そろそろ、お暇《いとま》しないと。夜が明けてしまう」

「そっか。お仕事の邪魔した？」

娘は窓枠にうしろ手を突いて、体をのばした。

「少しも。もう仕事はすんだんだ。あとは帰って寝るだけだ」

「おじさんちもこんなに広いの？」

「いや……」

男は苦笑した。

「狭くて、ここより寒いよ。ただしここと同じように、鳥や虫の声が聞こえる」

「そう。あたしんちもすごく狭かったからさ、こんな広いところにいると、恐くはないけど何していいかわかんなくて困っちゃう」

「本でも読んだらどうかね」

「うーん、得意じゃないな。でもお掃除や料理は好きだから。普通の食べ物やお酒はどっさりあるんだ」

「君の、その彼はいつ現われる？」

「さあ、知らない。今日か、明日か。アイスクリームを買ってきてくれないことは確かよ」

「もし何か必要になったら、電話で麓の管理人詰所に連絡すれば役に立ってくれる。番号はここだ」

男はジャンパーの内側から手帳を出すと、番号を書きとめ、破いた頁《ページ》を渡した。

「おじさんもそこにいるの？」

「いや、私はちがう。見回りの初めと終わりに寄るだけだ」

彼はソファに置いてあった懐中電灯をとりあげると、玄関に向かった。

「それじゃ、おやすみ」

扉に手をかけて振りかえった。

「ありがとう、おもしろかったよ。これからも頑張ってね」

娘はにこっと笑った。

「おやすみなさい」

男が外に出ると、東の空には、薄い青みがさしていた。

息が濃い白に色を変え、地面にもびっしりと霜《しも》がおりている。

男はジープに乗りこみ、エンジンを始動した。冷えきったエンジンが暖まるのを待ち、ゆっくりと車首を巡らし、下りにかかる。

山道を下りていくと、下から一台のライトが登ってくるのが見えた。相手が見え隠れするカーブをいくつか過ぎ、やがて二台の車は向かいあう形で止まった。

それは黒塗りのクライスラーだった。ジープとすれちがうには、道が狭すぎるのだ。

クライスラーには二人の男が乗っていた。二人とも若く、険しい人相をしていた。

助手席にすわっていた男が窓をおろし、かみつくような口調でいった。

「車をどけろよ、おい」

つづいて、運転していた男がドアを開いておりたった。

「おっさん、この辺で茶色のトランザムを見かけなかったかい。平べったいアメ車だ」

　男は無言で若い男を見つめた。ジープをおり、その男の前まで歩いていくといった。

「久しぶりだな、ミッキー」

　ミッキーと呼ばれた男は不審そうに、薄明かりを通して相手の顔をのぞきこんだ。

　あっという声がその口からもれた。

「あんたは――」

　二人の男は古馴染《ふるなじ》みだった。そう遠くない昔、男は猫で、ミッキーは鼠《ねずみ》だったのだ。

　男は首を振った。

「あいかわらずか、ハマの様子は。お前ら、今でもデカい面して歩いているようだが」

　ミッキーは返す言葉もないようだった。ただ呆《ほう》けたように男を見つめていた。

　助手席にすわっている男がいらいらしたように、窓から首を出し叫んだ。

「何やってんだ、ミッキー。早いとこ女を見つけねえと、兄貴にヤキ入れられちまうぜ」

「ふん」

男は笑い、ミッキーが着こんでいる洒落《しゃれ》たツイードのコートの襟をひっぱった。

「出世は遅いようだな。え、ミッキー」

「うるせえ。警察《サツ》をやめた野郎にとやかくいわれる筋合いはねえよ。それより、茶のトランザムを見なかったのかって訊《き》いてるじゃねえか、どうなんだ」

「帰れ」

男は短くいった。

「なんだと」

「ここからUターンして帰んな。今夜は、誰もここへは来なかった。だから帰るんだ」

彼の声には少しも荒いところはなかった。だが、ミッキーのような男達が逆らえない何かがあった。車中の男も、もう何もいわなかった。

ミッキーは男の顔をにらみつけようとした。しかし視線が合うと、自分から外していった。

「野郎、いいかげんなこといいやがると――」

男は不意にミッキーの襟をつかんだ手に力をこめた。ミッキーの顔をのぞきこめる位置までひきよせる。

「何しやがる、この、放せ――」

「何があったんだ？」

「誰がてめえなんかに……」

男はさして苦労もせず、絞《し》めあげた。

「何があった、いえ」

次の瞬間、右手の甲でミッキーの顔を殴りつけた。膝《ひざ》で下腹部を蹴上《けあ》げる。

「よせっやめろっ」

ミッキーは鼻をかばって叫んだ。車中の男が飛び出したが、手を出したものかどうか、迷っているように、見つめていた。

「いうんだ。いわんと、鼻の骨をへし折るぞ」

「わかった、わかったよ、畜生。トランザムのスケの野郎は、組の銭をパクったんだよ。他にもあちこちからパクって、組と警察《サツ》の両方から追われてるんだ」

「埋めてこいといわれたのか、え、おい」

「知らねえよ。そんなことあんたにいえるわけねえだろ」

男はミッキーを突きとばした。

「帰れ。ここから下りるんだ。お前らのようなクズは通さん」

「畜生め」

ミッキーは顔を押さえて立ちあがり、クライスラーのドアを開いた。

「へっ。ハマのシェリフとまでいわれた野郎がこんな田舎《いなか》で、別荘の番人とはたいした出世だぜ。仲間うちにもよくいっといてやらあ。お前が寂しい場所で暮らしてるって聞けば、喜んで訪ねていく野郎もいるだろうよ。昔のお礼をしにな——」

ドアは音高く閉まり、クライスラーはバックのまま山道を下っていった。

男は薄い笑みを浮かべ、黒い車が見えなくなるのを見守った。

そのライトが見えなくなるのを待ち、彼はジープに乗りこんだ。途中、クライスラーがわき道に隠れていないかを確かめながら、下っていく。

下り坂の終わりが別荘地の入口だった。そこには管理人詰所があり、今、その前には数台の車が駐まっていた。うち二台がパトカーだった。

管理人詰所は木造の小さな家で、瓦《かわら》ぶきの屋根からは煙突が出ている。男はジープを駐め、ガタガタと鳴るガラス戸をひいて中に入った。

家の中には七十過ぎの老人と、ダルマストーブを囲むように、数人のがっしりとした男たちが立っていた。ひとりだけ、黒のコートを着た初老の男が、皆から離れ、土間のあがり框《かまち》に腰かけていた。手にコーヒーの入った金属カップを持っている。

彼が詰所に入って老人に頷くと、その男はカップを置き立ちあがった。そして彼と向かいあった。

やがて初老の男がいった。

「久しぶりだな」

「四年ぶりですか」

彼は答えた。

「そうだ」

初老の男が煙草を出してくわえると、男はオイルライターの炎をさしだした。

「さっき、そこでミッキーに会いました。娘を追っているんですか」

「いや」

初老の男は煙を大きく吸いこんでからいった。

「その、男だ。ここで愛人の娘と落ちあい、ほとぼりが冷めるのを待ってから、高飛びをする気らしい。ミッキーは、今そこで逮捕した。車の中にオモチャを積んでいたからな。また当分喰《く》らいこむことだろうよ」

「あいかわらずのようですね。しかしまさか、こんな所でお会いするとは思ってもいませんでしたよ、課長と」

「まったくだ。調べてみたら、奴の立ち回り先になりそうな所に、君が勤めていると聞いていた別荘地があったんで、驚いた」

彼は微笑を浮かべた。

「そいつはまだこちらには来ていませんよ。別荘には娘がいるだけです。娘もひっぱるんですか」

「いや、共犯ではないし、本人は何も知らんだろう。いずれ、出るところには、出なければならんだろうが」

彼は小さく頷いた。

「ところで、こちらはどうだい？」

初老の男は訊《たず》ねた。

「いいですね、静かで。誰かさんのように、しんどい体をあちこちに運ばずにすむし、夜っぴて追ったり、張ったりすることもない」

男は笑顔を大きくした。

「そうか、こいつめ。ときどき、うらやましくなるよ。君のように辞めてよそへ移っていった連中が」

「あなたには無理ですよ、課長。あなたにはこんな生活は平和すぎて、我慢できないにちがいない」

「そうかな」

課長と呼ばれた初老の男は、ガラス戸を通して、別荘地に登っていく道を見上げた。

「君でもできるのなら、私でもできるだろう。さっき、ミッキーが懐しい渾名《あだな》をいっていたぞ。ハマのシェリフに会った、とな。今じゃ、この――」

パトカーから降りた制服警官が、管理人詰所のガラス戸をひいた。

「課長、県警から無線が入っております」

「ちょっと、すまんね」

初老の男は彼に頷くと、コートの襟を立てて詰所を出た。

男は、パトカーの排気筒から吐き出される白いガスを見つめていた。寒すぎるときもあるし、平和すぎるときもある。しかし、自分は今これで満足している。

初老の男がパトカーを出、戻ってくると、大きな声でいった。

「奴があがった。今しがた県境で押さえたそうだ」

男たちがやれやれ、という声をもらした。それを聞いて、彼は初老の男に微笑してみせた。初老の男も笑い返すと、大きなくしゃみをした。

「いかん。ここはどうも私には寒すぎる。それじゃ、あとで娘を連れにくるから、すまんがそのときまで、娘の動きをそれとなく見ておいてくれんかな」

「お安い御用です」

彼は頷いた。そして、刑事たちが車に乗りこみ、立ち去っていくのを見送った。

車が見えなくなると、男はジャンパーの前を開いて、あがり框に腰をおろした。

管理人の老人がいれたコーヒーを受けとり、さっき初老の男が見ていたのと、同じ方角を眺める。

だしぬけに詰所の電話が鳴り、男は一瞬驚いたようにそれを見つめた。が、すぐに立ちあがり、受話器をとって耳にあてた。

「もしもし――」

眠そうな娘の声が流れ出した。

「君か」

「まだ保安官も起きていたのね。徹夜で街の番をするの？」

「いいや。もう帰るところだ」

彼は少しためらった。

「何か必要なものでも？」

「アイスクリーム。……おじさんが帰ったあと、すぐに、あの人から電話があったの」

「………」

「もしもし、聞こえてる？」

「ああ。聞こえているとも」

男は窓の方を見ていった。

「それで？」

「あの人の話だと、当分、事情があってこっちへ来られないのだって。だからあたし、長い待ち惚《ぼう》けをくわされそうなんだ」

「そうか」

「だから、アイスクリーム、忘れずに持ってきて。眠かったのだけど、それが気になって電話しちゃった。おじさんがそこにいてよかった……」

彼はそっと息を吐いた。

「わかった。チョコレートとナッツののったアイスクリーム、忘れずに持っていこう」

「覚えてたんだね」

「覚えていた」

「よかった。へへ、これで安心して寝れるよ」

「おやすみ」

「おやすみなさい」

カチリと音をたてて電話が切れても、彼はしばらく受話器を握っていた。やがてそっと戻し、ジャンパーの前を閉じた。

老人におやすみを告げ、表に出た。ゆっくりとジープに乗りこむ。

彼の顔には、夜が始まったとき、ひとりで夜の空気を楽しんでいた、あの落ちつきに満ちた表情が浮かんでいた。エンジンを始動し、彼は、彼の街につづく山道を、静かに登っていった。

ダックのルール

1

階段を下りていくと、「クライ・ミー・ア・リヴァー」が聞こえた。僕が生まれた年か、その少し後に流行《はや》った曲だ。

木の扉があって、手をかけた途端に曲が終わった。扉は、勿体《もったい》をつけるように軋《きし》みをたてて開いた。

小さな酒場だった。暗いビルの、暗い階段だったが、中はもっと暗かった。

英語の低い喋《しゃべ》りが狭い空間を満たしている。鏡を正面にすえたカウンターに、こちらに背を向けるようにして長身の男がひとりすわっていた。

カーキ色のシャツに黒いぴっちりとした革のスラックスを着けている。シャツの左袖《そで》が半分で折り畳まれ、安全ピンが光っていた。

店の中には他に誰もいなかった。

男が目を上げ、鏡の中で僕を見すえた。僕に向かって軽く頷《うなず》く。

「ミスター・コウ？」

「イエス」

僕は反射的に英語で答えた。男のミルクチョコレートのような色をした頰《ほお》に、ゆっくりと笑みが浮かんだ。

「おかけなさい。どうぞ」

流暢《りゅうちょう》な日本語が分厚い唇《くちびる》を割った。

隣に腰をおろすと、彼はいった。

「英語は得意、ですか」

「仕事の話をするほどには」

僕は首を振った。

「そう。こんな遅く、呼び出してすみません、でした」

「遅いというよりは、早いといった方がいいかもしれませんね」

男は頷いた。カウンターの隅に置かれた古いラジオが時報を告げた。午前三時だ。

FENのDJが「グッド・モーニング」といった後、猛烈な勢いでニュース文を読み上げ始める。

「ブラウンがあなたを素晴らしい探偵だといった。だからここに来て貰《もら》った。他の場所と時間が都合つきませんでした。ゴメンナサイ」

パパ・ブラウン。東京の不良外人をとりしきる大元締めといってよいかもしれない。純粋の黒人だが、日本国籍を持っている。彼と会ったことはない。だが名前は幾度か耳にした。恐ろしい男であり、偉大な男でもある——そういったのは、本牧《ほんもく》のディスコでDJをアルバイトにやっている黒人兵だった。

どれほど恐ろしくて、どれほど偉大なのかは教えてもらえなかった。それきり、知る機会はなかった。

「ミスター・ブラウンに会ったことはないのです」

「知っています。ですが、あなたも彼のこと知っている。彼も知っている、それでいいでしょう」

頷く他ない。

「お名前は？」

「ダック。皆、そう呼んでいます。グワ、グワ」

「わかりました、ダックさん。御用件をうかがいます」

「女の人。若い娘さんを捜して下さい」

「知りあいですか」

「友だちの娘、です」

「…………」

「住所を聞いてきました。ですが、そこにはいなかった。どこにいるか、わからない」

「どんな用事で？」

ダックは笑みを浮かべた。今度のは言葉のかわりになる笑みだった。答える気はない、という意味だ。僕はいった。

「ダックさん――」

「ダック、でいい」

「いいでしょう、ダック。あなたがいうように、今はとんでもない時間だ。こんな時間に、初めて聞いた酒場に出かけてきて、見知らぬ人と会っているのは、僕のボスの、そのまたボスである、早川弁護士に頼まれたからだ。しかし、ボスの依頼というのは、ここに来て、あなたと会う、というところまでだった。あなたがきちんとした話をしてくれなければ、僕はいつでも帰ることができるんです」

ダックは笑みを消さなかった。

「ブラウンもそういいました。あなたのボスに話をつけてくれたのはブラウンです。けれど、彼も理由は知らない。彼は世間でいわれているほどトラブルが好きな男ではないからです。ですが、あなたには何もかも話さなければならないだろう、でなければ決してひきうけない男だ――ブラウンの知っているあなたはそういう人だそうです」

「高く買われているようですね」

「怒らないで下さい。少し試したかった。悪いことだというのはわかりますが」

ダックは立ち上がった。のびあがり、右手でふたつのグラスをカウンターの内側からつかみ出した。僕と自分の前に置き、今度はジャック・ダニエルを取り出した。グリーン・ラベルだ。ブラック・ラベルを出さなかったのは、酒場の持主に遠慮したからかもしれない。

グラスに半分ずつ、ストレートを注いだ。

「どうぞ」

僕は無言でグラスを手にした。ひと息で空けろといわれれば、躊躇《ちゆうちよ》するほどの量だ。

「友だちに乾杯して下さい。ガイという名の男です。彼の魂が安らかならんことを――」

ダックは軽く唇を湿らせただけだった。僕が飲むのをじっと見つめている。口調は優しいのだが、この黒人にはどこか強い気魄《きはく》のようなものが感じられた。対抗するために、シングル一杯を飲みこんだ。むせることはなかったが、喉《のど》がひどく焼けた。

グラスをおろすとダックが喋り始めた。口調からとってつけたような優しさが消えた。

「三ヵ月前まで、私とガイは戦場にいた。どこかはいえない。だが、この地球では至るところで小さな戦争が行われているのだ。私とガイは雇われて、その戦場にいた。つまり傭兵《ようへい》ということだ。ガイは白人だったが、私たちには共通点があった。それが日本だ。ガイには日本人の妻がいたし、私の母は日本人だった。ガイは私より十歳年上で、経験の豊富さでは、隊でも、一、二を争う、頼りになる男だった。私たちはいつもチームを組んできた。互いに命を助けあい、戦ってきたのだ。そして、相手の身になにかあった時は、残された家族の面倒を生きのびた方が見守る――そう約束もしていた。といっても私には家族はいないが」

「行方《ゆくえ》がわからなくなったというのは、そのガイという人の娘なんですね」

「そうだ。三月《みつき》前の激しい戦闘で、ガイは死に、私は片腕を失った。ガイは四年ほど前に、奥さんをなくしている。残っているのは、ローラという名の混血のお嬢さんだ。ガイはこの日本で、仕事と仕事の合間はそのお嬢さんと暮らしていた」

「あなたはどこで？」

ダックは肩をすくめた。

「あちこちだ。私は四ヵ国語が喋れる。肌の色はこの通りブラックだが、むしろその方が暮らしやすい場所もあるのだ」

「それで？」

僕は先を促《うなが》した。

「ローラは十六歳だが、大変な美人だ。父親のいない間、ずいぶんと羽をのばして暮らしていたようだ。モデルとして活躍もしていた」

「あなたが今さら面倒を見る必要もなく」

皮肉はきかなかった。ダックは頷いた。

「その通りだ。だが、私の方でどうしても彼女に会わなくてはならない理由ができた」

「何です、それは？」

「死ぬひと月前、ガイはある品をローラの許《もと》に送った。そのうちの半分は私のものなのだ。それは互いに承知の上だった。当時の私たちにとって、安全な保管場所といえば、そこしかなかったのだ。私はそれをローラから受け取りたい」

「ダック、日本にはいつ来たんです？」

「一週間前。ナリタに着いてすぐ、ローラのアパートに電話をした。だが誰も出なかった。タクシーに乗って訪ねてみると、部屋に鍵《かぎ》がかかっていて、人のいる気配はなかった」

「一週間前まではどこに？」

ダックは左肩をすくめた。

「病院」

僕は煙草《たばこ》を取り出した。ダックが手ずれしたジッポーを点《つ》けた。

「何を預けたんですか、ローラさんに」

「いえない」

「それが原因で、彼女が犯罪に巻きこまれた可能性があるとすれば、彼女を捜すのは、僕ではなく警察の仕事だ」

ダックは無言で、火のついたままのジッポーをカウンターにのせた。ラッキーストライクを一本唇にさしこみ、炎に近づける。煙を唇の端から吐き出すと、ジッポーを右手で閉じ胸にしまった。

「エクストラ・ペイだ。君個人にUS三千ドル、ローラを見つけてくれたら」

グラスの中身を口に含み、僕を見た。白眼の部分が光る。

「僕は個人で探偵を開業しているわけじゃない。組織の中にいる」

僕は静かにいった。

気まずい沈黙が流れた。

「わかった。私がまちがっていた。しかし、ローラを捜してはもらえないだろうか」

「彼女が犯罪に巻きこまれていたなら、僕はすぐ警察に通報しますよ」

「いいだろう。しかし、その前に必ず私に知らせてくれるかね」

「ダック、あなたは幾つですか」

僕は訊《たず》ねた。ダックは不思議そうに僕の顔を見つめた。

「三十九だが——？」

「なぜ、パパ・ブラウンに頼まなかったのです？ 東京にローラがいるのなら、彼の方がより早く見つけてくれたでしょう」

「彼には頼んださ」

ダックの顔に自嘲《じちよう》の色があった。

「——断られたのだ」

「彼はその品のことを知っていたんですね」

「いや、知らなかった。しかし、なぜだ」

「なにが？」

「なぜ私の年を訊《き》いた？」

「どんな約束であろうと、口でしか、守ることはできない。絶対確実な約束など、この世には存在しないことを、あなたが知っている年だと思ったからです」

「なるほど」

ダックは眼を細めた。眠たげな表情になる。夢でもみているかのようだ。

「私はちがう。いつでも約束を守ってきた。だから君にも守ってもらう。もし破ったら、その時は、約束しよう。君を殺す」

2

ダックが本気でいっていることは僕にもわかった。彼は、僕が今まで見てきたいかなる人間とも種類がちがう男だ。彼にとってルールはひとつしかなく、それを決めるのはダック自身である。

それでも僕はダックの依頼をひきうけることにした。ひとつには、その、ローラという娘の身をダックが真剣になって心配していたからだ。

ダックから教えられたローラの住居は、代官山《だいかんやま》のマンションだった。翌日、僕は事務所に顔を出し、調査二課長にいきさつを話すと、そこに向かった。ダックは自分の居場所を僕に教えようとはしなかった。かわりに、一日に二度、早川法律事務所に電話を入れるといった。

結構だ。彼がどんな種類の人間であろうと、調査費を払うのなら、仕事はうけるほかない。無論、彼が調査結果を犯罪に利用しようと考えているのなら別だが、僕にはそう思えなかった。

三十九歳、混血の黒人、隻腕《せきわん》、自らを元傭兵だと紹介した。日本語を巧みに操り、話し方にも疑わしいところはない。怪しむのなら、彼のような人間の存在自体を怪しむべきだ。自分のルールにこだわりつづけ、破る者に対しては、その命を以《も》って償わせるという。

決してどこにでもいる人間ではない。

ダックは、ローラと共に写った相棒の写真を持っていた。貸すときに、必ず返すことを僕に約束させた。

「ガイの写真はそれ一枚しかない。貴重なんだ」

ガイという白人は、ひょろりとした印象のダックとちがい、胸板が厚い巨漢だった。横浜《よこはま》、山下《やました》公園、氷川丸《ひかわまる》をバックに髪の長い娘を抱き寄せて笑っている。薄い茶のサングラスに白のポロシャツ、下はコーデュロイのジーンズだった。父親に比べればはるかに華奢《きやしや》に見える、娘のタンクトップの肩に回した手の甲に、刺青《いれずみ》があった。

ローラの方は、見る限りではたっぷり父親の血を受け継いでいるようだ。純粋の白人に見える。父親の笑顔とは対照的に、硬い表情を浮かべている。たまに戻ってきては親権をふりまわして自分を拘束《こうそく》する父親から、早く解放されたい。そう望んでいるかのようだ。

確かに、カフェバーやディスコにいた方が生き生きとして見えるだろう。

かけ値なしの美少女で、モデルとしても充分やっていけるタイプだ。背も高く、凸凹が過ぎない。

マンションは一階にカフェテラスや、ブティックを構えた高級な建物だった。どれほどの広さの部屋かは知らないが、ガイが傭兵として稼ぎ出す額は、ちょっとした会社の重役クラス並みはあったにちがいない。

鍵《かぎ》のかかる郵便受けには、ダイレクトメールの封筒が山ほど詰まっている。中身をひき出すことができないので、どれほど前の消印のものから入っているかはわからなかった。一度上に昇り、部屋をノックした。答える者はない。

新聞はとっていなかったのか、受け口はきれいなままだ。

両側の部屋を当たった。右側は留守、左側からは口ヒゲを生やした男が出てきた。モデルだというのは知っていたが、どこに行ったかはわからない。そういえば、近頃、見かけない。

ちなみに、反対側の住人の居所を訊いてみた。ヘアデザイナーで、二ヵ月ほど前から外国に行っているという。従ってローラの居所を知る可能性はない。

そこに至って、僕は自分の犯したへまに気づいた。ローラが父親の死を知らされていたかどうかを、ダックに訊くのを忘れていた。

「ところで、どうしてこの部屋の女性がモデルだということを知っていたんですか」

僕は隣人の男に訊ねた。彼のTシャツの肩の向こうには、白いカーペット、白いカーテン、窓ぎわの自転車が見える。

「僕のカミさんがスタイリストの仕事をやってましてね。見かけたことがあったんですよ、モデル連中がよく集まる店で」

「何という？」

「青山《あおやま》の『アージャ』という店です。一見してそれとわかる連中が一緒だったらしい」

「いつ頃からいなくなられたかわかりますか？」

「さあ、十日か、二週間ぐらいかな。少なくとも先月はいたような気がする」

男は僕の質問を怪しむこともせず、肩をすくめた。僕はその店の場所を訊くと、礼をいってひきあげた。

確認のために、一階の管理人に会う。管理人は老人ではなく、隆々とした筋肉をもった若者だった。彼はニベもなく、住人に関する一切の質問には応じられないといった。ただひとつだけ、ローラがあの部屋をひき払っていないことは教えてくれた。なぜなら、僕に「キチンと家賃を払って下さっている住人の方」についての問いには答えられない、といったからだ。

それで充分だった。事務所に戻るべく、路上駐車した車に乗りこんだ。

電話で聞くダックの話し方は、普通の日本人と何らちがいはなかった。が考えてみれば彼の血の半分は日本人なのだ。それを思えば、彼があたり前のように日本語を喋ったとしても、どこも不自然な部分はない。おそらく、彼の外見があまりに、完全な黒人であるため、つい外国人として見てしまうのだろう。

彼自身、最初はいかにもそうであるかの如くふるまった。

「彼女は父親の死を知っていましたか？」

僕は自分に向けられている二課長の鋭い視線を意識しながらいった。

「いや、知らないと思う。私が知らせるはずだった。実は――」

ダックはいい淀《よど》んだ。

「何です？」

「彼女あての見舞金も私が預かっている」

「幾らほど？」

「二十万USドルの小切手だ。彼女を受け取り人と指定している」

ダックにとってはただの紙きれというわけだ。

「ローラの父親が死んだのは三月前と聞きましたが、どうしてもっと早く知らせなかったのですか。それに遺体は――」

「コウ、君は自分の両親の死を電話一本で信ずる気になれるか？」

彼の勝ちだ。

「彼は正規の兵士ではなかった。従って明文化された死亡証明書が出されるわけでもない。まして、そこは戦地なのだ」

僕をやりこめたことに対して、得意になっている様子はなかった。淡々としていた。

「それから教えておこう。ガイの遺体はない。私とガイの乗ったジープはロケット弾の直撃を受けたのだ。私の左腕とジープの部品、ガイの身体を見分ける方法はなかったそうだ」

つらい知らせを運ぶ役目を兼ねていたことを、ダックは僕に話さなかったのだ。なぜだろうか、これも彼のルールなのか。

「ローラの居所を訊きこむために、僕は今夜、ある店に行きます。外人のモデル連中が溜《たま》り場にしていたところです」

「私も行ってもいいだろうか」

「なぜです？」

「ひとつには君が日本人だからだ。私の外見は知っての通り、日本人じゃない。従って、君より多くの情報を訊き出せるかもしれない」

その通りかもしれない。日本人よりも外国人に対して門戸を開く店が最近は増えている。

「君の邪魔はしない、約束する」

「結構です。では午後九時に青山一丁目の交差点でピックアップします。いいですか」

「わかった、待っている」

電話は切れた。受話器を戻すと、調査二課長がデスクを回りこんできた。

「例のダックという男かね」

「そうです」

僕は椅子を後ろにひき、煙草を取り上げた。

元警官、そろそろ還暦を迎えるはずだが、半白髪の頭をのぞけば年齢を感じさせるものは何もない。グレイ、または茶のスーツを好み、シャツは常に白だ。地味であることを心がけ、それに成功している。と同時に、依頼人を一目会っただけで信頼させる威厳もまた身につけている。僕が早川法律事務所で失踪人《しっそうにん》調査を手がけるようになって以来のボスだ。部下を掌握し、しかも滅多なことでは口を出さない。その彼がいった。

「早川さんには、いつでも私の方からいってやれる――」

僕は彼を見上げた。

「このダックという男に関する君の話には不審な点が多すぎる。あまりにも事実関係がわかっていない。傭兵だというのも、問題がある」

「傭兵だったでしょう。もう戦地には戻れないのです」

「にしても、危険度が高い。傭兵という人種がどんな連中かは、君もよく知っているはずだ」

僕は頷いた。三年前、中東からの留学生の失踪調査を行っていた僕は、二人の傭兵にハイジャックされた山荘に居合わせたことがあった。彼らは何人かの泊まり客を殺し、僕も危うくそうなりかけた。彼らを雇ったのは、やはりその留学生を追うグループだった。しかししまいに彼らは暴走し、手がつけられぬ状態となった。

「君の判断だ。だが、私はこの件には深入りせんことを勧める」

「このところ危い目にあい続けですからね」

僕は笑った。

「家出した高校生や中学生の仕事もないわけじゃないぞ」

「特別料金を払うと申し出ましたよ。三千ドル」

「それで動く人間じゃないことは、私がよく知っている」

「なぜです？」

「君を探偵にしたのは私だ」

「なるほど」

「君には君のルールがある。絶対に変えない人間だ」

「変えますよ、いくらでも」

「私生活に於《お》いては？」

課長がニヤッと笑った。

「性生活に於てと」

「仕事では変えないいし、変わらない。そうだろ」

「…………」

「なぜひきうける気になった。早川所長の面子《メンツ》のためか」

「興味があるんです」

僕は立ち上がった。

「何に？」

「彼のルールに」

「そのためにやる？」

頷いた。

3

夕方から冷たい雨が降り始めた。ひとりで夕食をすませると、部屋で着がえ、待ち合わせの場所に向かった。

ダックは、シャッターのおりたビルの玄関に体の左側を押しつけるようにして立っていた。革のブルゾンに革のスラックス、黒いハイネックのセーターを着けている。

車を寄せ、クラクションを短く鳴らした。ダックは手にしていた煙草を水溜りに弾きとばすと、雨の中に姿を現わした。傍《かたわ》らを行き過ぎようとしたカップルが、驚いたように立ち止まった。闇《やみ》の中から黒ずくめの男が現われたように見えたのだろう。

素早い身のこなしでダックは助手席にすべりこんだ。

僕はサイドミラーをにらみつけ、流れるタクシーの列に割りこんだ。クラクションが怒ったように鳴り、ダックが振り返った。

「探偵業がオフのときは何をしている？　レーサーか？」

「別に。ただの青年であることを楽しんでる」

笑いを含んだ眼で頷いた。大きく息を吐いて、シートにもたれこんだ。

二四六を走った。

「東京はきれいな街だ」

ダックがぽつりといった。

「きれいな場所を走ってるからそう思うんだ」

ダックは首をふった。思いついたように彼が訊ねた。

「どんな店なんだ、そこは」

「よくは知らない。バーか、ディスコか。外国人の多い店のはずだ」

「名は」

「アージャ」

その店の前についた。ビルの地下に続く階段の踊り場に、ブルーのネオンが点《とも》っている。入口を見てダックが呟《つぶや》いた。

「金のかかりそうな店だ。別々に入るか、それとも一緒でもいいか」

「ローラはあなたの顔を知っていますか」

「知っている」

「じゃあ別々がいいでしょう。もし先に見つけたら知らせて下さい」

「わかった」

あたりの路上駐車された外車の列に車を割りこませると、先にダックを降ろした。

外交官ナンバーのフィアットの後ろに車を止め、雨の中を走った。

階段を下りると、銀色の観音開きの扉があり、ビートルズがその向こうから聞こえた。扉を押し開き、中に入った。右手にバーカウンター、左手に銀色の長いテーブルが続いている。観葉植物がたくさんおかれ、正面奥の板ばりの部分で何人かが踊っていた。その向こうにスクリーンがあって、モノクロのビートルズが演奏している。客の半数が外国人、それも白人だった。ダックはカウンターの端にかけていた。唇に笑みを浮かべている。混んでいるにもかかわらず、彼の周囲に人はいなかった。

グラスを手にした若い金髪の娘が、早口の外国語でバーテンダーに話しかけている。彼女を囲むようにして茶の髪の男と、背の高い女性的な日本人の男が立っていた。

ダックが立ち上がった。皮肉のこもった目でその娘を見た。何ごとかを話しかけ、僕の方に歩み寄ってきた。三人の男女は凍りついたようにその場を動かなかった。

「私は外にいる。ここは私が好まれる場所ではない」

低い早口でいうと、ダックは僕の傍らをすりぬけた。僕はダックのすわっていた席に腰をおろした。バーテンダーが、口のついていないダックのグラスを手早くさげた。金髪の娘のグループが僕の隣に陣どった。何ごともなかったかのように笑いあっている。

ジントニックを頼み、バーテンダーにいった。

「ローラは最近来てる？」

バーテンダーは愛想のない若い男だった。気取った表情を浮かべている。

「どなたですか」

聞こえなかったように訊き返した。

「ローラ」

知らないというように首を振った。僕はグラスを受け取り、店内を見回した。外国人同士はたいていが顔見知りのようだ。大げさに抱きあったり、キスを交わしている。ひとりひとりの顔を見分けるのに苦労しそうだった。

三十分をその店で費した。ローラを知っている者も、いない者もいた。しかし、彼女がどこにいるのか教えてくれる人間はいなかった。

外に出ていったダックのことが気になり、訊きこみを途中で切りあげた。もしローラがボーイフレンドの家か、旅行にでも出かけているのなら時間さえかければ見つけられるはずだ。

階段を上ると外に出た。雨の中にダックの姿は見えなかった。

タクシーが僕の目の前で止まった。扉が開き、黒の超ミニスカートをはいた長い髪の娘を吐き出した。僕は車の方に踏み出しかけた脚をとめた。彼女だった。

ローラはわき目もふらずに店の入口に向かって歩き出した。僕はもう一度、あたりを見回した。

一台の車が減速しながら反対側に寄った。グレイのスカイラインだった。助手席の窓がすっとおりた。

「ミス・ローラ!」

中から声がした。娘が立ち止まって振り返った。ポン、という風船を押し潰《つぶ》したような音が二度した。ローラの体が濡《ぬ》れた舗道の上を舞った。

スカイラインがタイヤを鳴らして発進した。サイドウインドウは既に閉まっていた。僕はただ立っていただけだった。足元に、ローラのふわりと広がった長い髪の先があった。

すべてが一瞬の出来事だった。それでいてスローモーションフィルムを見たように、はっきりと目の奥に焼きついていた。

叫び声があがるわけでも、人が走り寄ってくるわけでもない。ただ、僕の足元に少女がひとり倒れているだけだ。

何ごともなかったように、道をタクシーが行きかっている。

僕はゆっくりとかがみこんだ。少女の頬はまだ温かだった。瞠《みひら》いた目が僕を見つめた。

首すじを探った。軽いコロンの香りが鼻にふれてくるだけだ。

立ち上がると公衆電話を捜した。ローラは僕の目の前で射殺されたのだ。

僕を取り調べたのは、矢野《やの》と杉原《すぎはら》という警視庁から来た刑事だった。ローラの体は運び去られ、僕は現場をとり囲んだ幾台ものパトカーのうちの一台で事情聴取をうけた。単なる目撃者として事をすますのは不可能だった。

僕はローラが撃たれる直前まで「アージャ」にいて彼女のことを訊いて回っていたのだ。検査を受けた僕の懐《ふところ》からは、彼女の写真までが出てきた。簡単に帰してくれそうにない雰囲気だった。

写真が発見された段階で、僕の身柄は警視庁まで移された。取調室で幾度も同じ話を、何人もの警察官の前でくり返させられる。

話に矛盾点がないことが明らかになると、彼らの関心はダックに移った。

「その黒人の本名は知らないのかね」

「知りません。それに彼は、日本人と黒人の混血です」

「何のために、被害者を捜しているのか、訊かなかったのか」

「彼女が持っているはずの何かを受け取りたいといっていた」

「それは何だ」

「知らない。彼はいわなかった」

「そんないい加減なことで君は依頼をひきうけたのか」

「本当は知ってるんだろ、え？」

「隠す理由はありませんよ」

「偶然にしちゃ、タイミングが良すぎるんだな……」

一時間を目撃談に、次の一時間をダックとの関係説明に費した。彼らがいつまで同じ話をくり返させるのだろうと思い始めたとき、取調室の扉が開いて、知った顔が現われた。皆川《みながわ》一課長補佐だった。

「佐久間《さくま》君か、どうしたね」

「御存知ですか」

刑事のひとりが振り返った。皆川課長補佐が微笑した。

「何度彼を警視庁に誘ったかしらんよ。大変な人物だぞ」

「どういう意味です？」

「殺人二件、麻薬の取引一件、もし彼がうちの課員だったらとっくに君たちを追いこしているところだ」

あっけにとられた顔つきで僕を見た。

「大分、しぼられたのかね」

皆川課長補佐は柔和な顔をほころばせて訊ねた。僕は答えた。

「いや、たいしては」

「そうか。もしまた何かあったら頼む」

「こちらこそ」

話はそれでついた。僕は「アージャ」の自分の車のところまでパトカーで送られた。

刑事のひとりが念を押した。

「もし黒人から連絡があったら、必ず知らせて下さい。彼は重要参考人ということになっていますから」

「わかりました」

覆面パトカーが行ってしまうと、僕は車に乗りこんだ。いつの間にか、周囲の違法駐車は一台もいなくなり、僕の車にだけ違反のステッカーが貼《は》られている。

罰金を捜査一課に請求すべきだろうか、そう考えながら車を走らせた。四谷《よつや》のアパートに到着したときは午前三時に近かった。すべてがどうでもいいほど疲れきり、冷えたビールでも飲んで、ベッドにもぐりこみたかった。

階段を上り、部屋のドアを開けた。灯《あか》りはたくさんだった。暗い中をキッチンまで行き、冷蔵庫からビールを取り出した。

居間のソファにかけ、缶のプルトップをひくと、親切にもスタンドを点してくれた人物がいた。

ダックだった。向かいのソファで脚を組んでいる。膝《ひざ》の上には自動拳銃をのせていた。

4

とりあえずビールをひと口飲《や》らせてもらった。もしダックが撃つのなら、酔っていようがいまいが同じことだ。

ひと息で缶の半分を空けた。

「喉が渇いているのかね」

ダックが訊いた。僕は缶をおろすと彼をにらんだ。

「誰のせいでカラカラに干上がったと思う？」

「驚かしてすまなかった」

ダックは拳銃に目を落とした。

「あんたの居所を今までさんざん訊かれていたんだ。ここにとわかっていたら、パトカーに送らせればよかった」

「ローラを撃ったのは私ではない」

「じゃあ彼女が殺されたことは知ってるんだね」

ダックは無表情で頷くと、拳銃に安全装置をかけた。ブルゾンの内側に吊《つ》ったホルスターにしまいこむ。青山で会ったときも、脇の下に吊るしていたのだろうか、僕は考えた。

たっぷりとした型のブルゾンだ。吊っていても気づかなかったろう。

「どこに居た？」

「向かいのビルの陰だ」

「どうしてすぐに出てこなかった」

「何というか、少し気分を害していた」

僕は彼を見つめた。

「なぜ？」

「あの店にいた金髪の娘を覚えているか」

僕は頷いた。

「クロの隣は嫌だ、はっきりバーテンにそういっているのが聞こえた。フランス語だったが――」

「………」

それで彼は足早に出ていったのか。

「久しぶりだったんだ。そういう扱いをうけたのが」

「ローラを撃った人間を見た？」

「いや、一瞬なので見えなかった」

「なぜすぐに来なかった？」

「彼女が即死であることは見てわかった。あれはプロのやり方だ。危険を感じた。あの場にいては状況が悪化するだけだ」

「物騒な道具を持っているし？」

ダックは素気《そつけ》なく頷いた。

「しかし私の銃じゃない。あれはサイレンサーをつけた二十二口径だ。私のは九ミリだ、銃声はまるでちがう」

「音だけでわかる？」

「わかる」

「どうして僕のところへ？」

「他に信頼できる人間がいない。ブラウンはトラブルを嫌う」

「僕の住所をどうやって……？」

「私は日本語が読める。電話帳さえあれば沢山だ」

錠前破りなどお手のものというわけだ。

僕は溜息《ためいき》をついてビールの残りを干した。

「犯人について警察はどれだけ知った？」

「乗っている車、そして片腕の混血の男」

「私を追っているのだな」

「その通り」

ダックは目を閉じた。僕はその顔を見つめた。髪は短いアフロで、頬に少しだけニキビの跡がある。鼻筋は少し歪《ゆが》んでいるが、決して低くない。口許に残忍な精悍《せいかん》さが漂っている。

「ローラがなぜ殺されたか、あんたは知っている、と思うんだ」

僕はいった。ダックが薄く目を開いた。何もいわない。

「きっとローラは、ボーイフレンドのアパートかどこかに泊まりこんでいたんだろう。そして彼女を追っている連中が、あの店まで尾《つ》けてきたんだ。殺すチャンスを狙《ねら》って。十六の女の子だ。どんな理由があるにしろ、車から撃ち殺すなんて、普通の動機じゃあ考えられない」

「ではどんな動機があったというんだ」

「口を塞《ふさ》ぐ、ただそれだけだね。恨みや恋愛のもつれじゃない」

「何を喋らせないために？」

「あんたが知ってることで、僕が知ってることじゃない」

「……なるほど」

「ビールをもう一本飲んでもいいかい？」

「いや。後にしてくれないか。君がどれほど酒を飲むと運転できなくなるか、私は知らない」

「桜田門《さくらだもん》までなら、三桁《けた》の番号を回すだけで無料のタクシーが来るよ」

ダックは首を振った。

「代官山だ。ローラのアパートに行きたい」

僕はダックの顔をもう一度、まじまじと見つめた。無表情だ。少し疲れてはいるようだが。

「何をするんだ」

「いったはずだ。ローラは私のものを持っていた。それを取りに行きたい」

「だから殺されたんじゃないかな」

ダックが僕を見返した。

「かもしれん。私が早く受け取ればよかった」

「そして今度は、あんたと僕か。ヘイ、ダック、ズドン――」

ダックの口許がほころんだ。初めて見る種類の笑いだ。頰に凄味《すごみ》があった。

「いいや。私でも君でもない。今度は奴らが名を呼ばれる番だよ」

僕は立ち上がった。

「ダック、あんたから連絡があったら警察に知らせることになってる」

「ローラのアパートを出たらすればいい。私に脅されたといえばいいんだ」

溜息をついて、部屋を出た。

車に乗りこむと、ダックは後部席にすわった。

「尾行する車がいたら教えてくれ、もし君にその気があるのなら」

体を横にして彼はいった。答えずに僕は車を出した。なぜだかは知らないが、僕はこの正体不明の男を嫌いではなかった。

しばらく走ってから訊ねた。

「どうしてダックという仇名《あだな》がついた?」

彼はすぐには答えなかった。

「ガイがつけたのだ。お人好しだと私のことをいった」

「あんたが」

「すばしこいという意味もある」

そっちはぴったり来そうだ。たとえ片腕になったとしても、彼なら素手でひとりやふたりは簡単にあしらいそうだった。

しかしローラを殺したのは、彼ではないような気がしていた。無論、彼が殺人をためらうような人間ではないことはわかっている。

「尾行は？」

僕はバックミラーに目をやった。ライトはまったく映っていない。

「ない」

「そうか」

代官山のマンションに到着した。車をマンションの地下駐車場に乗り入れた。ロビーを通って人目を惹きたくなかったのだ。

思った通り、駐車場にはエレベーターが付いていた。警察が先回りをしているかもしれない、ふと思った。

「警察が来ているかもしれない」

身を起こしたダックが瞬《まばた》きをした。

「僕が先に上にあがる。もし大丈夫なようなら、エレベーターを降ろすよ。降りてこなければ、この車で行くといい」

「…………」

ダックは考えているようだった。やがていった。

「ありがとう。君に任せる」

エレベーターを使って、六階のローラの部屋まで昇った。廊下には誰もいない。扉にも何の変化もおきていなかった。刑事が管理人を呼んで中を改めるのは明朝になりそうだった。念のために呼び鈴を押した。

誰も出てはこない。再び喉がカラカラに渇いてきた。用心深く、音をたてないようにエレベーターホールに戻ると、地階のボタンを押した。ダックが昇ってくる。

唇が黒い顔の中で、白い一本の線と化していた。ブルゾンの内側から耳かきのような金属棒を二本取り出した。錠前の前で膝を突き、その二本を器用に右手一本でさしこんだ。

「上の方を引っぱり上げてくれ……」

ダックが囁《ささや》いた。いわれた通り、片方の棒を上に引いた。

とてつもなく大きな音がしたような気がした。鍵が開いたのだ。

ダックがノブを回した。少しだけドアを開くと、僕に退いているように身ぶりで示した。拳銃を抜き、爪先《つまさき》をドアのすき間にかける。脚だけで、少しずつドアを開いていった。

何も起きなかった。

ドアが完全に開ききると、ダックは素早い身のこなしで飛びこんだ。僕は反対側の壁に体を押しつけて待っていた。

「オーケイ」

ダックが首だけをのぞかせて、低い声でいった。彼に続いて不法侵入を犯した。

ダックがジッポを点した。部屋の中は滅茶苦茶に荒らされていた。

僕はドアを完全に閉じると、錠をおろした。ダックがスタンドを見つけ、スイッチを入れた。

テーブルが仰向《あおむ》けになり、ソファが引き裂かれている。ひき出しはすべて開かれ、カーペットも端からめくられていた。床の上は、すべてが散乱し、足の踏み場もなかった。

ダックが何かを拾い上げた。写真立てだった。ひびの入ったガラスの向こうで、白人の巨漢がアサルトライフルを手に笑っている。

それをブルゾンの内側にしまいこんだ。僕が中央の部屋にいる間に、ダックは全室をくまなく調べ回った。

すべてが徹底したやり口だった。いつだかは知らないが、何者かがこの部屋に先回りしたのだ。僕はハンケチでドアのノブを拭《ぬぐ》った。

明日ここを訪れた刑事は仰天して鑑識の人間をよこすだろう。この部屋を荒らした人間が警官のはずはない。もしそうならば封印されているし、第一、警官はソファにナイフなどつき立てない。

ダックが何も持たずに戻ってきて、無表情でいった。

「行こう」

「見つかったのか」

首を振った。

「何を捜していたか教えてくれ」

「知りたいか」

僕を見つめた。頷いた。

「君には何の価値もないものだが……？」

「こうして一緒に危険を冒している」

「わかった。ここを出たら話す」

ダックは呟いた。

5

アパートの近くまで車を走らせている間、ダックは無言だった。契約した駐車場のある一方通行路に進入した。一度僕の住む建物の前を通りすぎる道だ。駐車場には車を入れず、そのまま表通りにひき返した。

「なぜ止めない」

ダックが後部席から訊ねた。

「張り込んでいる。見慣れない車があるんだ」

皆川課長補佐もくわせ者だ。あるいは、僕の身を心配したのかもしれない。

「どこへ行くんだ?」

しばらく走っているとダックが訊ねた。

「六本木《ろっぽんぎ》だ。知っている店がある」

姉妹ふたりでやっている「オーバー・ザ・ナイト」という小さな店だ。行きつけで、大ていの無理は聞いてくれる。

「ただし、その鉄砲はちらつかせないで欲しい」

低い笑い声が聞こえた。

「ナイト」のあるビルは一階に駐車場を持っている。その駐車場からエレベーターを使えば人に顔を見られずにすむ。午前五時まで店は開いているはずだ。いつもすいていて、趣味じゃなければやっていけないのではないかと思える。

目論見《もくろみ》通り、駐車場からエレベーターを使った。さして長くない六本木のメインストリートは違法《はいきょ》駐車と客待ちのタクシーでぎっちり詰まっている。それもあと二時間もてば、廃墟のように静かで何もない街になるはずだ。

「あら、コウさん、ずいぶん遅いのね」

扉を開けると、カウンターにいた姉の方のひろ子がいった。客は男がひとりかけているだけだ。

「御免、すぐひきあげる。いい？」

「いいのよ、いつまでいたって。ちょうど久美《くみ》も休みで寂しいと思ってたの」

久美というのが妹の名だった。

僕はカウンターをさけ、数少ない隅のボックスを選んだ。ひろ子がオールドクロウとアイスバケットを運んできた。

「まだ仕事中？」

酒を作りながら話しかけてきた。

「のようなもの」

「いいわ、邪魔しない。ごゆっくり」

おっとりした仕草でダックに会釈すると、ひろ子はひきあげた。

「エレガントな女性だ」

ダックがいった。

「音楽の趣味もいいんだ」

ナットキング・コールがプレイヤーの上で回っている。

僕はおしぼりで顔をふき、グラスを手に両脚をのばした。ダックが訊ねた。

「疲れたかね」

「あんたより多くの人と今日は会ってる。特に警官と」

「一理ある。では――」

ダックがオンザロックのグラスを掲げた。

「またガイの魂に?」

僕は訊ねた。

「いや、東京のナンバーワン・ディテクティブに……」

グラスをおろすと、ダックは話し始めた。

「ガイの娘のローラに送ったのは、二通の書類なのだ。それはある国の王家の紋章がすかしに入った、手書きの任命状だ」

「任命状――?」

「そうだ」

ダックは頷いて、ラッキーストライクに火をつけた。

「その紋章を持つ王家は、現在この世に存在しない。なぜなら、クーデターが起き、王国から人民共和国に国名を変えてしまった国のものだからだ」

「……」

「私とガイは、半年前までその国にいた。王制の復活を狙う一派に雇われて、人民政府の内情をスパイするのが仕事だった。仕事は半分成功し、半分は失敗した。状況は把握できたのだが、軍に存在を知られ、私とガイ以外の同僚を失った。私とガイは一度国外に逃れ、スポンサーである王家の人間と会った。どうやら再クーデターは時期尚早《しょうそう》である、というのが私とガイが下した判断だった。しかし、決して不可能というわけではなく、国民の間には新政府への不満と、王家への尊敬の念がいまだにくすぶり続けていることも確かだ。決して遠くない未来に、再び、王制がその国に返り咲くこともできるだろう――王家の人間は、私とガイの功績を高く評価した。そこで我々に任命状を発行した。この先、再びその国に王制が復活することになれば、私とガイは軍の高官として登用される。将軍というわけだ」

ダックの目に強い輝きがあった。

「無論、クーデターが起きなければ、ただの紙きれだ。しかし、それは私とガイにとっては何より尊い紙きれだった。どの国に行って、どちら側について戦おうと、私たちは正規軍ではない。雇われた人殺しの汚名がついてまわる。挙句《あげく》に、ガイのような死に方をしても勲章ひとつ貰《もら》えるわけじゃない。常に、最前線の、危険度が最も高い戦場に送りこまれ、消耗品として扱われてきたのだ。その私とガイにとって、初めて夢のようなチャンスを与えてくれた紙きれだった。王のサインが入り、私を、ガイを、将軍に任用すると保証している。あれがある限り、私もガイも犬死にすまい、といいあってきた」

暗く、そして激しい情熱のこもった口調だった。

「それだけの価値があるものを、いつどんな目に遭《あ》うかわからない戦地で持ち歩くわけにはいかなかった。私はガイの提案でローラの許に送ることにした。あの紙さえあれば、たとえ幾つになり、どんな体になろうと、私とガイは未来に希望を托《たく》すことができたのだ」

ダックは口をつぐみ、僕を見つめた。

「愚かな話だと思うかい。おそらく、そうだろう。だが、黒人の肌を持った日本人として生まれ、父親の国の国籍すら得ようとして得られなかった男の夢なんだ。私はアメリカ国籍を得るために、志願してベトナムに行き、そこでガイと知りあった。しかし戦争が終わるとさまざまな口実と涙金をもって追い払われたのさ。私はもう、誰でもなかった。ただ人殺しの技術だけを身につけた黒人でしかなかったんだ。あの任命状さえあれば、私はちがった人間になれるかもしれない。最後で唯一のチャンスだった……」

黙っていた。いうべき言葉が見つからなかった。グラスを干し、酒を注いだ。

「もう、夢は、夢でしかなくなってしまった」

ダックは呟いた。

「どうして？」

「任命状は、今頃灰になっているだろう。私とガイのような人間が万一でも政府の高官となるのを喜ばぬ連中が王制復活派にもいるのだ。彼らはクーデターのチャンスをうかがいながらも邪魔な他所者《よそもの》を排除しようとはかっているのさ」

「たとえその任命状が破棄されたとしても、あんた達に、その書類を発行した人間がいるはずだ」

「彼は大変な高齢だ。もしクーデターが起き、王座についたとしてもすぐに後継者に譲らざるを得ないだろう。若い王位継承者は私たちの功績を知らない。それを証明できるのは、あの任命状しかなかったのだ」

もし革命が成功すれば――ダックの夢は、僕から見ればあまりにはかなく、遠い可能性としか思えなかった。

しかし、片腕を失った彼にとって、唯一自分をたくせる可能性だったのだ。

「君から見れば馬鹿げているだろう」

ダックは微笑《ほほえ》んだ。口許の残忍さは、その瞬間だけ消えていた。

「どうするつもりなんだ？」

僕はそれには答えず、訊ねた。ダックは笑みを消した。

「することはひとつしかない。もしガイが生きていて、ローラが何者かに殺されたら、彼は絶対に許さなかったろう。私はガイとした約束を果たさなければならない」

「誰がやったのか、わかっているのかい」

「多分」

ダックは頷いて、グラスに目を落とした。

「そいつらがローラのマンションから任命状を奪った？」

「そうだ。私にはやらなければならないふたつの理由がある」

「なぜ日本に？」

「その連中のことか」

僕は頷いた。

「王制派として新政府の粛清《しゆくせい》を免《まぬが》れた人物が、外交官になって東京にいる。完全に疑いが晴れたわけではないので、極東にとばされたのだ。国内に置いておくと危険だからな」

「確信があるのか」

「私とガイの功績を知っていて、こころよく思っていないはずだ。なぜなら、国情をスパイする役割は、本来ならその男が果たすはずだったからだ。外国に逐《お》われた挙句、傭兵風情に王家の信頼を奪われたのだ。新政府の監視を受けてる状態では、不満の晴らしようもなかっただろう」

「あんたが日本に戻ってきたことはどうして？」

「私とガイの所在は、ある所に問い合わせればいつでもわかる仕組みになっている。ただし、戦争をしていない間だが」

「日本に戻ってくる、しかしガイが死に、あんたひとりが戻ってくるということで、その男はローラに目をつけたわけだな」

「そうだ」

短くいって、ダックはグラスを傾けた。ラッキーストライクは灰皿の上で長い灰になっていた。

「任命状を奪っただけでは足りずにローラを殺したのはなぜだ？」

「私も始末するつもりなのだろうが、私や彼女の口から、自分が王制派であることが洩《も》らされるのを恐れているのだ。勿論《もちろん》、ローラは何も知らなかった」

「復讐《ふくしゅう》する？」

「する。それが私のやり方だ」

「本物の殺人犯になる」

ダックは小さな笑いを浮かべた。

「私はもともと人殺しだったのだ。星がつけば英雄になれた。しかし星を肩にのせるチャンスを失くした。いつまで生きて、どこまでいっても、私はただの黒人の人殺しだ」

「別の生き方は考えられない？」

「考えるのはできる。生きるのができない」

ダックは笑いを浮かべたままいった。口許の残忍さが蘇《よみがえ》っていた。

ダックが右手をさし出した。

「ありがとう、ミスター・コウ。君には感謝している。私は君にどれだけの礼をすればいいのだ？」

「一日分の調査料とここの勘定で手を打つよ」

「そうはいかない。それに私は、あとひとつだけ、君に頼みたいことがあるのだ」

ダックは首を振り、僕の顔をのぞきこんだ。

6

アパートの前に辿《たど》りついたときは、夜の向こう側に青味がさしていた。車を駐車場に入れ、脚を叱咤《しった》した。

アパートの建物の陰に白のブルーバードが駐まっていた。ふたりの男が体を低くしている。ひとりは僕を取り調べた矢野刑事だった。

僕に気づくと、素早く車を降りてきた。空に向かって大きくのびをする。

「まっすぐ帰らなかったんですか」

「交通課に内緒にしてもらえますか。あのままじゃ眠れそうになくて、一杯やってきたんです」

「ひとりで？」

じっと僕の顔を見つめた。

「ええ」

「どこです？」

「六本木ですよ。行きつけの店でね」

「こんな時間までやっている所があるんですな」

「ありますよ。捜せば、幾らでも」

いって僕は微笑した。

「それじゃ、おやすみなさい」

鋭い視線を意識しながら階段を上った。それ以上の言葉はとんでこなかった。

部屋に入ると鍵をかけ、ベッドに腰をおろした。心の中で、奇妙にせめぎあうものがあった。

幾つも事件にぶつかり、殺人も何度か目《ま》のあたりに見てきた。世の中の仕組みと、その仕組みを憎んだり逃れようとする人間が、どんな行動をとるかもわかってきたつもりだった。そこに対していくとき、自分にこだわることは常に必要だった。いや、必要以上に構えてきた。そうしなければ、長くできる仕事ではなかった。

今夜、少し疲れ、少し迷っている。

ダック、あんたは戦うことでしか自分の存在を証明できないのか。

僕は人と会い、訊ね、捜す。見つけ出せば、その人物をとり巻く世界とは縁が切れる。そこから先にその人間の人生に入りこむことはない。希望を与えることも、忠告することも、救うこともない。それができる人間であったら、おそらくこんな仕事はしていなかったろう。

洋服を着たままベッドに寝そべった。片腕の黒人は今どこにいるだろうか。青山で会ったときのように、どこかの建物の陰に左肩を隠し、ひっそりと佇《たたず》んでいるのだろうか。

自分に問うことはやめたい。自分がどれほどの存在で、何ができるかなど、考えたくもなかった。

ただひとりの男のことが頭の中に渦まいていた。

星を夢み、ついに星を肩につけられなかった男。ただの人殺しにしかなれなかった男。

善も悪も、法も正義も無縁な世界で生きてきた男。自分のルールしか頼れるものを持たなかった男。

目を閉じた。

ひとつだけわかったことがある。僕は彼のような生き方は選べない。だが、彼は似ている。どこか、自分と似ている。

目覚めたのは午後一時近かった。ごわごわする洋服を脱ぎすて、バスルームに入った。

ぬるいシャワーを出し、頭からかぶった。自分がすべきことを思い出せるまでそうしていた。するエネルギーは、体の中にはない。

心の中から絞り出した。

バスローブを体に巻きつけると、昨夜ダックがすわっていたソファに腰をおろした。

電話機をひきよせた。ダイヤルを回す。

警視庁の声が聞こえた。

「捜査一課の皆川課長補佐を」

待たされた。会議中だったようだ。

「やあ、朝帰りだったそうだね。宿酔《ふつかよ》いかね？」

「どうです、その後の状況は？」

「外事課が動いているよ。君が見たという車も手配したが、同種の車が一台、盗難届けを出している」

「ダックについてはどうです？」

「今朝、身許がわかった。エドワード・田中《たなか》。七歳の時に母親に死なれ、孤児院に入ったが十歳でそこを飛び出している。十六歳で渡米、年齢をいつわって米陸軍に入隊。ベトナムに五年行っていた。アメリカ国籍を申請したが却下されている。国際刑事警察機構では、確かに彼を、プロの戦争屋だと見なしている。日本での犯罪歴はない」

エドワード・田中。初めて彼の名を知った。だが変じゃない。ダックと出会ってからまだ三日しかたっていないのだ。

「彼から連絡を受けました」

「いつだ？」

皆川課長補佐の声が鋭くなった。

「ついさっきです。ローラを殺したのは自分ではない、といいました」

人を殺してきたのは確かだ。しかし、平和な国でそれをしたことは一度もない。平和な国では、私は人殺しにされたくない――ダックはそういった。

殺してもいない人間を、最良の友の娘を、殺した人物のままでいたくない、ダックはそういった。

「では誰が殺したと？」

「真犯人を知っている。警察にその人物を提供するともいいました」

ただし、生きて、とはいわなかった。

「どういう手段で」

「わかりません。ですが今夜中だと……」

「彼は君を信頼しているのか？」

「多分」

「ではどうして警察に出頭しないのだ」

「殺された女の子は、ダックの親友の娘でした。彼は自分の手で犯人を捕まえたいのだと思います」

「殺し合いをする気だな」

「ひょっとしたらそうかもしれません」

「佐久間君。彼を止めるんだ」

「連絡を受け次第、そちらに知らせます。待機していて下さい」

そういって受話器をおろした。

彼がどこで、何をしようとするかはわかっていた。知らせるのを待つ、それがダックに頼まれたことだった。


午後八時にアパートを出た。尾行がついていた。早川法律事務所に向かい、調査二課に顔を出した。ダックから受け取っていた調査費を経理に渡し、証拠収集業務の調査一課を訪ねた。望遠レンズの付いたカメラ、ワイヤレスマイク、カセットレコーダーを借りる。続いて、二十四時間態勢の連絡中継員にメモを渡した。皆川課長補佐への次の連絡は、彼から言ってもらうことになる。

早川法律事務所は、巨大な法律事務機構である。所属する弁護士は、民事、刑事を併せて、十数名を数える。他に司法書士、弁理士も抱え、下請け興信所との依頼、契約の手間を省くために、ふたつの調査課を設けている。

証拠収集を業務とする調査一課にはさまざまな小道具、大道具が揃《そろ》っている。それらのうちのひとつ、クリーニング屋のバンを借りて、事務所ビルを出た。

尾行を完全にまいたと確信するまで都内を走り回った。刑事たちはおそらく、駐車場にある僕の車を見張っているはずだ。

初めてダックと待ち合わせた、小さな酒場に向かった。

暗いビルの階段を降りた。無人の酒場には約束通り、鍵がかかってはいなかった。午後十一時まで、そこで待った。十一時になると、カウンターの裏にワイヤレスマイクを置いた。音をキャッチするとスイッチが入る。

店を出て、バンに乗りこんだ。

十一時三十分に、黒のスカイラークがビルの前に止まった。高感度フィルムの詰ったカメラで、そのスカイラークを撮影した。中にはふたりの外国人が乗っていた。十分たつと、ひとりが降りたった。スカイラークが発進する。

残った方の男は、背の高い、銀髪の白人だった。ステンカラーのコートを着、両手をポケットにさしこんでいる。人通りはほとんどなかった。

僕はレンズの奥からずっと彼を追っていた。このバンには特殊な仕掛けが施してある。

運転席ではなく、荷物室から外を撮影することができるのだ。

撮影も録音も、ダックに頼まれたわけではなかった。自分で勝手に思いついたことなのだ。

男が不意に振り返るのが見えた。そこにダックがいた。いつの間にか、ビルの入口に左肩をもたせて立っていた。昨夜と同じいでたちだった。

ダックが何といって、あの外交官を呼び出したのかはわかっていた。

任命状のことはあきらめる、かわりに現金を用意しろ、と脅したのだ。さもなければ、彼が王制派であることを本国に知らせると。

無論、あの男がダックの口を塞ぎにかかることは承知の上だった。

「日本の警察には、ローラ殺しで奴を逮捕することはできないのさ」

暗い声でダックはそういった。

「外交官特権という奴があるからな」

ふたりが階段の下に消えた。僕はレコーダーのスイッチを入れた。

扉の開く音をまず受信した。ダックがいった。英語だった。

「金はあるか」

「用意した、US五万ドル」

「いただこう」

「お前がこれで私の前に姿を見せないという保証はあるのか」

「何もない。あんたは俺が将軍になる夢を潰した。親友の娘を殺した。この上、何が必要なのだ。俺にこの金を持って自殺しろというのか？」

「できればそうしてもらいたい」

「馬鹿な考えは捨てろ。片腕でも、あんたより射撃はうまいんだ」

「それしか能のない人間だ、お前は」

「どうかな」

衣《きぬ》ずれが聞こえた。そしてカチリと金属音も。

「――何の真似だ」

「遺書を書いてもらいたい」

ダックがいった。

「ローラを殺したのは自分だという遺書だ」

「断わる」

「お前を殺す」

淡々とダックがいった。ボン、という破裂音が響いた。どちらかがよろけ、酒壜《さかびん》が倒れた。

「ひとりで来ると思っていたわけではないだろうな」

ダックではない方の男がいった。

僕は立ち上がった。破裂音はサイレンサーをつけた拳銃の銃声だ。走り去ったスカイラークの運転手を忘れていた。撃たれたのはダックの方だ。

次の瞬間、激しい銃声が響き、誰かが悲鳴をあげた。銃声はさらに二発続いた。

サイレンがようやく聞こえた。パトカーが近づいてくる。ダックに頼まれた通りの時間だった。午後十一時五十分。

レコーダーは沈黙していた。不意にひとりが弱々しく咳《せき》こんだ。パタパタという音がした。床を這《は》っているようだ。銃声はもうしない。

サイレンがすぐそこに来ていた。

突然、早口の英語がレコーダーに飛びこんだ。FENのDJだった。ラジオのスイッチを誰かが入れたのだ。

バンを飛び出し、走った。階段を駆けおりる。軋む扉を押した。

ふたりの白人は床に倒れていた。ひとりが長いサイレンサーのついた自動拳銃を手にしている。顔を半分失っていた。

もうひとりはカウンターのストゥールから転がり落ちたような恰好《かっこう》だった。左胸に赤い染みができていた。最初の白人だった。

ラジオにダックがもたれていた。右の胸から激しい出血をしていた。

「ダック！」

僕は叫んだ。

ダックはゆっくりと頭を持ち上げた。唇がゆがんだ。何かをいおうとしたようだ。しかし声にはならなかった。瞬《まばた》きをして僕を見つめた。唇をすぼめて囁いた。

「シーッ」

ラジオでは午前零時の国歌演奏が始まっていた。ダックの唇がほころんだ。『星条旗よ、永遠なれ』。彼の右手がぴくり、と動いた。じりじりと持ち上がる。やがて敬礼の形になった。

僕は彼の瞳《ひとみ》から目をそらせなかった。そして、彼に敬礼を返した。

警官がなだれこんできた。

ジョーカーと革命

1

バーに入ってきた客はどこかの大学の講師のように見えた。チェックのシャツにニットタイ、コーデュロイのジャケットによれよれのチノパンだ。教授や助教授なら、もう少し値の張るスーツを着ているだろう。度の強い黒縁の眼鏡は、指紋やもじゃもじゃの髪から落ちたフケでひどくよごれていた。背が低い。

「ジョーカーって方はいますか」

年齢は三十代後半から四十そこそこと見ていたが、声を聞いて考えを改めた。もう少しいっているかもしれない。自分より目下の者と話すのに慣れているようなトーンがあった。もっとも学校の先生なら、相手にするのはたいてい年下の生徒だ。

「俺だ」

私が答えると、カウンターにいたカップルが驚いたようにふりかえった。彼らがカウンターにすわったので、となりあわせたくない私は、ふたつしかないボックスのひとつに移動したのだ。男の方は、出版プロデューサーを名乗っているが、おおかた詐欺師《さぎし》だろう。女は、この店から少し離れた六本木《ろっぽんぎ》で小さなピアノバーをやっている、沢井《さわい》の知りあいだった。沢井の好みのバタ臭い顔立ちで、おそらく一度か二度はお手合わせをしてもらったにちがいない。女が自分の店にでるのは午後十時過ぎで、その前にどうやら今の男らしいこの詐欺師とここで待ちあわせるのが、ひと月ほどの日課になっていた。

もしかすると女の方も男の正体を知っていて、互いに何とか相手をカモにしようと狙《ねら》っているのかもしれない。問題は二人ともひどくお喋《しゃべ》り好きで、バーテンダーの沢井だけでなく、その場にいる客すべてを会話に巻きこまなければ気がすまない、ということだ。

追いはらえと沢井にはいっているが、昔いい思いをした弱みのある沢井はそれをできずにいる。

「ジョーカー？　そんな渾名《あだな》があったんですか」

男のほう、種村《たねむら》が驚いたようにいった。黒のセーターに値の張りそうなカシミヤのジャケットを着けている。

「森尾《もりお》さんには似合わないよ」

悦子《えっこ》という女がいった。

「ジョーカーっていうよりは、スペードのエース」

「古い映画じゃないんだから、君」

私は沢井に目配せした。沢井は気づかないふりをした。

「すわって」

私は新米の客にいった。客がすわると小声でいった。

「少し待ってくれないか。連中がいなくなるまで」

客は無言で頷《うなず》いた。

「注文はしてくれていいから」

「ペリエはありますか」

沢井がペリエのボトルを冷蔵庫からだし、カウンターの二人に告げた。

「そろそろいかないと。ママが遅刻ですよ」

「怪しいなあ。あたしたちを追いだして何か悪い相談するんでしょ。お店休んでここにいすわっちゃおか」

出勤前に二杯は飲むドライマティニがきいている。種村がなだめた。

「ほらほら、そんなこといってないで、いこうぜ。店の子も君がこないと困るって」

た。

「つまんない」

二人がでていった。客に当惑しているようすはなく、落ちついている。私は訊《たず》ね
「着手金はもってきたか」

「百万円。ここに」

客はジャケットの胸をおさえた。

「けっこう。あんたの名を聞こう」

「吉友《よしとも》といいます。コンピュータソフトウエアの会社をやっています」

「儲《もう》かる分野だ」

「それなりに。初めのうちは苦労しましたが、今はインターネット関連が旬《しゅん》なので」

沢井の目が輝いた。最近沢井は、パソコンを買いインターネットを始めた。私とは
コンピュータの話ができないのでつまらながっている。

「仕事の内容を聞く前に金をもらおう」

吉友はジャケットの内側から封筒をだした。「ジャック・インタラクティブ・コー
ポレーション、JIC」と社名が印刷されている。うけとった私は沢井に投げた。

「数えろ」

吉友は怒りもしなかった。興味深げに、私と沢井の顔を見比べただけだ。

「インターネット、俺もやり始めたばかりなんです。あれですかね。やっぱりクレジットカードの番号を使って買物すると、それが洩《も》れちゃってやばいんですかね」

沢井が札を数えながらいった。

「クレジットカードなんてもっていたのか」

私はいった。

「失礼だな。今どきもってない人間の方が少ないですよ」

「海外の有料サイトにアクセスするときは注意した方がいいかもしれません。全部が全部ではありませんが、中には悪質なのがいて、マフィアとつながっているっていう話ですから」

吉友は私の顔に眼を向けたまま答えた。

「仕事の内容を」

「先日、娘と犬を連れて、自宅近くの公園でやっているフリーマーケットにいきました。そこで大学時代の同級生にそっくりな男を見かけたんです。小さな女の子と二人で、アンティークを売ってました。本人かどうか確かめて、もしそうなら……」

言葉が途切れた。

「なぜそのとき声をかけなかった？」

「学生時代の彼にとって私は裏切り者です。同じセクトに属していながら、途中で逃げだしてしまった。強情な男だから、もしかすると今でも活動をつづけているかもしれない。そうだったら私は近づきたくない。やめているなら、友情を復活させたいんです」

「吉友さん、年はいくつだ？」

「たぶんあなたより上、今年で五十になります」

「嘘《うそ》でしょ」

沢井がつぶやいた。私も同じ思いだった。とうてい五十には見えない。

「若く見られるんです。おかげで会社をおこした頃はずいぶん損をした。もっともそのせいで、大学の頃は、警官のマークをよく免《まぬが》れました。中学生にしか見られなかった」

微笑《ほほえ》みながら吉友はいった。

「百万、あります」

沢井がいった。

「しまっとけ。その友だちの名前と見かけた公園は？」

「伊原《いはら》。世田谷《せたがや》の城南《じょうなん》公園です」

「あそこのフリマ、大きいんですよね。月二回、日曜日にやってて」

沢井が口をはさんだ。

「長髪を束ねてて、大男のネイティブアメリカンのように見えるので、すぐわかります。ファッションもウエスタンだし」

「わかった。連絡先をおいていってくれ。こちらから報告を入れる」

吉友は頷いた。

「ペリエは店の奢《おご》りだ」

吉友がでていくと、送りに店の外までいった沢井が戻ってきていった。

「本当にインターネットって儲かるんだな。新しいジャガーのXJ－Sに乗ってましたよ。品川《しながわ》ナンバーです」

そして嬉《うれ》しそうにつけ加えた。

「楽そうな仕事じゃないですか。なんでわざわざうちなんかに頼みにきたんすかね」

「楽な仕事じゃないからだろう。それとあの二人、もう店に入れるな」

渋い顔になった。

「毎日きてくれる客ってのは、けっこうありがたいんですよ。くるなともいえんでしょう」

「だったらお前がよりを戻すなりして、仲を壊せ。そうすりゃこなくなる」

沢井は大きなため息を吐《つ》いた。

「ろくな死に方しませんよ。人の恋路を邪魔してると」

「いずれ壊れる。女が喰い物にされて」

沢井は首をふった。

「あの女はそんなタマじゃないです。店のオーナーってのが本当の男で、右翼の大物の爺《じじい》だそうですから」

「じゃ、男が消されて終わりか？」

沢井は神妙な顔で頷いた。

「そんときは、せいぜい慰《なぐさ》めてやりますよ。体のつきあいだけをしているぶんには、爺さんは寛大だそうですから」

2

城南公園は、広大な緑地と雑木林、それに噴水のある池を擁《よう》していた。一月最初の日曜日で、空は晴れあがっているものの、吹きぬける風がひどく冷たい。

日曜日の公園にくるのは何年ぶりだろうと考えながら、車を駒沢《こまざわ》通りに止めた。低い陽がまぶしくてサングラスを手放せない。

緑地の部分でフリーマーケットが開催されていた。何百店という出店のうち、大半はいらなくなった家のガラクタをもちよった素人《しろうと》だった。古着、ＣＤ、本、引き出物か何かでもらった食器のセット。あるいは以前勤めていた会社の古い販促グッズ。中には玄人が何軒かいる。オーディオセットやカメラ、ライターなどの古物。テレビやステレオのリモートコントローラーばかりを何十と扱っている中国人もいた。ブリキの玩具《がんぐ》や古いアニメのセル画を売っている露店《ろてん》もあり、値段はひどく高い。それぞれひと坪ほどのスペースで売られている品は、下はそれこそ十円から、上は数万円まであった。

伊原はすぐに見つかった。中心部から少し外れた位置で、七〇年代を中心にした古いレコードや玩具、映画のポスターなどを売っている。灰色の髪を束ね、ジーンズの上下にブーツをはいて、物静かにすわっていた。かたわらにオーバーオールを着け、髪をポニーテイルにした十歳くらいの少女がいて、客とのやりとりをほとんどこなしている。

「『いちご白書』のポスター？　ありますよ。主題歌のシングル盤も買いません？『サークルゲーム』、セットで二千円にしときますけど……」

母親であってもおかしくない客に話しかけていた。私はかたわらで立ち止まり、ポスターやチラシの束が入った段ボール箱をのぞきこんだ。

「フィルムノワールはあるかい？」

少女がさっと私を見た。

「ロベール・アンリコとジャン＝ピエール・メルビルのならたいてい揃《そろ》ってます。あんまり古いのになると、ないかもしれませんけど」

「ジョゼ・ジョバンニがいいな」

「『ル・ジタン』？」

「いや、『ラ・スクムーン』だ」

少女が伊原をふりかえった。伊原は無表情に首をふった。よく陽に焼けていて、岩を刻んだようなごつい目鼻立ちをしている。確かにネイティブアメリカンに見えなくもない。

「『ラ・スクムーン』はない」

「そうか、残念」

いって少女を見た。『いちご白書』のポスターと主題歌レコードを買った主婦から金をうけとっている。

「映画に詳しいんだね」

「お父さんに教わったの」

微笑んで少女は答えた。

「おじさん、アメリカのギャング映画は？　ボガートとかリチャード・ウィドマーク、渋いところでジョージ・ラフトのポスターなんかもあるよ」

「オリジナルで？」

「まさか。コピー。オリジナルだったら、たいへんよ」

父親を気にしながらいった。私は笑いかけ、いった。

「将来は女優？　それとも監督？」

「脚本家がいい。それとおじさん、そのサングラス、あんまり似合わない」

「ミユ」

伊原がいった。首をふる。

「ごめんなさい」

「いや。自分でも似合わないと思っているんだ」

私はいって、その場を離れた。


冬の日暮れは早い。三時を回り、風がひときわ肌を刺しはじめると、多くの露店が店じまいの準備を始めた。

私は雑木林の外れにあるベンチのひとつにすわって伊原を観察していた。自販機であたたかい缶コーヒーを二本買ったが、トイレにいく回数が増えただけだった。

伊原の〝店〟は、そこそこ繁盛《はんじょう》しているようだった。立ち止まり、品物を手にとる客が少なくない。だがそれは周囲の素人の店に比べれば、ということであって、このフリーマーケットの売り上げだけではとうてい生活は維持できないだろう。

伊原は出店者としては、認知されているようだ。先にひきあげていく者たちが、伊原に挨拶《あいさつ》をする姿を私は見ていた。フリーマーケットの仕組を私は知らないが、出店者としての伊原は古株で、玄人並みの扱いをうけているようだ。

四時になる前に、ポニーテイルの少女がてきぱきと店じまいを始めた。段ボール箱に丸めたポスターを立て、チラシやレコードの入った箱にはガムテープで封をする。

出店者たちの多くは、公園付近に路上駐車した車できていた。伊原も例外ではなく、キャスターにのせた段ボール箱を、クリーム色のワンボックスカーに運びこんだ。古い年式の多摩《たま》ナンバーで、洗車も長いことされていない。

私は車を回し、ワンボックスカーを尾行した。

ワンボックスカーは駒沢通りから環状八号線に入り、北上して、高井戸《たかいど》の先で左に折れた。日曜日の夕方の環八は混んでおり、尾行は難しくなかった。

約一時間ほどで、ワンボックスカーは三鷹《みたか》市の外れについた。「アントノーフ」という横書きの看板を掲げた、素人くさい黒のペンキ塗りのドアの前だった。住宅地の中の、こぢんまりした喫茶店という趣きがある。「アントノーフ」の下に「コーヒー・軽食」と、これもペンキで書かれ、コーヒーの横棒からペンキの垂れた跡がある。

助手席を降りた少女が黒塗りのドアを開け、中の電灯のスイッチを入れた。狭い店内と急勾配《こうばい》の階段が見えた。私はバンを追い越して、近くに駐車場を捜すことにした。

車を止め、戻ってみるとバンは消えていた。扉の前に「CLOSED」の札がかかっている。十五坪もないような細い二階建ての家の二階の窓に明かりが点《とも》っていた。斜め向かいに、もう少し気どったカフェテラスがあった。そこでようすを見ることにした。

ウインナコーヒーを半分ほど飲んだとき、二階の明かりが消え、伊原親子が現れた。服装はかわっておらず、ミユと呼ばれた娘が伊原の手を握っている。おそらく夕食を摂《と》りにいくのだろう。そう思い、見送った。仲のいい親子のようだが、母親らしい女の姿はない。

三十分ほどで二人は帰ってきた。私はその間に車に戻っていた。午前一時過ぎ、二階の明かりが消えた。それまで訪ねてくる者はいなかった。

翌朝の七時二十分過ぎに、ミユが家をでてきた。ランドセルを背負っている。十一時、伊原がドアの外にかかったプレートを裏返し、「OPEN」にした。ひと組めの客は、学生とおぼしい若い男の二人連れで、十一時四十分に入った。正午を過ぎると、三人目、四人目の客が入った。「アントノーフ」には窓がなく、外からは中のようすがまったくうかがえない。

ときおり客の出入りにあわせて開閉されるドアの内側に、黒いビニールエプロンをかけた伊原の姿が見えた。午後三時二十分、ミユが帰ってきた。

午後十時、エプロンをつけたミユがプレートを「CLOSED」にした。二階の明かりが消えたのは午前零時半だった。

三十六時間ぶりに自分の寝ぐらに帰るつもりで車に乗りこんだ。

尾行がついていた。伊原を監視している私を監視している者がいたというわけだ。高井戸から首都高速に乗り、中央道に入った。アパートに帰るのを中止し、相模湖《さがみこ》のほとりに建つラブホテルで眠ることにした。

車のナンバーを照会されても、足がつく心配はない。追ってきているのは、男二人が乗った国産の４ＷＤだった。

3

ラブホテルのダブルベッドで目覚めた。チェックアウトすると高速は使わず、甲州《こうしゅう》街道の渋滞の中に車を進めた。一時間ほどのろのろと走ったところで車を止め、その場に乗り捨てた。京王線《けいおう》のラッシュに呑《の》みこまれ、都内に戻る。尾行がついていたという確信はなかった。車はいずれレッカー移動され、車検証に記載された持ち主のところに連絡がいくだろう。

持ち主はこの手のことに慣れた、裏のレンタカー屋だ。私が連絡をいれさえすれば、盗難届けをだす手筈《てはず》になっている。

部屋に帰りつくとレンタカー屋に車のことを知らせた。ナンバーの照会はまだきていない。

ひと眠りすると、髪を染め、服装をかえて、電車で三鷹に向かった。

「アントノーフ」の向かいのカフェテラスは閉まっていた。火曜が定休日らしい。ウインナコーヒーをあきらめ、徒歩で十分ばかりのところにあるベーグルショップに入った。

昨夜私を追ってきたのが刑事かどうか、私は判断がつかずにいた。「アントノーフ」を張りこんでいる別の人間の存在にまるで気づかなかったからだ。少なくとも、車や路上からあの家を監視していた者はいなかった。もし刑事ならば、そういう場所からではなく、近所のアパートや家の二階を借りた定点監視をおこなっていたことになる。つまり、吉友は、伊原とは友情を復活させられないというわけだ。

ベーグルショップには、オープンカフェが付属していた。石油ストーブを囲むようにテーブルが配置されている。そのひとつで私はカフェオレを飲み、シナモン味のベーグルをかじっていた。

オーバーオールにスタジアムジャンパーを着たミユがやってくるのが見えた。まっすぐ私に近づいてくる。私はなかなか嚙《か》み砕けないベーグルをカフェオレで流しこんだ。

ミユは私のテーブルの前で立ち止まった。しげしげと私を見つめていたがいった。

「サングラスよりは、その白髪似合うよ。ちょっとお爺ちゃんぽいけど」

「そう思われるのじゃないかと心配してたんだ。本当は君のお父さんより若いのに」

ミユは目を大きく広げた。

「お父さんの年、知ってるの？」

「五十歳だろ」

「あたり。あたしは四十のときの子」

「お母さんは？」

ミユは首をふった。それがどんな意味かは、言葉で補足しなかった。

「お父さんが、お店きたらって。訊《き》きたいことがあるなら教えるっていってる」

「私がここにいると、お父さんはなぜわかったんだろう」

「『マロニエ』が休みだから、ここしかないだろうっていってた」

「マロニエ」は向かいのカフェテラスの名だった。

「『ラ・スクムーン』のポスターが見つかったのかな」

「ちがうと思うよ。お仕事の話じゃない？」

「お父さんのお仕事？」

ミユは頷いた。少し不安になったらしく、自分のきた方角、「アントノーフ」の方向をふり返った。

「喫茶店のマスター？」

「ちがう。本当の仕事は別だっていってるもん」

「本当の仕事は何だい？」

「あのねえ」

いってミユはあたりを再び見回した。

「『革命家』。そのベーグル、おいしい？」

「残ってる半分でよければ食べてみる？」

「やめとく。歯が折れるって評判だもん」

「もっと早く教えてもらえばよかった」

答えて私は立ちあがった。

「お父さんのところにいこう」

だが「アントノーフ」に伊原はいなかった。私を案内するとミユは「塾があるから」といって立ち去り、かわりに二階から男が二人降りてきた。

二人とも三十代のどこかで、よく鍛《きた》えているらしい体つきをしていた。ネクタイは締めておらず、ひとりはジーンズにハイネックのセーター、もうひとりはコーデュロイのパンツにフリースのジャケットといういでたちだ。

ひとりが店の扉に内側から鍵《かぎ》をかけた。ミユはきっとプレートを「CLOSED」にしていっただろうと私は思った。

「伊原さんは留守か」

私は訊ねた。二人は無言だった。張りこんでいたのが刑事だった場合に備え、私は丸腰だった。

二人は口をきく手間をかけなかった。「アントノーフ」の店内は小さなカウンターと四人がけのボックスがひとつあるきりだった。そのボックスも、今は壁ぎわに押しつけられ、椅子《いす》がテーブルの上にのせてある。

ジーンズをはいた男が、腰に吊《つ》るしたケースから折り畳みのナイフを抜いた。刃の峰に指をあてがっている。扱い慣れた仕草だった。もうひとりが私の背後に回った。

「こういうおもてなしか」

腕をおさえられ、ナイフが首すじにあてられた。ジーンズがいった。

「質問をする。とぼけたり、あきらかに嘘とわかる答をしたら、切っていく」

「嘘とどうやって判断する?」

顎《あご》の下に痛みが走った。ナイフの刃が浅く刺さったのだ。

「そういう口のきき方は許さない」

私は男の目を見つめた。煙ったような、感情を感じさせない瞳をしている。訓練をうけている。それもかなり本格的な。

「姓名と所属をいえ」

「ジョーカー、フリーだ」

男はためらわなかった。左肩を切られた。ジャケットが裂け、血がにじみだす。死ぬほど深くはないが、絆創膏ですむほど浅くもない。

「姓名と所属をいえ。次は耳を削《そ》ぐ」

同じ質問を無表情にくり返した。私は口を開き、いきなり前に体をつきだした。訓練をうけている相手にだけ通用する手だった。反射的にナイフをもった手がさがった。ひき戻そうとする背後の男の力を利用して後退し、頭突きを浴びせた。自由になるとテーブルの上にあった椅子をつかんだ。ナイフがつきだされた。よければ膠着《こうちゃく》状態になる。チェスや将棋のようなものだ。一手一手を交互におこなっていたら、一対二のこの状況からは逃れられない。この男たちがただのチンピラでないことはわかっている。体を捻《ねじ》りながら腰で刃をうけた。腰骨の上を刃がすべるのが感じられた。椅子で男の頭を殴りつけた。遠慮はしなかった。殺す覚悟でやったが、死にはしないだろう。側頭部に当たって、棒のように倒れた。

間髪《かんはつ》をいれず、腰を蹴《け》られた。うしろにいた男だった。両鼻からでた血が顔の下半分を染めている。

蹴られた勢いのまま、私は「アントノーフ」のドアにぶち当たった。鍵が外れ、外の通りに転げでた。立ちあがると、ただ走った。自分が血を流していることはわかっていた。

二百メートルほど走り、タクシーをつかまえた。肩の傷はともかく、腰の怪我には医者が必要だった。まだ開店前だったが、沢井に携帯電話で連絡し、飯倉《いいくら》へと向かった。

タクシーの運転手にチップを弾み、バーに入った。沢井は医者を待たせていた。私の姿を見るなり顔をしかめた。

「ひでえ血だ。死ぬんだったらよそにして下さいよ」

出血しているのは三ヵ所だった。一番ひどいのが腰だ。麻酔なしで十針を縫《ぬ》われた。肩の傷は筋肉までは達していなかったが、腰は治るまで時間がかかるということだった。

縫合《ほうごう》が終わってから痛み止めをもらい、沢井が着替えを調達してくるまでのあいだ、それが効くのを待って失神していた。

目を開けると、沢井がモップを床にかけており、医者はいなくなっていた。

「輸血は何とかしないですむそうです。らしくないドジじゃないですか」

私は唸《うな》りながら洋服を着替えた。

「吉友に連絡しろ」

「その必要はありませんよ」

モップの手を止め、沢井がいった。新聞をさしだした。

「今日の夕刊です」

社会面を開いていた。「会社社長殺される」という見出しが目に入った。私は息を吐き、ベッドがわりにしていた長椅子に倒れこんだ。

「ちょっと。ソファの張り替え代、もってくれるんでしょうね」

「記事を読んでくれ」

沢井は唇を尖《とが》らせたが、記事を読み始めた。

「午前九時二十分頃、品川《しながわ》区荏原《えばら》三丁目の路上で男の人が血だらけになって倒れているのを通りがかりの人が見つけ、警察と救急に通報した。この人は近所の荏原三の×

の×に住む、会社社長吉友典之《のりゆき》さんで、吉友さんは全身の数ヵ所を刺されており、病院に運ばれたときには、すでに死亡していた。吉友さんはコンピュータソフト製作会社の社長で、警察では仕事上のトラブルがなかったか、関係者から事情をきいている」

新聞をおろし、沢井はいった。

「手つけどまりですね。切られ損てわけだ」

私は答えなかった。吉友の死が私の調査と関係がある筈はなかった。伊原も、その仲間も、私が吉友の依頼をうけていたことは知らない。

とはいえ、吉友が私に仕事を頼んだ直後に殺されたのは、おもしろくない偶然だった。

「あれをだしてくれ」

私はいった。沢井は渋い顔をしたが、黙って店の金庫から三十八口径をとりだした。

「最近、このタイプ、手に入りにくいんですよね。オートマチックなら簡単なんですけど」

「オートマは、安物のコピーが多い。よほどのメーカー品じゃなけりゃ、危くて使えない」

「メーカー品、捜しときますよ」

「共産圏は駄目だぜ」

沢井は頷いた。三十八口径を左の腰にさし、バーをでた。本当は右の方が早く抜けるのだが、怪我をしている。

痛み止めが効いていると思ったが、歩いてみると甘かったことがわかった。今夜中に三鷹に戻るつもりだったがあきらめた。タクシーを止め、アパートに帰って眠った。

4

翌日の午後、私は三鷹の小学校の近くに止めた車の中にいた。ミユは欠席しているか、護衛《ごえい》つきで登校しているかのどちらかだと思っていた。

三時少し前、クリーム色のワンボックスカーが、校門の近くに停車した。運転席には毛糸の帽子をかぶった男がすわっていた。きのう私が椅子で殴り倒した男だった。帽子の下からわずかに包帯がのぞいている。

ミユがでてくる前にかたをつけることにした。ワンボックスカーのうしろから近づき、運転席のドアを引き開けた。

「互いに怪我人どうしだ。きのうのおさらいはやめとこう。俺は一発しか撃たないし、急所を外す自信もない」

男は無表情に私を見つめた。

「撃ちたければ撃てよ」

「ミユを巻き添えにしてもいいのか」

男の目の中で何かが動いた。立ちこめていた霧《きり》が一瞬晴れるような変化だった。

「撃つ度胸がないのだろうが、公安の犬が」

私は首をふった。

「久しぶりに聞くぞ、そのフレーズ。だが人ちがいだ。伊原はどこにいる」

「撃てよ」

男の目が動いた。校門をでてくるミユが見えた。

「彼女に訊こう」

男は目を細めた。

「ミユちゃんに手をだしたら、お前を小間切れにしてやる」

「そのフレーズも古いが、まだましだ。よけいな真似をしなければ、俺は安全な人間だ」

ワンボックスカーのキイを抜き、ドアを閉めた。拳銃をコートの右ポケットにしまってふりかえると、ミユがこちらに近づいてくるところだった。

「あら。きのうは帰っちゃったって、お父さんに聞いたわ」

「この人とちょっと言い合いをしてね」

私はワンボックスカーを示した。

「正木《まさき》さんは口下手なの。でもいい人だよ」

ミユはジャンパースカートにダッフルコートを着ていた。

「お父さんと二人で話をしたいな。電話番号を教えるから、かけるようにいってくれないか」

「いいよ」

私は携帯電話の番号をいった。ミユはランドセルからだしたノートにメモをとった。

「じゃあね」

私は左手をふり、あとじさった。正木と呼ばれた男にも手をふってやった。コートの中でずっと拳銃を握っていた。

伊原からの電話はなかった。私のやり方は紳士的すぎたというわけだ。ミユはおそらく転校し、伊原には二度と接触することができないだろう。

夕方、沢井から連絡があった。

「まだ開店前なんですがね。会いたいってお客さんがみえてますよ」

「どんな奴だ」

「紳士です。スーツをお召しになって、どこかの会社の重役のような」

「明日にしてもらえないか聞いてくれ」

「ソファの張り替え代、そちらの分から引いといていいですか――」

私はため息をついた。沢井の取り分は四分の一だ。仕事の内容、期間に関係なく、四分の一。

「今からいく」

三十分後、バーに到着した。カウンターにすわっていたのは、髪を切り、スーツに身を包んだ伊原だった。

「話があるそうだな」

ストゥールを回し、私をふりかえるといった。私は無言で首をふり、バーのドアを閉めた。

「なんだ、知り合いだったんですか。そうならそうと、いってくれりゃよかったのに」

沢井が呑気《のんき》な口調でいった。

「まだ会うのは二度目なんだ、伊原さんとは」

私が答えると口を閉じた。じりじりと伊原から遠ざかる。

「よくここがわかったな、といいたいが、タクシーを尾行すりゃ簡単か」

伊原は頷いた。

「あんたはプロか、プロ崩れらしい、という話だ」

「お宅の若い衆もそうだろう。どこか砂漠《さばく》の近くで訓練をうけたのじゃないのか」

「もめるのなら、外にして下さいよ」

大急ぎで沢井がいった。

「大丈夫だ。話をしにきただけだ。この店は老舗《しにせ》だそうじゃないか。簡単に潰《つぶ》すわけにもいかんだろう」

伊原は沢井を見つめた。

「なんか誤解があるようですね。うちはこの人とは無関係です」

「もぐりの医者を用意してやってもか」

沢井はため息を吐き、私を見た。

「何とかいって下さいよ」

「この店を粉々に吹きとばしても、俺は痛くもかゆくもないぜ」

伊原は手もとのグラスを見つめた。

「いいマティニだ。腕のいいバーテンは今日び、なかなか見つからないのじゃないか」

「別に俺の店じゃない」

伊原が抜くのと私が抜くのが同時だった。ちがうのは、私が拳銃で、伊原が手榴弾《しゆりゆうだん》だったことだ。伊原は悠然《ゆうぜん》と安全ピンを抜き、マティニのグラスの中に落としこんだ。

「これを知ってるな」

大きさは掌《てのひら》にすっぽりとおさまるほどの球形をしている。オランダ製で世界最小の手榴弾だ。

「V40」

私は短くいった。伊原は頷いた。

「小さいがここにいる全員を殺すには充分な威力がある。私を撃てば終わりだ」

「は、話をしにきたのじゃないんですか」

沢井が目をむき、いった。

「そのつもりだ。互いに撃ち合うよりは、この方が公平だ」

伊原はいった。

「いいだろう」

私はいって、拳銃をカウンターにおき、伊原からふたつ離れたストゥールに腰をおろした。

「レバーをしっかり握ってろよ。最新型の着発信管は、二秒しか保《も》たないぜ」

伊原は小さく頷いた。

「戦争屋か。そうだな」

「昔の話だ」

「今は金で殺しを請け負うクズか」

「殺しは仕事にしたことがない。殺しをしなかったとはいわないが」

私はいった。伊原は落ちついたものだった。右手は微動《びどう》だにしていない。

「すると俺の居場所を確かめたあと、別の殺し屋がくる手筈か」

「あんたのことを調べるよう頼んだのは、大学の同級生だ」

伊原の表情はかわらなかった。

「俺は大学にはいっていない。浪人のときに中東に渡ったからな」

沢井が天井を見あげた。もうすぐ念仏を唱えそうな顔をしている。

「吉友という名に聞き覚えは？」

「もちろんある。軍事用のコンピュータウイルスを扱っている男だ。中央アジアのイスラムと組んで仕事をしているうちに、革命家だか麻薬の運び屋だかわからなくなった連中のひとりだ」

　沢井が呻《うめ》いた。

「参った……」

「殺したのはあんたか」

　私は訊ねた。

「そんな暇潰しはしない。奴は俺を誰かに売るつもりだったが、先に売られただけじゃないのか」

「誰に売られた？」

「さあね。敵を作るのに苦労はしないだろう」

「あんたは誰に売られる予定だったんだ？」

「奴の取引相手だ。一度だけ奴とは組んだことがある。アフガンに武器を供給する仕事だった。手ちがいがおこって、俺たちは連中をひどく怒らせた。奴はうまく相手にとりいってビジネスを始めたが、俺の首にかけられた懸賞金《けんしょうきん》はまだ生きていたようだ」

「あんたの仕事は革命家だそうだな」

「今は市民運動の連中とうまくやっている。性急な武力革命からは方針を転換したが、目的に揺らぎはない」

「それでフリーマーケットか。古めかしい生き方だ」

「時代遅れは自覚している。だが公安の犬やお前のような連中からは身を守らなけりゃな」

「娘さんの理解を得て、か？」

伊原は首をふった。

「ミユは優秀だ。中学に入ったら、留学させようと思っている。アフリカの現状を見れば、生き方がかわるだろう」

「あんたがアフリカにいくことは考えないのか？」

「いくさ。ミユが留学から帰ってきたら、今度は戦い方を教えるために連れていく」

「最初からアフリカじゃ駄目なんですか」

沢井がいった。別にアフリカでなくとも、ここでなければどこでもいい、と思っているにちがいない。

伊原は沢井に目を向けた。

「戦いの始まっている場所に乗りこみ、銃を手にするのは、誰にでもできる仕事だ。真に重要なのは、戦いの必要性を自覚していない民衆にそれを知らせることだ」

「個人的にはそいつは悪くない考えだと思う。特に今のこの国ではな」

私は伊原を見つめながらいった。この距離なら一発で仕止めるのは簡単だ。だがその手の手榴弾に、カクテルグラスからひろいあげた安全ピンを戻すのは二秒では不可能だ。ここから逃げだすことも。

破砕《はさい》手榴弾で恐いのは、爆発そのものではない。飛び散った破片で傷つけられることだ。今の私の移動能力ではとうてい軽傷ですむとは思えなかった。

「結局のところ俺は余分な真似をしたというわけだな」

伊原は否定も肯定もしなかった。

「こういう状況は日常的に起こりうることだと理解している。ただし、ああ起こってしまったではなく、なぜどのようにして生じたかメカニズムを把握し、再発させないための方法を講じなければならん」

「どんな方法なんです？」

沢井が訊ねた。

「その前にメカニズムの問題が解決されていない」

「吉友はフリーマーケットでお前を見つけたといっていた。それは嘘じゃないと思うぜ」

伊原は頷いた。

「市民運動とかかわればあるていどの露出はさけられない。一方的なコミュニケーションでは民衆は動かせない時代だ。吉友はどうやってお前のことを知った？」

「知らんな。噂を聞いたのかもしれん。このバーにいけば、ジョーカーという便利屋に会えると」

伊原の目が動いた。

「ジョーカー。それがやはりお前の名なのか」

「そうさ」

私は左肩を見やっていった。

「お宅の若い衆は信じちゃくれなかったが」

「経験不足だな。戸籍上の名前よりもコードネームの方が重い意味をもつ場合があるというのを学ばなければならない」

「じゃ、いいんじゃないですか」

沢井がいった。

「疑問は解けましたよね」

「まだある。吉友は誰に殺された？」

「知らんね。クライアントを殺せば、こっちは稼ぎにならない。そちらの方が詳しいのじゃないか」

「吉友は、中央アジアとはうまくやっていたが、アラブ圏の一部のグループには敵視されていた」

「だったらそいつらが殺《や》ったのだろう」

「用心深い男でね。自分の存在が露見するような場には近づかなかった筈だ」

「俺にはわからん。だとすれば偶然じゃないのか。きのう殺されたのは」

伊原は首をふった。

「偶然など信じない」

私は肩をすくめた。

「それならどうしろというんだ」

「ことその周辺に危険な因子が存在する。因子を特定することができない以上、すべてを除去する方向で働きかけなければならないだろうな」

「それってなんか、すごく嫌な感じなんですけど……」

沢井が私と伊原を見比べていった。

「俺も嫌だ。いっておくが、除去しても俺の危険度はわずかしか下がらない。三鷹の家を廃棄し、別の活動方向を模索しなければならないだろう」

「ミユちゃんも転校させるか」

「友だちができたところだったがやむをえない。革命家というのは孤独なものだ」

「よせよ。酔っちまったのか。あの子は賢くていい子だ。自分で選ばせてやったらどうだ？」

私は首をふった。伊原は黙っていたが、やがていった。

「俺は過去に一度だけ、活動を共にするかどうかの選択を相手にさせたことがある。ただしそれは、相手本人に限定した選択だった。その人間は、革命から離れることを選んだ。ミユは置き去りにされた。あの子に選択をさせるつもりはない」

私は息を吐いた。伊原がそっとストゥールから降りた。

「疑問は解けなかった。次善の策をとらせてもらう」

「勘弁して下さいよ――」

沢井が泣き声をたてた。そのとき、バーの扉が開かれた。

「もう開いてた――」

言葉が途切れた。種村が凍りついていた。その目はまっすぐ伊原に向けられている。

「いや、出直すとしようか」

くるりと背を向けかけた。

「動くな」

伊原の声が響いた。種村の体が止まった。

「俺が何をしようとしているかわかっている筈だ。こちらにきて座れ」

種村は背を向けたまま動かなかった。種村と伊原が互いを知っていることは明白だった。種村はバーの扉に手をかけたまま硬直していた。

「早くしろ。鍵をかけるのを忘れずにな」

伊原は命じた。あきらめたように種村は向き直った。

「お前がここに現われるとはな」

いって、私に目を向けた。カウンターの上の拳銃には目もくれなかった。

「この店は大物のあたり場所らしい」

「種村さん……」

沢井が呼びかけた。

「種村。なるほど今はそういう名前か。以前会ったときは豊川《とよかわ》という名だったな。今は公安一課を離れたのか」

「やめたさ、とっくに」

種村は硬い表情でいった。

「警察を？」

伊原は訊ねた。種村は答えなかった。

「ジョーカー」

伊原がいった。

「こいつの癖《くせ》が治ってなければ、背広の襟《えり》の内側に身分証を隠している筈だ。調べてみろ」

私は立ちあがった。種村は険しい表情で私を見つめた。

「テロリストのいうなりになるのか」

「今はそうせざるをえない状況でね」

私はいって、種村が着ているダブルのジャケットの襟の内側に手をさしこんだ。左襟の折り返しに細長いポケットがあった。黒革の表紙を外した警察の身分証がさしこまれている。

「警視庁公安三課　警部補　立川寿久」

とあった。カウンターの上をすべらせた。

「なるほど」

のぞきこんだ伊原はいった。

「俺たちとの一件で面が割れたんで、今は右翼のお守《もり》か」

私は種村を見た。

「吉友を知っていたのか」

種村は答えなかった。

「奴は確か、防衛庁のコンピュータ侵入未遂で手配されていたな」

伊原がいった。

「なぜ逮捕しなかったんだ？」

　私は訊ねた。

「知らんな。俺はもう一課じゃない。情報を与えただけだ」

　種村は答えた。この店で吉友に気づいた種村が、吉友の行先を別の刑事に尾行させたにちがいなかった。

「売ったのはこいつらさ。アラブの一派に吉友のことを知らせた。おそらく吉友を売れば、一課が欲しがっている脱獄活動家の情報が入ったのだろう。一部は国内潜伏しているという話だからな」

　伊原がいうと、種村はいった。

「見逃してやる、消えろ。俺はもうお前には興味がない」

　伊原は笑った。

「信じられるか」

「いや。信じられない」

　私はいった。沢井が目を丸くした。

「警官を殺すと罪は重いぞ」

　種村が早口でいった。

「お前らは警官じゃない、ただのスパイだ」

伊原はいうと立ちあがった。私の拳銃をとり、種村に向け無造作に引き金をひいた。種村はすとんと膝《ひざ》をつき、穴のあいた胸を見つめていたが、無言で倒れた。

「一件落着だな」

私は伊原を見やり、いった。

伊原は私を見つめ返した。

「そう思うか？」

「ああ。死体はこちらで処分する。あんたは消える。誰も右翼対象の公安刑事の失踪《しっそう》と手配中の革命家の関係にまでは頭を回さない」

「いいや」

伊原は首をふった。

「回すさ。ここのことを公安一課は嗅《か》ぎつけている」

「俺たちが生きのびればかわせる。一課が吉友を売ったことを俺たちは知っているのだからな」

伊原は再び首をふった。

「ここを放置しておくのは賢明《けんめい》とはいえんな」

「誰にも喋りませんよ！」

沢井が叫んだ。

「伊原」

私はいった。

「俺はミユちゃんには手をださなかった。そのことを後悔させる気か？」

伊原の目が私に注がれた。

「クズのいうことを信じろというのか」

「金で雇われるが、金で裏切ったことはない」

伊原は頷いた。

「俺がお前ならミユを人質にした」

私は答えなかった。伊原は無言で携帯電話をとりだし、ボタンを押した。でた相手にいう。

「俺だ。荷物をひとつ運びだす。ひとつだけだ」

電話を切った。

「処分をお前らに任せるわけにはいかない」

倒れている種村を見おろした。

「好きにしろ」

私はいった。

やがてドアが開き、大きなスーツケースをひいた伊原の部下が現われた。種村の死体を詰め、運びだす。作業のあいだ中、ひと言も口をきかなかった。ひとりがスーツケースを運びだし、ひとりがその場に残った。残ったのは正木だった。

伊原は私の拳銃を正木に預け、カクテルグラスの中から安全ピンをつまみあげた。

「これで貸し借りはなしだ」

いって、ピンを手榴弾に戻した。その指先に震えはまったくない。ひかえ目にいって、たいした男だった。

「ミユちゃんによろしくな」

バーの扉に手をかけた伊原に私はいった。伊原はゆっくりと私をふり返り、首をふった。

「残念だがそれはできない。教育上、ミユには、お前を殺したと教えるつもりだ」

伊原の背が消え、扉が閉まった。沢井がカウンターの内側でへたりこんだ。

「——まったく……なんてこった」

つぶやいた。私は扉のところにいき、鍵をかけた。床の、種村の残した血の染《し》みは、私が流した血よりはるかに少なかった。

沢井がぼんやりとそれを見つめている。

「だから客は選べといったのさ」

私はいってやった。

鏡の顔

1

ドイツ製の車は広尾《ひろお》と六本木《ろっぽんぎ》を結ぶ交差点を越え、青山《あおやま》墓地を一気に通過した。初夏の陽《ひ》が並木の葉を射抜き、シルバーの車体で反射する。前日の雨がアスファルトに黒く沈んだ細い道をサードで駆けぬける、その輝きを美しいと感じる者なら、その車の価値を認めるかもしれない。車名は誰《だれ》でも知っている。そして、数字で表される性能についても、大多数は具体的な数字を思いうかべることができなくとも知ってはいる。

万一、車とそれが持つパワーに魅力を感じている者ならば、彼らはタイヤを見、車に備えられた付属品を見る。次に興味を抱くのは、自分とその車の距離である。空間的な意味ではない。時間的、あるいは経済的な距離である。そして、それに関する結論が彼の頭で出た頃《ころ》、当の車はそこから遥《はる》か空間的な距離をひろげている。

運転者に興味を感じている暇はない。

そのポルシェは南青山の小さく茶色い建物の地下にすべりこんだ。

ポルシェの運転者は、地下の駐車場でその技術をかいま見せた。尤《もっと》も、見ている者はない。大胆さと繊細さを兼ね備えた動きを車は示し、ぎりぎりのスペースに入りこんだ。そうやって止められた車は、駐車状態を見ても実にさりげない。実際、技術の未熟な者が同じ位置に同じサイズの車をはめこもうと試みて初めて、その技術を知ることになる。

白のTシャツにコーデュロイの細身のパンツ、表側は赤のリバーシブルのスイングトップを左脇《わき》にかかえた男が降りた。

やわらかそうな髪はそう長くない。だがきちんと整えられておらず、額に下がった前髪が不自然だった。十分な睡眠を得ていない目は赤く充血し、黒い隈《くま》がふちどっている。額《ひたい》からつながった鼻梁《びりょう》は形よく盛りあがり、結んだ口元から両頬《ほほ》にかけてびっしりとヒゲがのびていた。

一週間近く、髪を整えることも顔をあたることもできない厳しい状態に置かれていたかのようだ。男はロックせずにドアを閉めると駐車場のエレベーターにむかった。

足取りは決して軽くはない。しかし無駄のない動きだった。

背はそれほど高くはない。それだけが男の疲労した雰囲気に不釣合な、汚れのない真っ白のTシャツに包まれた上半身には贅肉《ぜいにく》を示すふくらみはなかった。

箱の中に乗りこんだ男は目的階のボタンに触れ背後によりかかった。目を閉じた男を乗せる箱は、心地よい機械音を立てて上昇した。

扉が開くと、男はひっそりとした廊下に歩み出した。赤褐色のカーペットと鉢植えが彼を迎える。廊下の左右には二つずつしか扉はない。そして真正面にひとつ。

そこに向かって歩きながら、男はスイングトップのポケットを探《さぐ》った。爪《つめ》の根元まで日焼けした指が平たいキイを取り出す。ホルダーのないそのキイには部屋の使用者の個性を感じさせるものは何もなかった。

扉の前で立ち止まると男は白いスティールの板を上から下まで見つめた。それが仕事のような、慣れた、それでいて油断のない目つきだった。

キイをさしこむ。カチリ、と音をたてて錠《じょう》がはずれた。

部屋の中は白かった。

壁もカーペットも白で統一され、ブラインドからさしこむ昼下りの光線が乱反射している。男は窓に歩み寄ると、ブラインドの羽根を押しひろげ、細めた目で建物の周囲を見おろした。指を抜くとブラインドを操作し、閉じる。それから窓辺におかれた観葉植物の葉に、そっと触れた。

白い部屋の中央に、ガラステーブル、幾つかのソファ、そして籐《とう》の寝椅子《ねいす》があった。真横には、二百枚近いレコードをおさめたラックとオーディオコンポーネント。男はリビング・ルームから別の部屋につながっている扉に目を向けた。そこで待つものを考え、わずかに躊躇《ちゆうちよ》したが、ステレオに歩み寄った。コンポーネントのパワー・スイッチを押すと、パネルに灯《あか》りがともる。ラックからカセットテープを一本取り出しデッキに装着した。

トランペットがスピーカーから這《は》い出すと、男は肩の力を抜き、かすかにほほえんだ。

スイングトップを床に落とした。籐椅子に腰をおろし、両掌《りようて》で顔を包み、動かなかった。しばらくすると体をのばした。

倒された背もたれに彼が横たわったとき、籐椅子は初めてきしんだ。目を閉じ、深呼吸をする。彼にとって、時の流れは曲の流れだった。まぶたの奥に届かぬ日の光は、ブラインドの向こうで徐々に赤味を帯びる。時の流れは曲の流れだった。

玄関の扉がゆっくりと開いた。音はなかったが、男は気配を感じた。まぶたが震えた。

濃紺のローブで体を包んだ長身の女が後ろ手で注意深く扉を閉める。ひめやかに、男の意識を乱さぬよう部屋の中に入りこんだ。

女は男から視線をそらさなかった。大きな瞳《ひとみ》に温かさが満ち、口元に優しい笑みがのぞいている。

入口で女はスリッパからそっと足を抜き、素足でカーペットを踏んだ。白地に朱色のペディキュアが浮かぶ。

男の頭の背後まで来て、女は足を止めた。今ではその心地良い香りで、男は女の位置を感じていたが、目を開かなかった。

女はわずかの間、ヒゲに被《おお》われたひきしまった面《おもて》を見おろしていた。それから右手で自分の髪を額の上にかきあげ、おさえたまま腰をかがめた。

唇がふれあう。

男が目を開き、二人は一瞬見つめあった。男の手が女の頰をそっと押しやった。

「鍵《かぎ》をかけなかったのね」

女は笑みを浮かべた。しっとりと湿《しめ》りけを帯びた低い声だった。低く甘い。

「君が来ると思った」

「鍵をかけなかったのは、あなたが帰ったときにわかったわ」

「面倒だった……」

「私じゃない、別の人が来ても？」

「おそらく」

女は息を抜いた。

「お帰りなさい」

男は返事の代わりに目を閉じた。

「なにか欲しいもの、ある？」

目を開いた男はまぶしげに女を見つめた。女は笑みを浮かべたまま訊《き》いた。

「一週間、十日？」

「わからない。しかし長かった。今度は。だんだん、長くなる。俺《おれ》には……」

「わたしもよ。独りでいたい？」

「しばらくは」

女は頷《うなず》いた。

「いいわ、電話して」

ドアに向けて踵《きびす》を返した。男はそれを見送っていた。

女はノブに手をかけると、くるりと振り向いた。自分の魅力を知る効果的な身のこなしだった。

「ずっと、あなたが欲しかった」

男は頷いた。ゆっくりと、女の言葉をかみしめ、自分の気持も表して。

女は見届け、部屋を出ていった。

ドアが閉じると男は吐息をもらした。女の出現が音楽を遠くにおしやっていた。今また帰ってくる。

男は考えるような眼差《まなざ》しを宙にむけた。それから床のスイングトップを拾いあげる。

ポケットから煙草《たばこ》の箱とライターをとりだした。ライターの炎をじっとのぞきこみ、ゆれる中で煙草に火をつけた。

ライターの蓋《ふた》が閉じる、パチリという音と共に彼は起き上がった。煙を空中に残し、入口の扉まで行くと、鍵をかけた。浴室に向かい、腕と同様、日焼けしたたくましい体から身につけていたものすべてを脱ぎすてた。

煙草をくわえたまま、シャワーの下に立った。蛇口を見上げると薄く笑った。

そして大きくひと吸いして、コックをひねった。吹き出した熱い湯が煙草を消し、やがて唇から煙草そのものをもぎとった。

浴室を出た男は大きなタオルでざっと体をぬぐうと、全裸でリビング・ルームをよこぎった。濡《ぬ》れた髪から肩に滴《しずく》が落ちる。

セミダブルのベッドとスタンドが置かれた、もうひとつの部屋に男は入った。

無表情の男の顔から緊張だけが抜け落ちていた。ベッドのわきには小さな冷蔵庫がすえつけてある。男はベッドに腰をおろすと、冷蔵庫からビールの小壜《こびん》をとり出した。キャップを指でひねって外す。

ビールをひと口飲んだとき冷蔵庫の上の電話が鳴った。

男はまばたきをした。ベッドのヘッドボードに組み込まれた時計を見、受話器をとった。

「…………」

男はずっと耳を傾けていた。やがてひとことだけ答えた。

「殺した」

「…………」

「いつもの通りだ。二発」

電話が切れた。受話器をおろした男は、電話をつかんだ。冷蔵庫の扉を開け、中にしまいこむ。

もうひと口でビールを飲み干すと、ベッドの上に仰向《あおむ》けになった。

目を見開き、天井を見つめる。さえていた神経がゆるみ、満たされなかった眠りが訪れるまで、男はじっとそうして横たわっていた。

2

「きついね」

ひと言だけを首と肩にはさんだ受話器に送りこみ、沢原《さわはら》は両切りのピースをホイールキャップの灰皿に押しこんだ。相手の言葉に耳を傾けながら、立ち昇る、燃えさしの煙を目で追っている。

「いや、書きたいことはたくさんあるんだ。だが、適当な被写体がいない。捜しちゃいるよ、だけど……うん、うん」

ニコチンで黄色く染まった指が、濃紺の缶から一本つまみ出す。

「わかった。明後日《あさって》まで頑張るよ、いや、いらない。一人の方がいいんだ。ただね、適当なおっさんなり、お姐《ねえ》さんをパチリと収めて、それで話をこじつけるのは嫌なんだ。こっちはプロのカメラマンでもなけりゃ作家でもない。だからきちっとした……OK、わかった。電話します、はい、わざわざどうも」

沢原は電話を切ると、デスクの上にライターを捜した。灰皿、メモ、地図、原稿用紙の束、ペン、コーヒー・カップ、辞書の類《たぐ》いの重なりあった上で、どうしても見つからない。

「ええいっ」

乱暴にデスクのひきだしを引くと、そこには三十個以上のライターが並んでいる。そのうちのひとつに手をのばすと、くわえた煙草に火をつけた。そのまま机の前を離れ、ぶらりと浴室に入った。不精ヒゲがのびた顔を、咳《せき》こみながら、鏡にのぞきこむ。

目尻《めじり》の皺《しわ》、口元、全体に柔和な雰囲気を漂わす面立《おもだ》ちだが、目だけが落ち着いていてどんな表情のときも冴《さ》えた光が満ちている。

「笑ったときが一番恐い」と、若者に人気のある女性シンガーソングライターが対談ののちにその顔を評した。

人に対する時の態度はいつも剽軽《ひょうきん》で、考えを悟らせない。幾つもの職業を経て、フォトライターという独特の肩書きを得た男らしい。街頭で自分の感じた人間の顔、あるいは姿を一枚だけ撮り、短い創作を加えて載せる。「モダニズム」という週刊誌で、彼のコーナーは三年近く連載され、人気を得ている。

しかし、文章があくまでも創作であるため、題材にされた被写体から抗議を受けることは始終あった。「モダニズム」の編集長は硬派で、騒ぎは常に、どうしようもなく大きくなるか、相手が泣き寝入りするかのどちらかである。

にもかかわらず、連載は続いている。

暖かい生き物が、素足の踝《くるぶし》にじゃれつき、沢原は抱え上げた。

「よし、腹が減ったのかマロイ、食わせてやる。ちょっと待て」

浴室を出ると、他の部屋に続くドアを押した。住居兼仕事部屋には、沢原と一匹の猫の他には誰も住んではいない。

カーテンを開いたリビングは真っ暗だった。朝食を昼過ぎに外で摂《と》り、帰ってきてからは机の前にすわりっぱなしだった。

沢原は体を屈伸させた。腰をひねると、背骨が鳴る。

「何時だ、一体」

灯りのスイッチをいれると、書架においた水晶時計をのぞいた。書斎にはいっさい時計を置かないのが、沢原の主義だった。

「よし、わかった。媚《こ》びるなよ、お前ダラクしたぞ」

時刻は八時二十分だった。沢原は猫を再び抱き上げ、キッチンに入った。

グリーンの、独身者用にしては巨大な冷蔵庫から二つの缶を取り出す。ひとつはキャットフード、ひとつはビールだ。

マロイと呼んでいる猫の愛用の皿に中味をあけ、わずかに温めるため電子レンジに入れた。雑種で、文字通り迷子《まいご》であったのを拾ってきたのだ。

キッチンテーブルに尻をのせると、皿が温まるのを待つ間、ビールを口に運んだ。レンジがベルを鳴らすと、素手で皿を取り出し中味にパック詰の鰹節《かつおぶし》をふりかける。奇妙な元野良猫は、こうしなければどんなに高価なキャットフードにも見向きもしない。

猫が皿に頭をつっこむのを見届けると、沢原は浴室に戻った。

蛍光灯のせいか顔色が悪い。くたびれたオックスフォードのボタンダウンにコットン・パンツ、三十半ばを過ぎているが、格好と雰囲気で、いつも年より五歳は若く見られる。

ブラウンシンクロンのスイッチを入れ、顎《あご》に当てた。ローションやパウダーはつけない。剃《そ》った後、水で洗うとタオルでふき、髪を手でなでた。

「もう少し陽に当たった方がいい男になるな」

物を書くようになってから独り言の癖がついた。

空になったアルミ缶を屑籠《くずかご》に投げこむと寝室に入りシャツとスラックスを脱いだ。白のポロと青のスラックスをはき、木綿《もめん》の靴下に足を通した。セミダブルのベッドのヘッドボードは戸棚になっている。戸を開けると、四台のカメラがあった。メカニズムには弱くないが、こだわるのはあまり好きではない。操作が簡単でしかも機能的な種類を選んで置いてある。沢原は一台をつかみ、さほど大きくない革のショルダーバッグに入れた。

肩に吊《つ》るして寝室を出ると、リビングに戻る。スタンドを置いたサイドテーブルの上にキイホルダー、マネークリップ、煙草の箱などが置かれていた。

それらをザラザラと手にすくい、キッチンを振り返った。マロイは皿にしがみついて目もくれない。口元に微笑《ほほえみ》が浮かんだ。

「冷たいやっちゃの……」

スニーカーをつっかける。

沢原の住むマンションの向かいに、レコード会社のビルがあり、地下がレストラン・バーになっていた。値段は決して安くないが、近さと通い慣れた気安さから殆《ほと》んど毎日のように、沢原は姿を見せる。

場所は青山と原宿《はらじゅく》の、ちょうど中間あたりだった。一点の曇りも許さぬ総面ガラスの装いが、むしろ地味であたり前の印象を与えるビル群のひとつだ。地階に続く階段は、若者達がわざとらしげに吹かすエンジン音が轟《とどろ》くメインストリートに面しているが、店の看板は建物のわきに縦《たて》にならんだ列の下端《したはし》に出ているにすぎない。

階段を下りきったところに大きなはめ殺しの板ガラスがある。知らぬ者はそこを入口だと勘ちがいして、床を踏んづけたり、押したり引いたりするものだ。

ガラスの向こうは、スタンドの灯《とも》りがぼんやりと点る暗い店内だから、鏡のようにも見える。入口は、実はその板ガラスのわきの小さな木製の扉である。

沢原は階段を下りきるたびにガラスに影となって映る自分の姿と向かいあい、嫌味《いやみ》な店だと思う。客の姿を映すガラスをではない、入口をさもさりげなさげに、目立たず造ったところをだ。

「ジョーカーズ」という店名が木の扉に、筆記体で浮き彫りにされている。

「今晩は」

扉を押すと、キャッシャーの娘に声をかけた。相手が彼に気づき、媚びを含んだ笑みを浮かべる。

「いらっしゃいませ」

沢原は大股《おおまた》でカウンターに歩いていった。入口からは想像できない広い店内は毛脚の長いカーペットで被われ、広い間隔で置かれたボックスの間を、白いお仕着せをまとったボーイがトレイを手に音をたてずに動き回っている。時間が早いせいか、カウンターに客の姿はなかった。

「おはよう」

磨いていたグラスを置き、カウンターの中をすべってきたバーテンに沢原はいった。

四十を幾つか過ぎていると思われるバーテンは、薄い頭髪を後ろになでつけ、赤のチェックのヴェストにバタフライといういでたちで、沢原の言葉に慇懃《いんぎん》な笑みを見せる。

「先ほどは、今晩はと、おっしゃっていらした御様子ですが」

「そう。キャッシャーの明美《あけみ》ちゃんは若者だからね、今晩は。海千山千のベテラン、沼野《ぬまの》さんにはおはようさ。あんたにとっては夜はこれから、だろ」

「沢原さんにはどうなんです」

メニューをさしだしたボーイが訊《たず》ねた。二十三、四の若者でよく日に焼けている。

「俺？　俺ときた日にゃ夜昼ないね。サーフィンをやることもなけりゃ、車をぶっ飛ばすことも、浴びるほど酒をかっくらうこともない」

「お忙しいようで」

沼野がいった。磨いたグラスをカウンターに広げたナプキンに並べる。

「いいや、大したことはない。量はね」

沢原は首を振った。

「ただやる気がないだけさ。いつもと同じだ、変わらない」

「いつものでよろしゅうございますか」

それには答えず、沼野は訊ねた。

「うん」

苦笑いをうかべて沢原が頷くと、バーボンのオンザロックが目の前におかれた。

それをひと口すすり、メニューを手にとる。カウンターの端に立っていたボーイが進み出た。

「俺、仔牛でいいや。固くしないで」

「かしこまりました」

「それからライス大盛りで」

「はい」

溜息《ためいき》を吐《つ》くと、グラスを手にとり椅子にもたれこんだ。煙草の箱を手でもてあそぶ。

すべてがこの箱と同じく、見慣れ、飽き飽きする存在となっている。仕事が、生活が不変のくりかえしとも思える。

フォトライターとしてこの三年、日本各地、世界の何ヵ所か旅をしてきた。今、沢原のレーダーは錆《さび》つき、鈍化している。かつて、カメラを持ち、初めて街に出たとき、そこを行く人々を、その流れを、あるいはその一人を捉《とら》えるだけで、沢原にはたちどころに何篇《なんぺん》ものストーリイが生まれたものだった。

もう鈍り、枯れたのか。

ちがう筈《はず》だ。たとえパッケージに飽きようと、他の煙草を吸う気になれぬのと同じように、仕事を変えようという気にならぬ限り見出《みいだ》す物は何かある。

沢原は決してインドアタイプの消極的な人間ではない。今まで経てきた職業の中にはデスクワークとは一片のつながりさえ持たぬものもあった。

スポーツもこなし、体力には未だ自信がある。ただ、今はやろうという気持が起きない。クラブは部屋の隅でバッグごと埃《ほこり》をかぶり、ラケットは日本全国でブームが高まった頃から握ってはいない。ガットを張りかえなければ使いものにはならないだろう。スキューバダイヴィングのマスクには錆が浮き出てきている。

カメラと己の感性を頼りに、沢原が街で狩ったのは、独りの瞬間の人間であった。働き、遊ぶ。

眠り、食らい、飲む。歩き、走り、佇《たたず》む、その姿に、むきだしの独りを求めた。

女と暮らし、離れたこともある。カーペットの上に残された白い家具の跡に、センチメンタルになることはなかった。ただ、そういう形でさえ、何かを残さずに去れなかった相手に漠然《ばくぜん》とした怒りを感じただけだ。

今街に出ても、自分の視線をはね返して、像《え》として写る人間の存在に自信がなかった。

薄っぺらで芝居の書割りのように、射抜けてしまう。射抜いたあげく、向こう側にある建物に当たるだけで、姿として残るのは、街しかない。

街は舞台でしかない。演者は生きている人間でなければならない。観客席の中央に、沢原はいなくてはならない。

沢原はもともと文学青年あがりではない。ただ傍観者の立場に立って、第三者を観察するのが好きなのだった。彼がなりたかったのは伝記作家である。

自分は後ろに退《さが》りすぎた。

沢原は思った。胸裡《きょうり》を吐き出す友人もなく、心身を添える相手もいない、それゆえに観客席の後部に退いていたのだ。

いつか人間の存在に興味を失い始めるであろう、それが沢原は恐ろしかった。

そうならぬためには舞台にもう一度近づくしかない。彼の手元には、この世のすべてを映すというジャムの酒盃《しゆはい》などありはしないのだから。

3

男は寝がえりをうつと目を開いた。

寝室の暗く閉ざされた空間に視点をすえようと努力しているようだ。

何かが彼の眠りをさまたげた。彼はベッドに横たわったまま、身動きせずそれが何であったのかを考えた。

寝室にも、他の部屋にも人の気配は感じられない。

それがなければ、彼はあと数時間は、少なくとも眠り続けただろう。それが、ただ何であるかは彼にはわからなかった。

夢だったのか。

男はヘッドボードの時計に目を向けた。

午前零時を数分まわっていた。

目を閉じて、再び眠る努力をする気持は、男にはなかった。膝《ひざ》を曲げ、体を半回転させると、床を踏んだ。

冷蔵庫の扉を開く。

あたかもそこで飽和していたかのごとく流れ出た庫内の光に、思わず目をそむけた。

そむけた瞬間、男は自分が目覚めた理由を思い出していた。

顔だ。

男は夢の中で顔を見たのだ。その顔から目をそらそうとして、いつか眠りの枠《わく》外にはみ出してしまったのだ。

冷蔵庫のビール壜にのびた手が途中で止まった。

スタンドを点し、庫内の電話機をとり出す。受話器をつかみ、ボタンを押した。

「……………」

「起きていたかい」

男は相手に訊ねた。相手の返事を得ると、彼は続けた。

「何か、食べるものがあるといいのだが」

「……………」

「そう。では食べに行くしかないな。うん、待っている」

受話器をおろした。

リビング・ルームに出ていった男は、部屋の境で、パワーが入ったままのオーディオコンポーネントを見つめた。

パネルランプが、灰色に色を沈めたカーペットの海に黄色い四角形の光を投げかけ、そこだけが小島のようにうかんでいる。

ドアの錠を解き、窓に向かうと、ブラインドに指をさしこみ表をのぞいた。

外の世界が、昼間とはまったくちがった意味で輝いていた。防音効果の高いアルミサッシのはるか下方で、生きる者の存在が、音をたてることのない蠢《うごめ》きとして彼の目にうつった。

男の背後で扉が開き、夕方訪れた女が姿を現わした。赤のワンピースを身につけ、素足に踵《かかと》の高いサンダルをはいている。

男は振りむかずに、窓の下を見おろしたままでいた。

その裸の背に、女の細い人さし指が触れた。薄闇《うすやみ》の中に、黒くひきしまった筋肉のもりあがりを、赤いマニキュアを施した爪先がそっとなぞる。

しばらく男は動かず、女も指先だけで男の肉体に接していた。

やがて男がブラインドの羽根から指をはずしてふりむくと、女の接触が全裸の男に力を与えていた。

女はそれを見、男の顔を見上げた。かすかにはにかんだような喜びの色が女の顔にうかんでいた。指のせいで広がった羽根からさしこむ光が、その顔に走査線のような明暗をつくる。

女は左手に持っていた小さなバッグを床におろし、跪《ひざまず》いた。

男の変化が女の目前にあった。女はもう一度男の顔を見上げると、手を使わずにそれに唇をあて、暖かい頰の内側に包みこんだ。

男の肉体が頂点に達する。その瞬間まで二人はひとことも口をきかず、姿勢を変えなかった。

女が男の放った生命を飲み下すと、ようやく二人は体を動かした。

まず女がバッグからハンケチを出し、男の体をぬぐい、次に唇にあてた。上気した頰で、愛《いと》おしげにする、その順序が女の気持を表していた。

「出かける？」

女がバッグにハンケチを仕舞うと、訊いた。男は頷き、彼女をそこに残して寝室に戻った。出てきたときは、白いシャツに、明るいグレイのスラックス、黒の革靴を身につけていた。二人はそれ以上言葉もかわさず、体も寄せなかった。

ただ、女が入口を出るとき、男が開いたドアを腕で支えた。女は無言で、男の顔を見つめすり抜けた。

　エレベーターで地下駐車場に降りた二人が歩み寄ったのは、黒の二八〇Zだった。女がバッグからキイを取り出し、ドアを開いた。

　運転席にするりとすべりこんだ彼女は、助手席のロックを解いた。男が隣にすわると、イグニションキイを回す。

「あなたが出かけたくないことは、わかっているの」

　ハンドルを大きく左に回しながら、女はいった。男はシートに背をあずけ、訊ねた。

「どうして」

「仕事のあとだから」

　何かいいかけた男を制するように続けた。

「わたしがあなたのお話を聞くのはいつも、仕事が終わったあとの最初の食事、そのときだけよ。それ以外は訊かないし、知ろうとも思わない。ただ、こんなに早くあなたが目覚めると思わなかったの、御免なさい」

　フェアレディZは、排気音を吐きながら、夜の道の光の流れに加わった。車が地上に出ると同時に、男は目を閉じていた。

「いいんだ」

男は短くいった。

「何か食べたい？」。ただ、あまり人のいないところがいい」

「個室のある中華料理屋を知ってるわた。ここからそれほど遠くないし」

無言が男の返事だった。女は男の眼を閉じた顔を横目で見いた。男の顎がかすかに頷

黄色から赤に目前の信号が変わりかけていた。女の左手が力強く動き、車はシフトダウン、加速で交差点を右折した。

ソ連大使館の近くの小路に女は駐車した。エンジン、ライトが切れると、男は初めて目を開いた。つかのま、放心したようにフロントグラスの果てに目を向けていたが、女がドアを開く音に促されて車を降りた。

沢原は盛り場の中にいた。

ウィークデイの深夜だったが、疲れを知らぬ若者が、欲望に止《と》めを知らぬ男達が、女達が街には溢《あふ》れていた。

アルコールとニコチンの混じった人いきれ、二重駐車で客を待つタクシー群が吐き出す排気ガス、そして香水と汗がかもす猥雑《わいざつ》な空気を、沢原は好きだった。十代の半

ばから、未《いま》だ店の少なかったこの街で遊んできた。

酒を飲み、女を抱き、しかもその行為だけに埋没すればどうなるかも、この街で知ったのだ。二十代後半にさしかかるまで、彼にとって街は特別の存在だった。

例《たと》えるなら、夜店で売られるブリキ細工の玩具である。単純に、走る、あるいは浮かぶだけの動きをくりかえしながらも、薄っぺらでチャチな造りのどこにそんな細工が施されているのか、仕掛けを知り飽きてしまうまで、それは信じられぬほど不思議で、手に入れることができた自分の幸運をかみしめ、愛おしく思える存在となる。

同年代の男達が、その「夢」に飽き、卒業していってもなお、沢原は街に出かけた。

女達が、つかのまの充実感が、街に出ることによって得られると信じた。

街に行き、音楽と声高のやりとりの騒音に身を浸している限り、幸運を摑《つか》むチャンスは平等にあった。

育ちや、札びらや、高価な車をひけらかすことができなくとも、安手の冒険を求める娘には事欠かなかった。虚無とか、偽《いつわ》りという言葉は彼には無縁だった。

一夜だけであろうと、パートナーと夜の酔いに身を沈める瞬間、沢原は幸福だった。

しかし今、彼の目前を肩を組み、笑顔で歩いてゆく若者達はその頃の彼とはあきらかに違っている。

欲望を感じない。満たされている。それゆえ、街を意に介していない。

代わりに沢原が感ずるのは、街頭でチャチな細工物を売る、薄汚れた連中の欲望だ。懸命にノルマを果たそうと、新装のディスコにカップルを引っぱる呼びこみの若者の、切なくしかし倦怠《けんたい》した甘えだ。

遊ぼうと、夜を謳歌《おうか》するエネルギーではない。ただ儲《もう》けだけにいそしむ商売人のエネルギーだ。

街が変わったのか、その街で出会う者が変わったのか。それとも、見る眼が変わったのか。

沢原は東京中、日本中で最も喧騒《けんそう》を極めた、夜の地点に立ちながら孤立していた。

無論、そこには撮るべきものは何もなかった。

男の歩みは、母親に連れられた幼児のものだった。決して、目を前に向けることはしなかった。女の後ろを、その脚元だけを見つめて歩いていった。

それは見る者には滑稽《こっけい》なコンビだった。

背も高く、人目を惹《ひ》きつけずにはおかない美しい女と、日に焼けたたくましい男。

二人は似合いのカップルの筈が、間違って親子に生まれたかのようだ。

それでも店内に入ってからは、男はさりげなく振舞っていた。ただ、絶対に人の顔を見ようとはしない。

暗い料理店の、人影の少ない赤褐色のフロアを横切るときは、女の背だけを見つめていた。案内のボーイの顔も、片隅で黙々と飢えを満たしている客の顔にも、一切、目を向けなかった。

閉ざされた小さな部屋に入り、円卓を囲むようにすわると女が口を開いた。

「恐い？」

揶揄《やゆ》ではなく心配の響きがあった。男は円卓の上で組んだ拳《こぶし》から女に目を移した。眩《まぶ》しげに眉根《まゆね》を寄せた額には汗がうかんでいる。

男は頷いた。

「仕事をした日は特にそうだ。だんだんひどくなる。おそらく、もうあと一、二度で俺は使いものにならなくなる」

女は無言で男の面を見つめていた。男の瞳に脅《おび》えはない。しかし透明なあきらめがあった。

「そうしたらやめる？」

「他はないな。簡単にやめることができるとは思えないが……」

一枚目の皿が運びこまれた。ボーイが料理を皿にとりわける間、男は点した煙草の火先《ほさき》だけを見つめていた。

中国茶の入った蛍焼《ほたるやき》を女の手がそっと押しやった。ボーイが去り、扉が閉じた。男は象牙《ぞうげ》に似せた箸《はし》で料理を口に運んだ。

咀嚼《そしやく》を止めていった。

「入りこんできてるんだ、奴等《やつら》が。俺の生活に。うまくこなしているうちは違った。だが気づかれている。俺が恐がっているのを」

「まさか」

女は箸を中途で止めた。

「本当だ。仕事の後で、奴等の顔を俺が見ないことに気づいた人間がいるんだ。顔が恐いなんてことを、最初は誰も信じなかったろうに、今は奴等が皆、知っている」

女はじっと男を見つめていた。

「殺せば殺すほど、似た人間を見る機会が多くなる。照準の中で捕えた顔とそっくりの奴を街で見る。雑誌を開くと、何気ない背景に写ってる。まさかと思う――勿論《もちろん》、違う人間だ。だが俺は恐いよ、自分が殺した人間と、似た顔を見るのが」

「わからないけど信じるわ」

口元に持っていった蛍焼をおろして女はいった。

「あなたが人殺しを仕事にしてるなんて、わたし、最初信じられなかった。次にそれを信じたときに、信じられなかったのは、あなたがわたしを殺さなかったことよ。でも、今はあなたのいうことは皆《み》んな信じるわ」

「君のことは誰も知らない。奴等のうちの誰かが知れば君は終《しま》いだ。俺も……終いだ」

女は微笑《ほほえ》んだ。

「恐くないわ、わたしは。モデルをやってきて、もっと恐ろしい女の世界を見てきたのだもの」

「馬鹿《ばか》な――」

弱い調子で男がいいかけた。

二番目の料理が運びこまれた。男は口をつぐみ、料理を手元に引き寄せた。

男にとって、女は懺悔《ざんげ》を聞く牧師だった。

男は一本の電話で、指定された場所に行く。そこには、仲間とは呼べない、連絡係が待っていて、道具と標的に関する指示を与える。指示を受けた時点で、男には隠れ家が用意される。隠れ家は常に変わる。そこで、男は数日間計画を練り、連絡係がもたらす標的の情報を元に実行に移す。そしてまた、隠れ家で数日を過す。連絡係が、安全だという情報を組織から得て初めて、男は報酬と共に解かれる。

男はフリーランサーではない。組織の無言の規約に縛られている。秘密保持も男の義務だ。

しかし、男は常に一度だけ、組織から放たれて最初に女に会ったとき、仕事の内容を話してきた。どんな人間を、どこで、いかなる方法で殺してきたかを。

男は殺し屋だった。

4

沢原にとって酔いに溺《おぼ》れることは簡単だった。古くから残っている数少ない酒場の、どこでもいいどれか一軒に入り、他の客が目に入らぬ位置でグラスを重ねれば良いだけの話だった。沢原がそれをしなかったのは、ひとつには自分に対する意地であり、ひとつにはかすかに残された、確信などない希望のためだった。

街に期待し、街に棲《す》むものに裏切られた沢原は、その夜ついに一度もシャッターを押さずじまいだった。自分の意地を、プロ意識がねじふせかけていた。編集部が付けようといった、若い編集者を断わったことに対する後悔だ。第三者が来れば、それなりにまとまったものを作れるだろうという自信はあった。

編集部が望むテーマを編集者が代弁し、それに合わせてこちらは動けば良い。

できあがったものに思いつきのストーリイをつける。おそらく、今まで連載をしてきた作品に比して遜色《そんしょく》はあるまい。

自身の手応《てごた》えが弱いだけだ。

ドロドロに熱く、濃かったものが薄まり、透明になる。

一人の人間を、たった一枚撮れば済むものなのに、自分が納得するものと、そうでないものは、まるで違っていた。

写した瞬間にファインダーの中で厚い盛りあがりに似たものを感ずる。それが沢原の手応えだった。

その手応えが徐々に弱まってきている。透明な、存在感に乏しい写真しか撮れない。

沢原は焦っていた。それが、真実のところは、被写体によるものなのか、自分自身によるものなのか、わからなかったからだ。

やみくもに街をうろつき、タクシーを乗り継ぎ、人混みを押しわけた、沢原は疲れきっていた。腹が減り、街に出るまでは感じていなかった、理由のない怒りを時の流れに覚えていた。

客の少ない古びたハンバーガーショップのカウンターでビールを飲んだ彼は、落ち着こうと試みた。

まず飢えを満たすことだ。

ハンバーガーショップの数ブロック先に、中国料理店があった。老舗《しにせ》で、客がいてもいなくとも、朝まで営業している。暗くて、どことなく剣呑《けんのん》な雰囲気のある店構えは、時間の流れを忘れるには都合がいい。

沢原は腰を上げた。

中国料理店に一人で入る人間は少ない。まして深夜のことだ。フロアにはカップルが二組いるきりだった。沢原は自分の意志で、中央の最も大きな円卓にすわった。その夜、そこを埋める客が訪れるようなことがないのを信じてか、初老の中国人のマネージャーは沢原をとがめなかった。

老酒《ラオチュー》と料理を三品頼んだ沢原は手洗いに立った。そこで沢原は男を見た。

白々しいほどに明るい、タイル張りの手洗いのドアを押し開けたとき、正面の洗面台で手を洗っている男がいた。深夜の中国料理店には、全く似つかわしくないたくましい男だった。手を洗い終わり、かがめた腰を上げた男と、その目前の鏡の中で目が合った。

鏡を通して男と向かい合ったことが、沢原にはファインダーを通したようなショックを与えた。

表情の無い目だった。若く、年は三十二、三だろう、整った顔立ちの半分をヒゲが被っている。その健康的な外見にもかかわらず、男の無表情の目は、暗く、倦《う》んでいた。生活に倦んでいるのではない、何か全く別のものだ。

素早く視線を外して、ペーパータオルで黙々と手を拭《ふ》く男を、戸口に立ったまま見つめた。男には常人とは違うものがあった。色んなタイプの人間を見てきているが、目前の男のような雰囲気は初めてだった。外に向けて拒んでいるのではない、内側に閉ざしているのだ。冷ややかな無関心でもなく、干渉に対する熱い怒りでもない。無なのだ。己の存在を含めて、無視しようとしている。

男は手を拭き終えると、うつむきがちに沢原の傍らをすり抜けた。

個室のドアが並ぶ廊下の方へ、男が歩き去るのを沢原は立ったまま見送った。

かつてアメリカで、ベトナム戦争において数十人の敵兵を射殺したという狙撃手《そげきしゆ》を撮ったことがあった。その男は自分の殺人行為は、国家のためにやったもので後悔は全くないといい、ファインダーごしに見つめても、微動だにしない澄んだ瞳で見返してきたものだ。

今会った男の顔には、それと似たものは何もない。だが、後ろ姿を見たとき、沢原ははっきり似たものを感じた。

元米兵の、現在は修理工を営む若者は去り際に、鍛《きた》え抜かれた肩と背に不思議な重みを感じさせた。未《いま》だ衰えぬ筋肉と弾力のある肉体を持ちながら、背中を見せて立ち去る瞬間、何倍も年をとった老人のような歩みを見せた。歩き方が変だったのではない。見る者に、重荷を背負っているがごとく感じさせるのだ。

閉じるドアに男の姿が隠れるまで、沢原は佇み、見つめていた。

居た。沢原は思った。

食欲は失せていた。小用を済ませ、円卓に戻ると、料理には手を触れず老酒を一口だけ飲んだ。早々に勘定を終えると店をでる。

料理店の周囲は人通りが少ない。バッグの中で手早く、高感度のフィルムをキヤノンに詰め替えた。

苛立《いらだ》ちや焦りは消え、不思議に落ち着いている。何よりも、被写体を捉え、カメラに手を置いていることが沢原をそんな気持にさせた。

身近な電柱にもたれ、煙草に火をつけた。

首を回すと、夜空を漂白するかのように天空にむけ放射される、街のネオン群が見えた。救急車のサイレンがその方角を遠ざかってゆく。

中国料理店の入口は、沢原の立つ位置から十メートルと離れてはいなかった。沢原はもう少し離れようと決め、シャッターを閉ざした喫茶店の天蓋《てんがい》の下に立った。

灯りを点す看板は、通りをはさんだ向かいのジャズクラブと、中国料理店だけだ。

少し離れたところの上空を、首都高速を行き交う車の走行音が満たしている。沢原はカメラをもたげ、店の入口にピントを合わせた。

時計に目をやろうとしたとき、カップルが店から現われた。ファインダーをのぞいた瞬間から、沢原の指はシャッターにかかっていた。

あの男だった。沢原の指はシャッターを切った。不意に二人は向きを変え、男は女の後ろに従って、沢原から遠ざかり始めた。沢原に気づいた様子はない。

男の後ろ姿をもう一度撮った。

後ろ姿がファインダーの中でふくれあがったような気持がした。沢原は瞬間の充実感を味わった。

男が振り向き、沢原を見た。沢原の開き、引いた右脚に力がこもった。だが、男は何事もなかったかのように、再び向き直って歩み出していた。

中国料理店から二十メートルほど離れた交差点で二人は立ち止まっていた。信号が変わるのを待っているのだ。

沢原は一度おろしたカメラをもたげ、こちらに顔を向け、男の頭と向かいあっている女のほの白い顔を捉えた。

ファインダーにあった顔を見て、沢原の右手がぴくりと動いた。驚きは、むしろゆっくり頭から上半身を熱くした。

彩子《あやこ》。

四年前に引退したトップモデルだった。カメラマンとしてではなく、沢原は彼女を知っていた。

寝たことはない。しかし、欲しいと思っていた女だった。モデルをやめた時、沢原は彩子と寝たいと思った。そして、もし望まれれば暮らしても良いとも思った。

人形でありつづけるには賢こすぎ、そしてもろすぎるプライドの持主だった。彩子とは、今はなくなった原宿の小さなジャズクラブで知りあった。彼女はそこであまりうまくない歌をうたい、カウンターを隔てて客の相手をしていた。七年前だ。

当時沢原はルポライターの仕事をしていた。週刊「モダニズム」とはちがう出版社の硬派月刊誌のライターだった。今より金遣いも鼻息も荒かった。幾度か彩子を泣かせたことがあった。「いじめっ子の沢ちゃん」がその店での沢原の愛称だった。しかし彩子は沢原に対して冷淡にはならなかった。やがて店が潰《つぶ》れ、彩子はモデルとして航空会社のマスコット・ガールにスカウトされた。彼女がトップモデルになるまで、それほどの時間はかからなかった。

男の方が不意に右手を掲げ、走ってきたタクシーを止めた。

沢原はカメラをおろしていた。

女をそこに残し、タクシーは沢原の前を行きすぎた。シートの中から、男がちらりとこちらを見やったような気がする。

彩子は信号を渡り終え、沢原からは遠ざかっていた。後を追う気にもなれず、驚きと満足の入り混じった感情のまま、沢原はバッグにカメラをおさめた。

二人が一緒の車に乗らなかったことに沢原は小さな安堵《あんど》を覚えていた。

彩子の姿はもう見えない。

沢原は彩子が去ったのとは別の方角に向けて歩き出した。空車の行列まで行きつこうと思ったのだ。

小さな車両進入禁止路を横切ろうと脚を歩道から踏み出した瞬間、沢原の首すじに衝撃が伝わった。振り向く暇もなく、下がった顎と、鳩尾《みぞおち》にほぼ同時に、激痛が炸裂《さくれつ》した。

視界がブラックアウトし、沢原は気を失った。

5

倒れかかってきた沢原の腕から手早く、革のバッグを抜いた。左手首から腕時計を外し、右腕を相手の肩に回して支えるような形にしておいて、路地の壁に向けた。

男は沢原のスラックスをさぐった。ヒップポケットにマネークリップが入っている。外した腕時計とそのマネークリップをバッグの中に放りこみ、右腕を抜いた。

沢原の体は、酔っぱらいのようにぐんにゃりと壁むきに倒れかかる。

バッグを手に、男は周囲を見回した。彼の目からは、今の二人を見ていた者はなかった。背後を振り返ることもなく、大股で遠ざかる。

小路のつきあたりを左に折れると、ひっそりとした住宅街になっている。数ブロック向こうの喧騒や嬌声《きようせい》の街とは、何の関《かか》わりも持たぬような重々しく古びた家並みが続く。

二八〇Zがスモールランプを点して待っていた。男が乗りこむとすぐ、女は車を発進させた。

女はハンドルを操りながら、男の手元に時折、目を向けた。

男は無表情にバッグの中のものをとり出し、膝の上に置いた。

カメラが一台、レンズが二本に、ストロボ。あとは革の名刺入れだった。マネークリップには紙幣の他は何もはさまれていない。

名刺入れから名刺を一枚抜くと、あとの物をすべてバッグに返した。

男の目的はカメラにおさまるフィルムだけだった。手洗いで、あの男に自分の顔を見られたとき、いいしれぬ畏怖《いふ》が彼の心を揺さぶった。

瞬間、目が合っただけでいながら、彼はこちらのしてきたことを見抜いたような鋭い視線を向けてきた。

警察官ではない。どんなに扮装《ふんそう》に凝っても警官には、崩れようのない何かがある。あの男には、それはなかった。

自分が、女の待つ個室へ戻る間も、彼は男の視線を痛いほど背に感じていた。スコープから標的を見続けてきた男にとって、視線の鋭さは、己に向けられるものは文字通り刺すような痛みを伴って感じられる。

その鋭さが男を不安にした。

店を出たときに、通りの彼方でカメラを手に潜む、男の姿に気づいていた。あの男が何のために自分達をカメラで追おうとしていたのかはわからない。しかし放っておくのは危険だった。

一度も会ったことのない相手にもかかわらず、男は沢原の目に、自分の本能が警告を発するのを感じた。まして、彩子と一緒にいるところを撮影されたのでは尚更《なおさら》だった。

信号のところで、彩子に先に車を出して待つように告げ、タクシーを拾った。強盗に見せかけて、男からカメラを奪い取るためであった。

「沢原徹《とおる》」という名と、自分の住居からさほど遠くない住所だけが刷られた名刺を、男は見つめた。

フリーのカメラマンか。「沢原徹」という名はどこかで聞いた記憶があった。

自分の存在証明を、肩書きのない名刺の他は何も持っていなかった沢原という男に、そしてその沢原が自分に向けて放った視線の一瞬の鋭さに、男は脅えた。

車を駐車場に入れ、エレベーターに乗りこんだ二人を光が包んだ。

「もう一度眠る?」

彩子は、男のしたことに対して何ひとつ質問をはさまなかった。ただ上昇していく箱の中で問うただけだ。

男は曖昧《あいまい》に首を振った。無言で名刺をさし出した。小首をかしげて、彩子はそれを受け取った。

エレベーターが目的階に到着し、扉を開いた。男は歩み出し、立ち止まった。振りかえると、女がこわばった表情で名刺に目を落としていた。

男の視線に気づき、彩子が目を上げた。男は黙って廊下の方角に首を傾けた。彼女が足を踏み出すと、エレベーターの扉が閉まりかけた。男は右腕を扉の片方にあてがう。

男の腕を楯《たて》に、女は廊下に歩み出した。バッグからキイを取り出す。

女の部屋は正面奥の男の部屋のひとつ手前だった。スティールの扉を重たげに引くと、女は闇の中の壁に手を這わせた。

二つのフロアスタンドが灯りを点し、暗い色調で統一された部屋に丸みを帯びた光を投げかけた。

男は女に続いて部屋に入り、後ろ手で扉を閉じた。室内は空調が心地良くきき、その低い唸《うな》りがかえって落ち着きをかもしている。

「何か飲む？」

女はバッグを濃い茶の長椅子の肘に置き、訊ねた。

「いや。知っているのか？」

女は左手の指に、未だ沢原の名刺をはさんでいた。かすかに頷いた。

「俺達をカメラで撮った」

彩子はカーペットに視線を落とし、長椅子の向こうに立ちつくしていた。

「何者だか知っているかい？」

「フォトライターよ。『モダニズム』という週刊誌に書いている」

男は長椅子の向かいにおかれたソファに腰をおろし、煙草をさぐった。

火をつけぬままくわえて、彩子の顔を見た。

「煙草、吸っても大丈夫かい」

彩子は笑みを見せた。

「大丈夫。少し調子がいいの。あなたがずっといなかったから」

男も薄い笑みを返した。美しい、この女の輝きは、弾《はじ》けるような健康美ではなかった。

それは、今にも大輪を支えきれずに茎《くき》を折りそうな花である。健康には程遠い、蒼《あお》ざめた、透明な肌の色と、細いうなじや関節がその証《あか》しである。

女の温かな笑みや、優しげな仕草が、見る者に痛々しさを感じさせた。

煙草をしかし吸わずにポケットに戻した男は訊ねた。

「会ったことがある？」

向かいを指で示すと、彩子は左脚を折り曲げるようにして、長椅子に腰をおろした。

「毎晩会ってたわ」

男は彩子を見つめた。問うような視線ではなく、促す形だった。

「七年前よ。私がモデルになる前、小さなお店に勤めていた頃」

「それ以来、会っていなかった？」

「最後に会ったのは、あなたに会う前ね。もう二年ぐらい前」

「君は彼に気づいたか？　今日、あの店にいたんだが」

「まさか!?」

女の目が広がった。

「多分、我々より遅く来て、先に出たのだろう。洗面所で会った。不思議な男だった。鋭い……とても鋭い」

男はくり返した。

「話したの？」

首を振った男に、彩子は吐息を洩《も》らした。安堵とも、落胆とももとれる仕草だった。

沢原という男が、彩子のためにカメラを構えたとは思えなかった。二人が店を出たときから、暗闇の中で待ち構えていたのだ。カメラは彩子にではなく、自分に向けられていた。彼は確信していた。

彼が、鏡ごしに沢原を見たときに感じたように、あの男も、彼に何かを感じたのだ。

バッグからカメラを取り出し、蓋を開くとスタンドの灯りの下に持って行き、中のフィルムを感光させた。

そのフィルムだけをポケットにしまい、彩子がセンターテーブルに置いた名刺もカメラもバッグに入れた。

「どうするの、それ？」

どうやって手に入れたかも問わなかった彩子が初めて、質問した。男は立ち上がると、彩子を見つめ、笑みを浮かべた。

「処分する」

短く答えると、男は女の部屋を出ていった。今夜の懺悔はもう終わっていた。男は、二日前に、東京以外の土地で一人の男を拳銃で射殺したのだ。女にそれを語り終えるまで、男は思い出し、顔に脅えていた。男にとって最もつらい一瞬が過ぎると、いままた男は無表情の、光もかげりもない人間に戻っていた。

自室に戻り、電話を前にした男はためらっていた。電話をかけることは必要だった。しかし、自分の住居からそれをするのが、男は嫌だった。

仕事と仕事の間にのみ、男はここに居る。

それは、終えた行為に訣別《けつべつ》し、新たな行為に向けて心身を整える場であった。そのためには、仕事に関する連絡を最小限度に抑えたかったのだ。

それにもかかわらず、不要ともいえる確認の電話が最近増えてきている。その日、帰宅してからかかってきたものもそうだった。

組織の頂点に立つ人物は、彼が仕事をやりおおせたことは二日も前に知っている筈なのだ。それでも、彼自身に確認を求めようと、彼の空間にコードを通して入り込んでくる。

その傲岸《ごうがん》さは、ひとつの示威行為でもある。殺人を専門作業とする彼に対して、恐れなどを抱いていない、あるいはこちらの方が強大であるということを証明する。

ひとつの組織の中で、最も危険率が高く、それゆえ失うものを持たぬ歯車に対して、その歯車群を始動する者が、必ずやせずにはおけぬ行為である。

受話器を取り、ボタンを押した。

「処分して欲しいものができた」

深夜にもかかわらず、相手はすぐに出た。

「カメラ、財布、腕時計——大きなものじゃない。盗品に見せかけるよりは、完全処分の方がいいだろう。持主？　いや、生きている。別に、それほどマズいことじゃない。気にするな。

いや、ここに来て貰《もら》う必要はない。そちらで場所を指定してくれれば行く。

そうだ。ここじゃなくとも……ああ。

わかった。もって行く」

6

嘔吐《おうと》したものを、水洗ノブをひねって流した沢原は、洋式便器に腰をおろした。

不思議に、怒りはなかった。冷やしたタオルを、まるで鞭《むち》打ち症患者のように首すじに巻きつけている。

裸足《はだし》の上に猫のマロイがよりかかり、心地良さげに呼吸していた。

切れ味のいい、冴《さ》えたパンチだった。素人ではない。単なるＫＯ強盗とも思っていなかった。

勿論、あの男だ。

意識をとり戻した彼はポケットの小銭をかき集め、ひどい頭痛と吐き気をこらえてようやく始発の地下鉄で帰りついたのだ。だが、沢原はむしろ満足に近い気持でいた。

街にふさわしい男を見つけた。

あの男は暴力団員にも見えなかった。しかし、彼のフィルムを奪うために待ち伏せ、パンチをくり出したのだ。

彩子のためか。

浴室の鏡と向きあい、沢原は自分のしかめ面を見つめた。

トップモデルとして脚光を浴びた彩子は一年半後不意に引退した。住所も変わり、一切表に出ることがなくなった。

その間、沢原は自分から彩子に連絡することはなかった。同じ頃、彼も一人の女と棲んでいたからだ。

女が出て行き、カーペットの色が、女の持って出た家具の置かれていた跡を示さぬほど時がたった日、突然彩子から電話があり、二人は会った。

彩子の引退については、沢原は彼女の性格が原因したものと考えていた。久しぶりに会ったとき、沢原はその変貌《へんぼう》に驚かされた。美しくなっていた。そして、衰えていた。やせ細り、深い蒼味を帯びた肌の色に病を感じた。彼女と対峙《たいじ》して話すうちに、沢原は、まさか自分がいうまいと思っていた言葉を発していた。

結婚を暗示する会話となった。

彩子はしかしそれをきっぱりと断り、沢原と会ったのは、ただ逢《あ》いたくなったからだといった。

彩子の言葉のままに、二人は別れ、それきり会ってはいない。そして、その後一ヵ月して沢原は、偶然、かつての原宿の店で彩子と仲が良かった女に会った。そこで彼は彩子が彼の求婚を断わった本当の理由と思えるものを知った。

理由は彩子の肉体に在った。衰弱は、彩子の心臓に起因していたのだ。

沢原は、彩子を捜そうという気持を己に放擲《ほうてき》させるのに苦しんだ。やがて、それが別のあきらめに変わった。あきらめは、もう彩子が生きてはいまいという気持からきたものであった。

だからこそ、あの男と並んで立つ彩子の姿に沢原は驚愕《きょうがく》を覚えたのだった。

沢原は立ち上がった。猫が驚いたように、足元から飛びのく。いまいましげに見上げる動物に、沢原は苦笑した。

吐き気はおさまっていた。殴られた場所に鈍痛を感じるだけだ。

着ていた服をはぎとり、ベッドに倒れこんだ沢原は決意していた。

あの男を捜し出す。そしてもう一度。

あの男の瞬間をフィルムにおさめるのだ。

その時は、ファインダーの中で男の姿がすさまじく膨脹するような気がした。

混沌《こんとん》とした意識の中で、沢原は、鏡の中で捉えた男の視線が、レンズごしに沢原を射抜き、シャッターを押した瞬間、その姿が爆発的に拡大する様を想像していた。

たち並ぶ店舗がありふれているのは、それが建つ街のせいだった。華美にこしらえれば安っぽく、地味に造れば古臭く見えてしまう。そんな街だった。雑踏の大半は三十歳以下の若者であり、残りの半分を勤め人風の男女達が、そして最後の残りを何者とも知れぬ剣呑な雰囲気の男達が占めている。

ポルシエはそのメインストリートを走り抜け、副都心と呼ばれる高層ビル群に入りこんだ。数十階の高さを誇り、それゆえ脆《もろ》さを感じさせる建築物の麓《ふもと》に吸いこまれる。

空中の喫茶室で、男達は向かいあった。一人は紺の地味なスーツ姿の四十代の男だった。色白で、頭髪はかなり後退しているが、その分ウエストがつき出している。向き合う男は軽いベージュのスーツの襟から、ポロシャツを見せていた。顔を被っていたヒゲは消え、かわりにメタルフレームの眼鏡が、目元を隠している。足元に、大きな紙袋があった。

「当分、仕事はない。ゆっくり休養してもらいたいとのことだ」

スーツにネクタイをしめた四十男は低い声でいった。

男は巨大なガラス窓から夕刻の都会を見おろしている。

「なぜ、ここばかり選ぶ？」

窓を向いたまま男は訊いた。

「ここが好きなんだ。合ってる。俺達みたいに裏側からからくりをいじくっている人間に」

男は鋭く向かいを見た。

スーツを着た相手の表情は真剣だった。

「どうして処分が必要になったのか、訊いてこいといわれた。何があった？」

男は答えなかった。山崎という通り名の連絡係は苛立たし気に、残り少なくなった水のグラスをあおった。

「どうしたんだ」

少なくともこの窓には顔はない。見おろすとひとつひとつの顔は小さすぎ、スコープでも通さぬ限り、目鼻の輪郭すらはっきりしない。

「写真を撮られた」

「構わんじゃないか。何も畏《おそ》れることはあるまい？」

「嫌だった」

低くいった。

「強盗の手口で失神させ、カメラと財布をとった。顔は見られていない」

「その方がマズいな」

山崎は、小さくなった氷を口中でかじりながらいった。

「撮られたのはいつだ」

「東京に帰った日だ」

「一人だったのか」

男は窓から視線を山崎に移した。

「関係あるまい」

山崎は黙った。鼻白《はなじろ》んだようだが、それを表情にあらわすほど無能な男ではない。

「一人だったのか」

「ああ」

男は短く答えた。いつか、この男をスコープに捉えてやろうと思った。

「わかった。きれいにしよう。撮った奴はわかっているのか」

「名刺が入っている」

「何者？」

「沢原徹、フォトライターだ。『モダニズム』という週刊誌に書いている」

「さっぱりするか」

問いにならぬいい方だった。

「俺がやろう。ツールを渡してくれ」

山崎は少し驚いたようだった。素通しの眼鏡の奥の、男の目を見つめた。

男の腕に関する疑問はない。

「わかった。よそでやった方がいいな。東京を出る機会を待とう」

山崎は、空になったコップを唇にあてていった。中のしずくをすする。

「ツールはいつ渡してくれる？」

「連絡する」

男の顎の筋肉に力がこもった。コードを通しての侵入を待つのか。

小さく頷いた。

山崎は紙袋を手に立ち上がった。勘定書を持って行くのも忘れない。

7

小雨がふり、季節を考えれば馬鹿げて寒い日だった。四週間がすぎていた。

沢原は病院の待合室にすわっていた。

医師や看護婦といった病院側の人間をのぞけば、ここにいる者達は皆、緩慢にしか動こうとしない。病み、疲れている。

老人も子供も、暗い無表情で、杖《つえ》にすがり、あるいは母親に抱かれて、うずくまっている。

吊るし棚に置かれたテレビが、まるでかけ離れた空虚な世界の映像を送り出していた。雨に濡れた衣服、それに薬品の入り混じった、湿った匂《にお》いが鼻を突く。

虎《とら》ノ門《もん》に近い、近代的で大きな病院だった。どんなに医学的に秀《すぐ》れていようと、雰囲気を変えぬ限り、患者の気持がひきたつとは思えないところだった。

彩子をここに見つけた。

芸能関係のツテを頼りに住居を見つけたのが二週間前だ。新聞が数日分、たまっていた。管理人は不在の理由を知らなかった。

彩子の体を考えて、入院という事態に思い当たった。自分の勘を確かめるのに一週間を要した。

その間、東京を離れず、水増しした仕事を続けた。あの男を撮るための、日保《ひも》たせだった。そして彩子を見つけたのだ。

所在を知り、勘の正しさを知り、どうしようもなく暗い気持になった。男を見つけ出すために、彩子の行く方を追ったのだった。捜すことが、撮影のためだと思えば、たとえ彩子であっても苦痛はなかった。しかし、彩子が横たわるベッドを持つ病院で男を待ち構えるのは、沢原の心に痛みをおこした。

彼女に会ってはいなかった。いつも待合室にすわり、男がやって来るのを待つだけだった。

その日、沢原は外出先からの帰りだった。カメラは持たず、かわりに自分のこれまでのフォトストーリイを一冊におさめた本を手にしていた。

あの男を撮りたいと思った衝動は今、冷たくしたたかな執念に近づいている。しかし、彩子の病院で待つのはやめようかと思い始めていた。沢原にとって、彩子は男と自分をつなぐ唯一の手掛りだった。にもかかわらず、何か別の手段が、捜せばあるような気がして仕方がないのだ。

四時過ぎに病院を訪れた沢原は、面会終了時間である六時の十分前まで待とうと決めた。

その時間まで男を待ち、もし現れなければ、彩子に会って本を手渡すつもりでいた。

もし、あの夜沢原からカメラをとりあげたのが、確信通りあの男であれば、彩子が自分に気づいている可能性もある。

深夜に二人だけで食事をするような間柄ならば、入院した彼女を男が見舞わぬ筈がない。

そしてそのことを考え、待合室で網を張る沢原は、自分の中に少しずつ嫉妬《しっと》の気持が強まっているのを感じた。同時に、現れぬ男に対する怒りも感じた。

だが、もし男が彩子の病気について何も知らぬか、すべてを知っているかのどちらかならば、病院に現れぬわけも頷ける。

五時五十分。沢原は、湿ったフロアを横切った。待合室のある病院一階部と病棟は、渡り廊下でつながれている。

両側に清涼飲料水やアイスクリームの自動販売機が並ぶ廊下を沢原は歩いていった。

病棟に続く、リノリウムをしいた通路は時間的に、入る者より出る者が多い。入る者は患者か、病院関係者だった。

正面に病棟を貫くエレベーターがあった。扉が開き、約十メートルほど先のホールに一群の人々が吐き出された。

沢原は立ち止まり、見つめた。

見舞客やそれを送りに出た軽症患者に混じって、あの男がいたのだ。

男はエレベーターホールを出てすぐ右手の裏口へ向きを変えていた。沢原は無意識に脚を早めた。手にしているのがカメラではなく、一冊の本にしかすぎないのも忘れていた。

男は傘を持ってはいなかった。沢原の傘は正面入口の傘立てにあずけ放しだ。あちこちに水溜《たま》りの凸凹のある、コンクリートじきの駐車場を、男は降る雨に走ることもなく歩いていた。白いTシャツの上に襟を立てたスイングトップを着ている。沢原が男の数メートル後ろまで追いついたとき、男は気配を感じたようにふり返った。

二人の男は雨の中で向かい合った。

沢原は男の瞳に、鏡の中では見なかったものを捉えた。

一瞬それが鋭い眼つきに変わり、隠れた。何事もなかったように、男は踵を返した。

沢原はその場に立ち止まった。

初めて会った晩のように、男の背には重みがあった。むしろゆっくりと、見つめられていることを意識している足取りで、銀色のポルシェに歩み寄る。

ポルシェのエンジンが始動し、独特の排気音をたてた。ワイパーがフロントグラスの雨滴をぬぐい、次の瞬間だけ、沢原はもう一度、男と視線を交えた。

男は大きくハンドルを切った。

車は沢原から遠ざかった。

沢原は男の肉体から、あの夜以来、見極めようとして、見極めきれなかった危険の匂いを嗅《か》いだ。

男は自分の部屋に帰っていた。山崎から連絡がないのは、あの沢原という男が東京を離れなかったからだろうとは知っていた。

その沢原と、彩子の入院する病院で出会ったことに、彼は動揺していた。

彩子が部屋を離れた今、仕事もなく自室に閉じこもる男にとって、時間は空白だった。

彼女が入院するまで、別に始終共にいるわけではなくとも、男は落ち着いていた。

隣の部屋に彩子はいつもいたのだ。二日か三日に一度、二人はどちらかの部屋で食事を一緒にし、愛しあっていた。

いつかは来ることを知り、半ば予期しながらも彩子の体調が崩れ、具合を悪くしたとき、男は脅えた。脅えは現実となり、彩子は病室へと、その身を移すことになった。

それからの男の生活は変わった。普段観《み》なかったテレビに目を向け、雑誌を読んだ。本屋に出かけ、彩子と自分のための本を求めた。レコードを揃《そろ》え、彩子が病室で聞くようにテープも作った。

男がしなかったのは神に祈ることだけだった。己が祈っても決して報われぬ人間であるのを知っているからだ。

部屋の輪郭がぼやけるような宵闇《よいやみ》に、灯りも点《つ》けず、男は籐椅子に腰かけていた。

「もう、病院には来ないで」

彩子はいったのだ。男はそれに対して、反駁《はんばく》も質問も返さなかった。

煙草をポケットに探った。濡れてぐしゃぐしゃになった箱が在った。箱をそのままに、男はガラステーブルの上に置いた封を切っていない別の箱を取った。

乾いた一本を抜き出すと、ライターで火をつけた。煙を吸いこむたびに、闇に赤い火先が、怒ったように輝く。

男は魅せられたように見つめていた。やがて灰が長くなり、ポタッという音をたてて落ちた。

短くなった煙草を右手に持ち、次に左掌《ひだりて》に握りしめた。口元をひきしめ、熱さと痛みに耐えて、くしゃくしゃに握り潰す。

掌《てのひら》を開くと、灰と葉と黒い燃えカスが落ちた。だが、男は左掌には目もくれなかった。

彼は、口惜しさに火のついた煙草を握り潰す自分よりも、利《き》き腕をかばい右手を使わなかった自分が、哀しかった。

立ち上がり灯りを点した。不意に男は部屋の大きさを感じた。

電話に歩み寄り、ボタンを押す。部屋の隅の小さな時計に目をくれた。夜はまだ早かった。

電話の相手は山崎だった。

「俺のツールを届けてくれ」

山崎が出ると、男はいった。山崎が何かいったが耳を貸さずに続けた。

「今すぐにだ。そう、部屋にいる。持ってくるんだ。どこにあるかはあんたの方が詳しい筈だ」

一方的に受話器をおろした。

男には何をするべきかわかっていたのだ。それを実行しようという気持もあった。

しかし、機会を失っていた。

その夜、男は自分がその機会を得たと思った。

きっかり一時間後、男の部屋の扉をノックする者があった。のぞき穴の魚眼レンズで相手を確認して、男は扉を開いた。

山崎が一メートルを少し超えるほどの平べったく、長いケースを手に立っていた。

男の言葉を待たずに部屋に入りこみ、扉をロックする。グレイの地味なスーツにきっちりとネクタイを結び、外の雨に濡れた様子は肩先にもスラックスの裾《すそ》にもなかった。

男がケースに手をのばすと、山崎は渡すまいというように引いた。

「何に使うのか訊いてこいといわれた」

「何に使うかは決まっているだろう」

男は冷ややかにいった。

「それに手入れをしておきたいのだ。あのカメラマンを殺すときに使うことになりそうだからな」

「奴はまだ東京を出てはいない。監視はつけてある」

山崎はいった。男は山崎を見つめた。

「このところ、ずっと病院に通っている。体が悪いようにも見えんらしいから、誰かの見舞かもしれん。それにあんたも、妙なところをうろつかん方がいいな」

「どういう意味だ」

無表情に男はいった。

「どうやらまた、あの沢原という男と出くわしたらしいじゃないか、病院で何をしていた?」

「答えたくないときは黙っていていいか」

山崎の唇の端に微笑のかけらがのぞいた。

「よかろう。それなら、このまま帰る」

踵を返した山崎の首すじに、男は無造作に手刀を振りおろした。山崎はケースを手放し、がっくりと膝をついた。

背後から左腕を肩に回し、腰を落とすと右腕を斜めに山崎の顔にかけた。両脚を広げて、右腕に力をこめる。

ポキリという音がして、山崎の首がゆがんだ。

男が体をひくと、山崎の死体はゆっくりと背後に倒れた。死体には目もくれずに、彼はケースを取り上げた。

山崎を殺せば、自分がどんな立場にたたされるか男にはわかっていた。それでも、男はこのケースが必要だった。

ケースを床に置き、二つの錠を解くと蓋を持ち上げた。必要なものが揃っているかどうかを確かめるためだった。

8

男の瞳の中に見たものに沢原は寝つかれずにいた。ベッドから身を起こし、スタンドを点すとヘッドボードの棚を開いた。

まだ三台のカメラが残っている。ひとつひとつを取り出し、ベッドの上にあぐらをかいた。

部屋の中は静かだった。その夜は、街も特別静かに感じた。思いたって沢原は立ち上がると、キッチンに向かった。もう一匹の住人も、部屋のどこかで眠りについているようだった。

冷蔵庫の扉を開くと、ボトルごと冷やしてあるバーボンウイスキーを抜き出した。

ベッドに戻り、ひと口ラッパ飲みをしてカメラを手に取った。ひとつひとつ重さをはかるように手に持ち、シャッターを押してみる。

柔かな、あるいは鋭い、金属音が天井に響いた。

沢原はついに彩子には会わずに帰ってきた。しかし、男の瞳に見たもので彩子の状態は想像がついた。二年前、街で出会った彩子の友人から聞いた通り、彩子はいつ死んでもおかしくないほど弱い心臓を持っていたのだ。

おそらく彩子が自分の脚であの病院を出ることはありえないだろう。姿を消してからの彩子を、沢原は誰かの愛人になったのだろうと考えていた。政界か、財界の金持ちに囲われたのだろうと。

ところが二年前に会った彩子は沢原の疑問をきっぱり否定した。モデル時代に貯《た》めた金で、静かで慎ましい生活をしてきたのだといった。それが夢であったとも。

私生児として生を受けた彩子には、母をなくして後、身寄りと呼べる者はなかった。おそらく、病院に彩子を見舞っているのは、彼女の生活から考えても、あの男の他は居ないだろう。

暗い寝室で酒をあおり、カメラをいじりながら沢原は思った。

一台を選んだ。コンタックス。

ずっと使っていなかったカメラケースにおさめ、望遠レンズを二本添えた。明日からまた病院を張るのだ。ただし、中からではなく、建物の外から。

カメラケースの蓋を閉じかけて思いつき、沢原は枕元《まくらもと》の本を取り上げた。彼にとって初めての、自分の本だった。カメラの上にのせ、蓋を閉じる。

俺はあの男を撮ろうとしているのか、死の直前にある彩子を撮ろうとしているのか。

沢原は酔いの浸透し始めた頭で自問した。

しかし、夜は彼に答を与えなかった。


翌日は雨がやみ曇天《どんてん》となった。男は病院から少し離れた場所で車を止めた。山崎が乗ってきた地味な色のクラウンだった。平たいツールケースを手に降りると空を見上げた。午前十時だった。

前夜のうちに男はポルシェで病院を囲む一角を下調べしていた。その結果、適当と思える建物のいくつかに目星をつけていた。

今回に限って、男はいつも払う念入りな注意にはこだわらなかった。組織が膳《ぜん》立てをして彼を呼び出す仕事ではないのだ。為遂《しと》げればいいのであって、彼はその後の事態には無関心だった。

七階建てのさほど大きくないマンションに男は目をつけていた。エレベーターホールが無人なのを確かめて一気に最上階まで昇る。

最上階でエレベーターを降りた男は、周囲を見回した。壁も廊下もクリーム色に塗られた小ぎれいなマンションだった。

階段がエレベーターホールのわきにあり、屋上へと続いていた。男はそれを上った。

一度折れ、再び上る階段を上がると、スティールドアを閉ざした踊り場があった。ドアには錠がおりている。ノブを回した男は大きく息を吸い、手をノブから離した。錠前破りは彼にはできなかった。他のビルをあたるしかない。

沢原が昼すぎに眼覚めたときは薄い日が照っていた。

マロイに餌《えさ》をやり、沢原は「ジョーカーズ」に朝食を摂《と》りに出た。面会許可のおりる午後三時までには病院に到着し、近くの建物から病院の出入口と彩子の病室を撮れるようにしておかなくてはならなかった。

今日、あの男がやって来るとは決まっていない。しかし来るまで沢原は待ち続けるつもりであった。男の写真を撮ったときにつけるストーリイは既に、沢原の頭の中で固まっていた。

沢原にとって時の歩みは早かった。午後二時には、彼は準備を整えカメラケースを手にタクシーに乗りこんでいた。

男も準備を整え終わっていた。彼が選んだのは古い六階建ての貸しビルの屋上だった。

もはや上がる者もないらしく、階段には埃《ほこり》が溜まり、錠の壊れた屋上の扉は錆びた音をたてた。六階は法律事務所の看板が出ていたが、出入りする者は見なかった。扉をかっちりと閉じ、周囲に、簡単にこの屋上を見おろせる建物がないことを確認すると、男は準備にかかった。

その日、男は地味なグレイのスラックスに同色のスイングトップを着けていた。スイングトップのポケットには灰色と赤のキャップがつっこんである。これをかぶってしまうと、男の姿はくすんだ建物の屋上では、全く目立たないものに化した。

病院とビルとの距離は百五十メートル足らずだった。

男はかがみこんでツールケースの蓋をあけた。まず温度計を出し、ツールケースの傍らに置いた。

五分待つと、温度計の指す気温を確認し、温度計をしまった。男のかがんだ位置から病院にむかって風は右から左に吹いている。

男は機械的に動いた。

ツールケースから銃をとり出した。レミントンのＭ七〇〇バーミントライフルだった。口径・三〇八、ボルトアクション。

バイポッドと呼ばれる支脚でライフルを固定すると、ズームスコープをのぞきこんだ。

ライフルの位置を完全に定める前に、赤いケースから一発だけ銃弾を取り出し、装《そう》塡《てん》した。

準備が終わったと思ったとき、男の無表情が崩れた。左掌に火傷《やけど》の痛みを感じ、煙草をスイングトップのポケットから抜いた。

時の流れはこの瞬間まで、彼にはひどく早かった。しかし、この後、彼にはのろすぎるものとなった。

男は不意に、激しく彩子を思った。

それは、今が今まで彼の頭の中からしめ出して来たことだった。

沢原は迷っていた。彩子に会い、本を手渡してから男を撮影するために張りこむべきかどうかをだ。

彩子が、彼が男を追っていることについて何も知らなければ問題はなかった。しかし知っていて、男の立場をかばおうと、沢原を説得したなら、沢原には彩子の気持に逆らってまで撮る自信はなかった。

迷っている間に、タクシーは病院の正面玄関のロータリイにすべりこんでいた。

巨大なガラスの自動扉をくぐり、病院の構内に踏みこんだ彼は、空調のきいた空気の冷たさを感じた。

会うだけ会い、本を手渡すのだ。

自分を叱咤《しった》して、病棟ホールの面会受付へと足を運んだ。

当初の計画とは異なってはきたが、それも、まぎれもない沢原の気持だった。

受付には二人の看護婦がすわっていた。三時には二十分近くを余しているが、できるだけ早く許可を取り、男より先に彩子と会っておこうと思った。

看護婦は二人とも若くはなかった。一人は三十代、もう一人は五十に手が届こうという年齢にちがいない。

「面会の許可を受けたいのですが」

三十代の方を与《くみ》しやすしと見て、沢原は声をかけた。

「面会時間は三時からです」

看護婦は無機質な声でいった。

「ええ、できたら早めに許可を受けようと思って……」

沢原は答えた。黙って見ていた年配の看護婦が訊ねた。

「入院されている方は誰方《どなた》ですか」

「四〇八号の小塚《こづか》彩子さんです」

「四〇八号室の小塚さん？」

看護婦は眉根を寄せ、クリップボードを指でめくった。

「御家族ではありませんね」

ボードに目を落としたまま訊く。

「ええ」

「お気の毒ですね。面会謝絶です」

「悪いのですか」

目を上げて眼鏡の上端から、沢原を見た。

「さあ。ちょっと……」

不意に、この看護婦は親切でいっているのだという気持がした。

「有難う。じゃこれをお渡しして下さい」

カメラケースを床に置き、自分の本を取り出して、受付のカウンターにおいた。

「規則ではお預かりできないことになっているんですが……」

もう一度沢原を見ていった。

「四階のナースステーションに持っていっておきましょう。お名前は?」

「有難う。私は――この本を書いた者です」

それだけいい残して、沢原はくるりと踵を返した。突然、胸が詰まったのだった。

男は息を深く吸いこんだ。吐き出すと、唇が少し震えた。息を詰め、腹ばいになるとスコープをのぞいた。

左手を開いて右肩に当て、親指と人さし指の間にストックをのせる。グリップに右手を触れ、人さし指をトリガーにかけた。

スコープの中心に標的があった。

男にとっては容易《たやす》い標的だ。じっと動かない。頭を狙《ねら》うか、心臓にするか。

ほんの数ミリ、ライフルを動かすだけで、着弾点は大きく変わる。標的までの距離があればあるほどそうだった。

9

心臓を狙うのだ。その方がきれいだ。

男にはわかっていた。しかし、トリガーをひかなかった。いや、ひけずにいたのだ。

時間の流れが止まり、腹ばいになった体の両肩で空を支えているような錯覚が彼を苦しめていた。

突然、屋上の扉がきしみをあげた。スコープがはね、照準の中が真っ白の壁に変わった。男はライフルを胸に抱えた格好でふりむいた。

蒼白《そうはく》の男が開いた扉を支え、屋上に片脚をおろして、大きく肩で息をしていた。アイボリーのコットンスーツにニットタイをしめている。男の記憶の中で鏡の顔が立体化した。

あの男だった。沢原というカメラマン。

「見たんだ、あんたを」

ひきつったように唇を動かして、沢原はいった。男はライフルを抱き、無表情でしかも真っ直ぐな視線を向けていた。

「向かいの病棟の屋上に俺はいた。彩子の病室を望遠レンズで狙っていた」

沢原は唇をなめた。

「周りをレンズでなめた。あんたがいたよ、銃を持ってな」

言葉を押し出した。

男が最初、何をしているか沢原にはわからなかった。受付を離れ、向かいの病棟の屋上にエレベーターで昇り、干されたシーツや包帯の間からカメラをつき出したのだ。近くのビル群のひとつの上に、男が腹ばいになっているのを見つけた。レンズをより長いものに変えた。

ライフルが最初に目に映り、次に男の顔が飛びこんできた。それが何を意味するものか、ライフルの銃口から火線を辿《たど》ったとき、初めて沢原は知った。

ケースを屋上に置き去りにし、カメラだけを手に突っ走ってきたのだった。

「あんたは、そんな人間がいるとは思わなかったが――プロだろう。俺がいうのは、つまり人を射つ……」

男はライフルを右腕だけに持ち変え、銃口をおろした。だがその分、銃口の方角は、沢原の足元にあった。

「教えてくれないか」

沢原は残った方の脚も屋上にのせ、左手を扉のノブにかけた。思いきり力をこめて、後ろ手に扉をひいた。

扉は音を立てて閉じた。

男は沢原の面から視線をそらさなかった。

彼は大事な儀式を邪魔されたような、人には見せたくない秘密の時間を侵されたような、漠然とした怒りを感じていた。

「何を」

男が口を開いた。

「彩子の病状を知っているのか」

沢原は訊ねた。おずおずとした、恐れを含んだ目が、鋭く変わっていた。

男は顎を引き、無言で沢原を見た。

俺にとっての別れとは常に死だ。言葉もなく、手も振らず、背を向けあうことすらない。ただ、片方から生をもぎり取り死を投げつける。一方的で不自然でむごい行為なのだ。だが後悔はしなかった。後悔を一片でもするなら俺は殺人を犯せなかったろう。機械的にこなしていたからこそ続けてこられたのだ。だがいつからか殺した人間によく似た顔つきの人間を街や写真で見かけるようになってからは、俺は恐くなった。それでも殺人をやめることはできなかった。やめるといえば、俺を殺す者がいたからだ。死を投げつけていながら、自分の死だけは、俺は考えなかった。考えることが許されなかったからだ。しかし、やめることを意識してから、俺は自分の死を考えるようになった。そして、それは恐ろしいことだった。女がいたから。代わりに、俺は自分の恐ろしさを女に分け与え、負担してもらおうとした。そうすることによって、自分の破滅をわずかでも延期することができると思ったからだ。しかし、いつか来るとはわかっていた。気が狂うか、生きたまま地獄に落ちるのか、どんな状態かはわからないが必ずやって来ると思った。だから俺は女を巻き添えにした。本当に惚《ほ》れた女を巻き添えにした。

「頼まれたのだ」

短く男はいった。

沢原は男を見つめた。男は老けていた。ひどくやつれていた。そして、まちがいなく悲しみに打ちひしがれていた。おそらく、男にとって許されよう筈のない、他人の死に。

「彩子を自分の手で殺したかった？」

いってから、不意に沢原は、自分がひどく残酷な言葉を発したように思った。

本当に彩子は、男に自分を殺してくれと頼んだのだろうか。彩子ならするような気もした。

「撃てよ」

沢原の唇を言葉が突いた。

「撃つんだ。彩子を撃て、彼女がそう望んだのなら撃て。あんたはプロなのだろ、撃て」


俺にとっては別れすらなかった。ただ行き過ぎていっただけだ。何の関わりもない人間達の、ごく小さな生活の断片を切り取る。ただそれだけだ。切り取られた奴がほんの小さな痛みすら感じることもない。俺は神か？　絶対超越の第三者なのか？　水晶玉も、ジャムの酒盃も持たぬ俺がファインダーを通して、奴らの一片を切り取ったとて、一体何が起きるというのだ。何も起こりはしないのだ。

「どうした、何を突っ立っている。撃て」

男は沢原を見返していた。悲しみが消え、澄んだ、再び何も読みとれぬ視線だけがあった。

沢原の全身をいいようのない衝動が揺さぶった。脚が震え、下半身が溶けた。

だが、頭だけは醒めていた。手指は冷たく、カメラを握っていた。

それでも俺はシャッターを押すだろう。

沢原は思った。

他に何もできないから、せめて男が彩子の病んだ肉体を、熱い弾丸で撃ち抜く、その様を撮るだろう。そして、この男は彩子を殺した後は我に返り、俺を殺そうとするにちがいない。

雲が流れ、弱く照っていた日がかげった。都会の騒音が、自分達をとり巻いていることを意識し、沢原は自分の死を感じた。

全身の毛穴から吹き出す汗の感触があった。

男は無表情のまま、踵を返した。そこに在る沢原を無視したように腹ばいになる。

男が型を作る動作には、完璧《かんぺき》な雰囲気があった。無駄のない機能的な動きだ。

右肩にストックを当て、眼をスコープに当てたり外したりしながら照準をあわせてゆく。

今、呼吸に伴う背中の動きすら沢原には、はっきりと見えた。その振幅が小さくゆるやかに変わる。男の指がトリガーにかかった。

沢原は膝をつき、男の頭の上から、彩子の病室にカメラを向けた。ピントが合わず、彼は焦った。撃ち抜く瞬間を捉えるのだ。

今にも銃声が耳をつんざきそうな気がして、沢原は、もどかしくレンズを操った。

男は撃たなかった。

ピントが合い、沢原は彩子の病室に異変を知った。病棟からファインダーをのぞいた時には、かかっていなかった薄いレースのカーテンがおりている。

そしてそのカーテンごしに、白衣の男達の後ろ姿があった。レンズをひくと、医師の一人が横たわる彩子の上にかがみこんでいるのが見えた。看護婦が数人、慌《あわただ》しく病室を出入りしている。

かがみこんでいた医師の一人が身をひいたとき、グリーンの小さなスクリーンが見えた。

それが何であるか、沢原にもわかった。そのスクリーンに映る、彩子の心電図までは沢原の眼は捉えることはできなかった。

不意に身をひいた医師が直立した。とり囲む看護婦も直立した。無言劇が何を意味するのかを沢原は知り、体が屋上面にのめりこむような重さを味わった。

ファインダーの中の人間達は合掌していた。合掌し、彩子の肉体に黙礼をした。沢原はカメラをおろした。男は平たいツールケースに、無言でライフルをしまおうとしていた。

虚《うつ》ろになった沢原の目と男の目が合った。男は素早く、視線を手元のケースに戻した。

蓋をおろし、掛け金をかけるカチリという音が小さく響いた。

男は一度たち上がってから、かがみこんだ。自分の足元に散らばった、煙草の吸い殻を拾い集めているのだった。

望まぬ者に、ひそやかに、そして一方的に死を送った後の、男の習性だった。自分の痕跡《こんせき》を、できる限り消して立ち去る。

俺は殺さないのか——沢原の喉《のど》に、その疑問がつかえていた。しかし、耐えるように、黙々と吸い殻を拾い集め、ポケットにしまう男に、沢原は黙っていた。

男はツールケースを右手に持ちかえ、うつむいたまま歩み出した。沢原とは決して、視線を合わそうとしない。

男が沢原の傍らをすり抜け、背後の扉がきしんで開き、閉じる音が聞こえた。沢原は動かなかった。

じっと立ちつくし、無言劇の終わった彩子の病室を、病棟を、病院全体の建物を、街を、レンズを通さぬ、己の眼で見つめていた。

解説

「私《わたくし》ごとに亘って恐縮ですが……」

宮田昭宏（編集者）

大沢在昌さんは、一九七九年に、『感傷の街角』という作品で、双葉社が主催する第一回「小説推理新人賞」を受賞して、世に出ました。そのとき、二十三歳でしたから、当時でも異例に若いデビューと言えます。

蛇足ながら、このときの選考委員は、生島治郎《いくしまじろう》、海渡英祐《かいとえいすけ》、藤原審爾《ふじわらしんじ》のお三方でした。生島治郎さんは直木賞を受賞した『追いつめる』などで、日本のハードボイルド小説を開拓したと言うべき小説家で、大沢さんが師と仰いでいます。藤原審爾さんは、優れたハードボイルド小説を幾つも遺《のこ》され、警察小説のさきがけともなった「新宿警察」シリーズは、のちに、大沢さんが「新宿鮫」シリーズを書くことになったことを思い合わせると、不思議な縁を感じます。

ぼくはと言えば、一九六八年に講談社に入社してすぐ、「小説現代」編集部に配属され、文芸編集者としての仕事をはじめましたから、大沢さんよりだいぶ早くこの世界に足を踏み入れたことになります。それから、ずっと文芸編集者として仕事をしてきました。

文芸編集者という仕事は、雑誌や書籍などをいつでも好きなときに読んでいていいわけですし、映画や芝居なんかも勤務時間中に観に行くことも大事な仕事のうちと言われました。そして、なにより、普通の人とは違った個性と感性を持つ小説家と一緒に仕事をするのですから、刺激と変化に富んだ毎日を送っていたわけです。

しかし、長い文芸編集者としての日々は、楽しくて、うれしいことばかりだったかと言いますと、それだけではありませんでした。いまでも、頭を抱えたくなる失敗や、自分の能力を疑いたくなるようなこともたくさんあり、長い間に、そうした屈託がぼくの中に澱《おり》のように溜まっていることを感じます。

その屈託のひとつが、結果的には、短篇集『鏡の顔』を出版するきっかけになったのですが、ぼくが大沢さんの小説家としての才能を、ある大切な時期に、見誤ったということです。

野球に喩《たと》えると、打席に立ったのに、バットを振らずに、絶好球を見逃して三振したようなものでしょうか。

大沢さんが、デビューした一九七九年には、ぼくはその五年ほど前に、「小説現代」編集部から、「純文学」雑誌と言われる「群像」編集部に異動になっていて、群像新人文学賞に応募された、村上春樹《むらかみはるき》さんの『風の歌を聴け』に巡り合った年でした。

ですから、有り体に言えば、ぼくは、「純文学」と村上春樹さんにかまけていて、同じ年に新人賞を受賞した大沢さんが目に入らなかったということになります。

＊

大沢さんとぼくの、仕事の上でのはじめてのつき合いは、一九八六年のことですから、もう三十年以上も前のことになります。その年、「小説現代」の編集長になって間もないぼくは、読み切りの短篇小説とエッセイだけを集めた季刊の別冊を創刊したのです。

そのころの小説雑誌は、人気作家の長篇小説を獲得することが主な使命だと言われて、連載小説が、雑誌のほとんどのページを占めていました。ぼくは、その風潮に逆らって、読み切りの短篇小説やエッセイだけを掲載して、洒落ていて、新鮮な文芸誌を作るつもりだったのです。頭の片隅に、「ザ・ニューヨーカー」という、いかにも都会的なセンスが溢《あふ》れた雑誌の存在がありました。

その創刊号では、巻頭に、村上春樹さんの「中断されたスチーム・アイロンの把手」という短篇小説が掲載され、目次に並んでいる、林真理子《はやしまりこ》、高橋源一郎《たかはしげんいちろう》、島田雅《しまだまさ》彦《ひこ》、景山民夫《かげやまたみお》、西木正明《にしきまさあき》という名前を見ていただければ、ぼくがその雑誌で目指したものがどんなものか、いくぶんお分かりいただけるでしょうか。

そして、その号に、大沢さんの「六本木《ろっぽんぎ》・うどん」という短篇小説も掲載しました。ぼくにとって、大沢さんは、ちょっと気になる存在になっていたのです。

「六本木・うどん」は、六本木にある麻布《あざぶ》署の隣の、二十四時間営業の立ち食いそば屋を舞台にした、オー・ヘンリーの短篇を思わせる味わいの作品だったのですが、ぼくには、若い作家にしては、少し老成し過ぎで、作意が目立ちすぎではないかと感じられました。

そして、一九九一年に編集長を辞めるまで、ぼくは「小説現代」に大沢さんの原稿を掲載しなかったのです。いま思えば、辛いことですが、才能を見誤っていたのですね。

文庫『一年分、冷えている』の大多和伴彦《おおたわともひこ》さんの解説を読んでいて、「大沢在昌、という作家の分岐点となる作品がどれであるかということについては、諸説あり、特に『氷の森』(講談社刊）説が『新宿鮫』説としのぎを削っている」と書かれている文章に行き当たって、ぼくは、自分のうちに抱き続けてきた屈託、大沢さんの才能を見誤ったんじゃないかという思いが、またも、頭をもたげるのを感じました。

ぼくは、同僚が担当となり、一九八九年に出版した大沢さんの『氷の森』を読んで、冷酷な犯人の描かれ方にとても感心しました。「六本木・うどん」の中で、ぼくには身勝手に思えた犯行動機を饒舌に語る若い犯罪者に心を動かされることはなかったのに、『氷の森』の犯人の心の空洞に、人が生きていくことの悲しみが溢れているのを感じて、心を揺さぶられました。背筋が寒くなるのを感じました。

なのに、ぼくは、このときもバットを振らなかったのです。

権田萬治《ごんだまんじ》さんが、「大沢在昌はデビューから約十年間、作品が売れず、出した本がいつも初版で終わってしまうので、自分でも自嘲《じちょう》気味に〈永久初版作家〉といっていた時期があった」というようなことを書かれていますが、そのことは、ぼくが、大沢さんの才能を見誤ったことの言い訳にはなりません。

そういう時期に、いままでの作品世界から突き抜けるようなものを書く触媒になることこそ、文芸編集者のやるべきことだからです。

それから間もなく、一九九〇年のことになりますが、大沢さんは『新宿鮫』で、才能を大きく開花させました。この作品を一読して、ぼくは、光文社の担当者に脱帽し、そして、妙な言い方になりますが、大沢さんが、ぼくの手の届かないところに行ってしまったのだと感じました。

＊

講談社とアメリカのランダムハウス社が、ランダムハウス講談社というベンチャー企業を立ち上げたとき、ぼくは、編集部門の責任者として参加しました。

そのときに、チクチクと痛みを与えるぼくの中の屈託を、もっと深く突き詰めようとして、大沢さんの小説を読み直しているうちに、ぼくなりの短篇集を編んでみたいと思うようになりました。そうすれば、大沢さんに対する屈託が無くなるかもしれません。

そう思い立ったのは、ゲイリー・フィスケットジョンという有名な編集者が編集して、ニューヨークの文芸出版社クノップフから出版した村上春樹さんの短篇集『The Elephant Vanishes』を手にしたからです。

村上春樹さんの短篇を、自分のテイストでチョイスして、それを編み直して、新しい村上春樹の世界を作り出すという、フィスケットジョンの編集的手法に魅力を感じたのです。

この企画を大沢さんに提案したとき、収録作品のリストを見た大沢さんが、「ぼくが、人にプレゼントしたい短篇集になるなあ」と言った言葉は、ぼくを大いに勇気づけてくれました。ここに収録されている短篇小説は、大沢さんも気に入っているものばかりで、大沢在昌という小説家の、ぼくなりのイメージをうまく表現している短篇小説集になるのだという確信を持てたからです。

ぼくは収録作品を選ぶために、ふたつの約束事を作りました。

ひとつは、主人公が、自分のルールを作って、回り道であっても、それに忠実に生きていこうという意志を持った大人であるということです。

ふたつ目は、すべての作品が、読んでいるときも、あるいは読み終わってからも、気持ちのいいリズムに浸っていられる文体で書かれているということです。

この編集作業は楽しいものでした。そして、その結果生まれたこの短篇集は、大沢さんの長篇小説をはじめて読もうと思っているけれど、どれを読んだらいいのか迷っている方には、打ってつけのガイドになりますし、大沢さんの作品は全部読んだという読者の方には、ぼくがやったように自分自身の大沢作品の短篇集を編むとしたら、と考えるときの叩き台になるかもしれません。

「新宿鮫」と「ジョーカー」と「佐久間公」という、大沢さんが創った人気キャラクターのうち三人も登場する、この短篇集は、大沢さんの作家生活三十年という節目の年に、ランダムハウス講談社から出版されました。

そして、いま、作家生活四十年を超す年に、ぼくの古巣だった講談社から文庫として刊行されることになりました。なんだか自分の子供が自分のもとに帰ってきてくれたような気がしています。

改めて何度か読み返しているうちに、この短篇集のタイトルは『鏡の顔』となっているけれど、面白いことに、登場人物たちは、顔ではなくて、その後ろ姿で読者に語りかけてくるように思えてきました。

余計なことですが、この文庫は、好きなジャズを流して、ウイスキーなどを啜《すす》りながら、ゆっくりお読みになることをお勧めします。いろいろ試してみましたが、ぼくの場合、ジョン・コルトレーンがマッコイ・ターナーやエルヴィン・ジョンズたちと演《や》った「Ballads」を流して、大振りのファッショングラスに入れた、ジンかバーボンのオン・ザ・ロックスを啜りながら読むというのが、作品世界とぴったりした至福の時だったような気がしています。

＊

さて、これでぼくの屈託のひとつが解消したのかと言うと、そんなことはありませんでした。編集者として犯したいくつもの負い目は、一生背負い続けるべきものなのだと、この短篇集に登場する人物たちが、それぞれの後ろ姿で教えてくれるのです。

二〇〇九年二月　ランダムハウス講談社
二〇一一年四月　トクマ・ノベルズ
二〇一二年一一月　朝日文庫

|著者| 大沢在昌　1956年、愛知県名古屋市出身。慶應義塾大学中退。'79年、小説推理新人賞を「感傷の街角」で受賞し、デビュー。'86年、「深夜曲馬団」で日本冒険小説協会大賞最優秀短編賞。'91年、『新宿鮫』で吉川英治文学新人賞と日本推理作家協会賞長編部門。'94年、『無間人形 新宿鮫Ⅳ』で直木賞。2001年、'02年に『心では重すぎる』『闇先案内人』で日本冒険小説協会大賞を連続受賞。'04年、『パンドラ・アイランド』で柴田錬三郎賞。'10年、日本ミステリー文学大賞を受賞。'14年には『海と月の迷路』で吉川英治文学賞を受賞した。

大沢在昌公式ホームページ「大極宮」
http://www.osawa-office.co.jp/

鏡《かがみ》の顔《かお》　傑作《けっさく》ハードボイルド小説集《しょうせつしゅう》

大沢在昌《おおさわありまさ》

講談社文庫
定価はカバーに
表示してあります

2020年4月15日第1刷発行

発行者――渡瀬昌彦
発行所――株式会社　講談社
東京都文京区音羽2-12-21　〒112-8001
電話　出版（03）5395-3510
　　　販売（03）5395-5817
　　　業務（03）5395-3615

Printed in Japan

デザイン―菊地信義
本文データ制作―講談社デジタル製作
印刷―――凸版印刷株式会社
製本―――株式会社国宝社

ISBN978-4-06-519333-4

講談社文庫刊行の辞

二十一世紀の到来を目睫に望みながら、われわれはいま、人類史上かつて例を見ない巨大な転換期をむかえようとしている。

世界も、日本も、激動の予兆に対する期待とおののきを内に蔵して、未知の時代に歩み入ろうとしている。このときにあたり、創業の人野間清治の「ナショナル・エデュケイター」への志を現代に甦らせようと意図して、われわれはここに古今の文芸作品はいうまでもなく、ひろく人文・社会・自然の諸科学から東西の名著を網羅する、新しい綜合文庫の発刊を決意した。

激動の転換期はまた断絶の時代である。われわれは戦後二十五年間の出版文化のありかたへの深い反省をこめて、この断絶の時代にあえて人間的な持続を求めようとする。いたずらに浮薄な商業主義のあだ花を追い求めることなく、長期にわたって良書に生命をあたえようとつとめるところにしか、今後の出版文化の真の繁栄はあり得ないと信じるからである。

同時にわれわれはこの綜合文庫の刊行を通じて、人文・社会・自然の諸科学が、結局人間の学にほかならないことを立証しようと願っている。かつて知識とは、「汝自身を知る」ことにつきていた。現代社会の瑣末な情報の氾濫のなかから、力強い知識の源泉を掘り起し、技術文明のただなかに、生きた人間の姿を復活させること。それこそわれわれの切なる希求である。

われわれは権威に盲従せず、俗流に媚びることなく、渾然一体となって日本の「草の根」をかたちづくる若く新しい世代の人々に、心をこめてこの新しい綜合文庫をおくり届けたい。それは知識の泉であるとともに感受性のふるさとであり、もっとも有機的に組織され、社会に開かれた万人のための大学をめざしている。大方の支援と協力を衷心より切望してやまない。

一九七一年七月

野間省一

講談社文庫 最新刊

門井慶喜　銀河鉄道の父
宮沢賢治の生涯を父の視線から活写した、究極の親子愛を描いた傑作。直木賞受賞作。

西尾維新　新本格魔法少女りすか
小学生らしからぬ小学生の供犠《くぎ》創貴《きずたか》と、『赤き魔女』水倉《みずくら》りすかによる、縦横無尽の冒険譚！

江上剛　参謀のホテル〈ラストチャンス〉
老舗ホテルの立て直しは日本のプライドの再生だ！　再生請負人樫村が挑む東京ホテル戦争。

風野真知雄　潜入 味見方同心(二)〈陰膳だらけの宴《うたげ》〉
将軍暗殺の動きは本当なのか？　魚之進は城内潜入を敢然と試みる！〈文庫書下ろし〉

大沢在昌　鏡の顔〈傑作ハードボイルド小説集〉
『新宿鮫』の鮫島、佐久間公、ジョーカーが勢揃い！　著者の世界を堪能できる短編集。

堀川アサコ　幻想蒸気船
浦島湾の沖、人知れず今も「鎖国」する島があるという。大人気シリーズ。〈文庫書下ろし〉

川内有緒　晴れたら空に骨まいて
弔《とむら》いとは、人生とは？　別れの形は自由がいい。生と死を深く見つめるノンフィクション。

佐藤究　サージウスの死神
ルーレットに溺れていく男の、疾走と狂気。乱歩賞作家・佐藤究のルーツがここにある！

下村敦史　緑の窓口〈樹木トラブル解決します〉
樹木に関するトラブル解決のため、美人樹木医が謎に挑む！　注目の乱歩賞作家の新境地。

千野隆司　大《おお》酒《ざけ》の合戦〈下り酒一番(四)〉
卯吉の案で大酒飲み競争の開催が決まるも、様々な者の思惑が入り乱れ!?〈文庫書下ろし〉

講談社文芸文庫

加藤典洋
テクストから遠く離れて
解説＝高橋源一郎　年譜＝著者、編集部

ポストモダン批評を再検証し、大江健三郎、高橋源一郎、村上春樹ら同時代小説の読解を通して来るべき批評の方法論を開示する。急逝した著者の文芸批評の主著。

978-4-06-519279-5
かP5

平沢計七
一人と千三百人／二人の中尉
平沢計七先駆作品集
解説＝大和田　茂　年譜＝大和田　茂

関東大震災の混乱のなか亀戸事件で惨殺された若き労働運動家は、瑞々しくも鮮烈な先駆的文芸作品を遺していた。知られざる作家、再発見。

978-4-06-518803-3
ひJ1

講談社文庫　目録

岡嶋二人　そして扉が閉ざされた
岡嶋二人　解決まではあと6人〈5W1H殺人事件〉
岡嶋二人　99%の誘拐
岡嶋二人　クラインの壺
岡嶋二人　ダブル・プロット
岡嶋二人　新装版 焦茶色のパステル
岡嶋二人　チョコレートゲーム 新装版
太田蘭三　殺《さつ》・風《ぷう》景《けい》〈警視庁北多摩署特捜本部〉
大前研一　企業参謀 正・続
大前研一　やりたいことは全部やれ！
大前研一　考える技術
大沢在昌　野獣駆けろ
大沢在昌　相続人TOMOKO
大沢在昌　ウォームハート コールドボディ
大沢在昌　アルバイト探偵《アイ》
大沢在昌　調毒師を捜せ アルバイト探偵《アイ》
大沢在昌　女王陛下のアルバイト探偵《アイ》
大沢在昌　不思議の国のアルバイト探偵《アイ》
大沢在昌　拷問遊園地 アルバイト探偵《アイ》
大沢在昌　帰ってきたアルバイト探偵《アイ》
大沢在昌　雪　蛍
大沢在昌　ザ・ジョーカー
大沢在昌　亡命者〈ザ・ジョーカー〉
大沢在昌　夢の島
大沢在昌　新装版 氷の森
大沢在昌　暗黒旅人
大沢在昌　新装版 走らなあかん、夜明けまで
大沢在昌　新装版 涙はふくな、凍るまで
大沢在昌　語りつづけろ、届くまで
大沢在昌　罪深き海辺(上)(下)
大沢在昌　やぶへび
大沢在昌　海と月の迷路(上)(下)
逢坂剛　十字路に立つ女
逢坂剛　重《じゅう》蔵《ぞう》始《し》末《まつ》
逢坂剛　じぶくり伝兵衛〈重蔵始末(二)〉
逢坂剛　猿曳遁兵衛〈重蔵始末(三)〉
逢坂剛　嫁盗み〈重蔵始末(四)長崎篇〉
逢坂剛　陰の声〈重蔵始末(五)長崎篇〉
逢坂剛　北門の狼〈重蔵始末(六)蝦夷篇〉
逢坂剛　逆《げき》浪《ろう》果つるところ〈重蔵始末(七)蝦夷篇〉
逢坂剛　新装版 カディスの赤い星(上)(下)
逢坂剛　さらばスペインの日日(上)(下)
オノ・ヨーコ 飯村隆彦編　ただの私《あたし》
オノ・ヨーコ 南風椎訳　グレープフルーツ・ジュース
折原一　倒錯のロンド
折原一　倒錯の死角〈201号室の女〉
折原一　倒錯の帰結
小川洋子　密やかな結晶
小川洋子　ブラフマンの埋葬
小川洋子　最果てアーケード
小川洋子　琥珀のまたたき
乙川優三郎　霧の橋
乙川優三郎　喜知次
乙川優三郎　蔓の端々
乙川優三郎　夜の小紋
恩田陸　三月は深き紅の淵を
恩田陸　麦の海に沈む果実

講談社文庫　目録

恩田　陸　黒と茶の幻想(上)(下)
恩田　陸　黄昏の百合の骨
恩田　陸　『恐怖の報酬』日記〈酩酊混乱紀行〉
恩田　陸　きのうの世界(上)(下)
奥田英朗　新装版 ウランバーナの森
奥田英朗　最　悪
奥田英朗　邪　魔(上)(下)
奥田英朗　マドンナ
奥田英朗　ガール
奥田英朗　サウスバウンド
奥田英朗　オリンピックの身代金(上)(下)
奥田英朗　ヴァラエティ
乙武洋匡　五体不満足〈完全版〉
乙武洋匡　だから、僕は学校へ行く！
乙武洋匡　だいじょうぶ3組
大崎善生　聖《さとし》の青春
大崎善生　将棋の子
小川恭一　江戸の旗本事典〈歴史・時代小説ファン必携〉
奥野修司 徳山大樹　怖い中国食品、不気味なアメリカ食品

奥泉　光　プラトン学園
奥泉　光　シューマンの指
奥泉　光　ビビビ・ビ・バップ
折原みと　制服のころ、君に恋した。
折原みと　時《とき》の輝き
折原みと　幸福のパズル
岡田芳郎　世界一の映画館と日本一のフランス料理店を山形県酒田につくった男はなぜ忘れ去られたのか
大城立裕　小説 琉球処分(上)(下)
太田尚樹　満州裏史〈甘粕正彦と岸信介が背負ったもの〉
大島真寿美　ふじこさん
大泉康雄　あさま山荘銃撃戦の深層(上)(下)
大山淳子　猫弁〈天才百瀬とやっかいな依頼人たち〉
大山淳子　猫弁と透明人間
大山淳子　猫弁と指輪物語
大山淳子　猫弁と少女探偵
大山淳子　猫弁と魔女裁判
大山淳子　雪　猫
大山淳子　イーヨくんの結婚生活
大山淳子　光二郎分解日記〈相棒は浪人生〉

大倉崇裕　小鳥を愛した容疑者
大倉崇裕　蜂に魅《ひ》かれた容疑者〈警視庁いきもの係〉
大倉崇裕　ペンギンを愛した容疑者〈警視庁いきもの係〉
大倉崇裕　クジャクを愛した容疑者〈警視庁いきもの係〉
大鹿靖明　メルトダウン〈ドキュメント福島第一原発事故〉
荻原　浩　砂の王国(上)(下)
荻原　浩　家族写真
小野正嗣　九年前の祈り
大友信彦　釜石の夢〈被災地でワールドカップを〉
大友信彦　オールブラックスが強い理由〈世界最強チーム勝利のメソッド〉
乙　一　銃とチョコレート
織守《おりがみ》きょうや　霊感検定
織守きょうや　霊感検定〈心霊アイドルの憂鬱〉
織守きょうや　霊感検定〈春にして君を離れ〉
織守きょうや　少女は鳥籠《とりかご》で眠らない
岡本哲志《さとし》　銀座を歩く〈四百年の歴史体験〉
クァク・ジェヨン原案 鬼塚　忠著　風の色
おーなり由子　きれいな色とことば
岡崎琢磨　病弱探偵〈謎は彼女の特効薬〉

川上未映子　そら頭はでかいです、世界がすこんと入ります
川上未映子　わたくし率 イン 歯ー、または世界
川上未映子　ヘ　ヴ　ン
川上未映子　すべて真夜中の恋人たち
川上未映子　愛 の 夢 と か
川上弘美　ハヅキさんのこと
川上弘美　晴れたり曇ったり
川上弘美　大きな鳥にさらわれないよう
海堂　尊　外科医　須磨久善
海堂　尊　新装版　ブラックペアン1988
海堂　尊　ブレイズメス1990
海堂　尊　スリジエセンター1991
海堂　尊　死因不明社会2018
海堂　尊　極北クレイマー2008
海堂　尊　極北ラプソディ2009
海堂　尊　黄金地球儀2013
海道龍一朗　室町耽美抄　花　鏡
門井慶喜　パラドックス実践　雄弁学園の教師たち
亀井　宏　佐 助 と 幸 村

梶　よう子　迷　子　石
梶　よう子　ふ　く　ろ　う
梶　よう子　ヨ　イ　豊《とよ》
梶　よう子　立身《りっしん》いたしたく候《そうろう》
梶　よう子　北斎まんだら
川瀬七緒　よろずのことに気をつけよ
川瀬七緒　法医昆虫学捜査官
川瀬七緒　シンクロニシティ〈法医昆虫学捜査官〉
川瀬七緒　水《みな》底《そこ》の棘《とげ》〈法医昆虫学捜査官〉
川瀬七緒　メビウスの守護者〈法医昆虫学捜査官〉
川瀬七緒　潮騒のアニマ〈法医昆虫学捜査官〉
川瀬七緒　フォークロアの鍵
風野真知雄　隠密　味見方同心㈠〈くじらの姿焼き騒動〉
風野真知雄　隠密　味見方同心㈡〈干し卵不思議味〉
風野真知雄　隠密　味見方同心㈢〈幸せの小福餅〉
風野真知雄　隠密　味見方同心㈣〈恐怖の流しそうめん〉
風野真知雄　隠密　味見方同心㈤〈フグの毒鍋〉
風野真知雄　隠密　味見方同心㈥〈鵺《ぬえ》の闇鍋〉
風野真知雄　隠密　味見方同心㈦〈絵巻寿司〉

風野真知雄　隠密　味見方同心㈧〈ふふふの麩〉
風野真知雄　隠密　味見方同心㈨〈殿さま漬け〉
風野真知雄　潜入　味見方同心㈠〈恋のぬるぬる膳〉
風野真知雄　昭和探偵1
風野真知雄　昭和探偵2
風野真知雄　昭和探偵3
風野真知雄　昭和探偵4
カレー沢　薫　負ける技術
カレー沢　薫　もっと負ける技術〈カレー沢薫の日常と退廃〉
カレー沢　薫　非　リ　ア　王
下野《かばた》康史　ポルシェより、フェラーリより、ロードバイクが好き〈熱狂と悦楽の自転車ライフ〉
野崎雅人／佐々原史緒　戦国BASARA3〈真田幸村の章／猿飛佐助の章〉
矢野隆／映島巡　戦国BASARA3〈伊達政宗の章／片倉小十郎の章〉
タタツシンイチ／鏡征爾　戦国BASARA3〈長曾我部元親の章／毛利元就の章〉
タタツシンイチ／梶よう子　戦国BASARA3〈徳川家康の章／石田三成の章〉
風森章《しょう》羽　渦巻く回廊の鎮魂曲《レクイエム》〈霊媒探偵アーネスト〉
風森章羽　清らかな煉獄〈霊媒探偵アーネスト〉
加藤千恵　こぼれ落ちて季節は
神田　茜　しょっぱい夕陽

講談社文庫　目録

京極夏彦・原作 志水アキ・漫画　コミック版 姑獲鳥《うぶめ》の夏(上)(下)
京極夏彦・原作 志水アキ・漫画　コミック版 魍魎《もうりょう》の匣《はこ》(上)(下)
京極夏彦・原作 志水アキ・漫画　コミック版 狂骨の夢(上)(下)
北森　鴻　花の下にて春死なむ
北森　鴻　香菜里屋《カナリヤ》を知っていますか
北森　鴻　親不孝通りラプソディー
北村　薫　盤上の敵
北村　薫　紙魚家崩壊〈九つの謎〉
北村　薫　野球の国のアリス
木内一裕　藁の楯
木内一裕　水の中の犬
木内一裕　アウト&アウト
木内一裕　キッド
木内一裕　デッドボール
木内一裕　神様の贈り物
木内一裕　喧嘩猿
木内一裕　バードドッグ
木内一裕　不愉快犯
木内一裕　嘘ですけど、なにか？

北山猛邦　『クロック城』殺人事件
北山猛邦　『瑠璃城』殺人事件
北山猛邦　『アリス・ミラー城』殺人事件
北山猛邦　『ギロチン城』殺人事件
北山猛邦　私たちが星座を盗んだ理由
北山猛邦　猫柳十一弦の後悔〈不可能犯罪定数〉
北山猛邦　猫柳十一弦の失敗〈探偵助手五箇条〉
北　康利　白洲次郎　占領を背負った男(上)(下)
北　康利　福沢諭吉　国を支えて国を頼らず(上)(下)
貴志祐介　新世界より(上)(中)(下)
北原みのり　木嶋佳苗100日裁判傍聴記〈佐藤優対談収録完全版〉
岸本佐知子 編訳　変《ヘン》愛《アイ》小説集
岸本佐知子 編　変愛小説集　日本作家編
木原浩勝　文庫版 現世《うつしよ》怪談(一)　主人の帰り
木原浩勝　文庫版 現世怪談(二)　白刃の盾
木原浩勝　増補改訂版 もう一つの「バルス」〈宮崎駿と『天空の城ラピュタ』の時代〉
喜国雅彦 国樹由香　メフィストの漫画
清武英利　石つぶて〈警視庁 二課刑事の残したもの〉
清武英利　しんがり〈山一證券 最後の12人〉

喜多喜久　ビギナーズ・ラボ
黒岩重吾　新装版 古代史への旅
栗本　薫　新装版 絃《いと》の聖域
栗本　薫　新装版 ぼくらの時代
栗本　薫　新装版 優しい密室
栗本　薫　新装版 鬼面の研究
黒柳徹子　窓ぎわのトットちゃん 新組版
倉知　淳　新装版 星降り山荘の殺人
倉知　淳　シュークリーム・パニック
熊谷達也　浜の甚兵衛
倉阪鬼一郎　大江戸秘脚便
倉阪鬼一郎　娘飛脚を救え〈大江戸秘脚便〉
倉阪鬼一郎　開運十社巡り〈大江戸秘脚便〉
倉阪鬼一郎　決戦、武甲山〈大江戸秘脚便〉
倉阪鬼一郎　八丁堀の忍
倉阪鬼一郎　八丁堀の忍(二)〈大川端の死闘〉
倉阪鬼一郎　八丁堀の忍(三)〈遥かなる故郷〉
黒木　渚　壁の鹿
栗山圭介　居酒屋ふじ

栗山圭介 国士舘物語
決戦！シリーズ 決戦！関ヶ原
決戦！シリーズ 決戦！大坂城
決戦！シリーズ 決戦！本能寺
決戦！シリーズ 決戦！川中島
決戦！シリーズ 決戦！桶狭間
決戦！シリーズ 決戦！関ヶ原2
小峰 元 アルキメデスは手を汚さない
今野 敏 ST 警視庁科学特捜班 エピソード1〈新装版〉
今野 敏 ST 毒物殺人〈警視庁科学特捜班〉〈新装版〉
今野 敏 ST 警視庁科学特捜班〈黒いモスクワ〉
今野 敏 ST 警視庁科学特捜班〈青の調査ファイル〉
今野 敏 ST 警視庁科学特捜班〈赤の調査ファイル〉
今野 敏 ST 警視庁科学特捜班〈黄の調査ファイル〉
今野 敏 ST 警視庁科学特捜班〈緑の調査ファイル〉
今野 敏 ST 警視庁科学特捜班〈黒の調査ファイル〉
今野 敏 ST 為朝伝説殺人ファイル〈警視庁科学特捜班〉
今野 敏 ST 桃太郎伝説殺人ファイル〈警視庁科学特捜班〉
今野 敏 ST 沖ノ島伝説殺人ファイル〈警視庁科学特捜班〉
今野 敏 ST 化合 エピソード0〈警視庁科学特捜班〉
今野 敏 ST プロフェッション〈警視庁科学特捜班〉
今野 敏 ギ ガ ー ス〈宇宙海兵隊〉
今野 敏 ギ ガ ー ス 2〈宇宙海兵隊〉
今野 敏 ギ ガ ー ス 3〈宇宙海兵隊〉
今野 敏 ギ ガ ー ス 4〈宇宙海兵隊〉
今野 敏 ギ ガ ー ス 5〈宇宙海兵隊〉
今野 敏 ギ ガ ー ス 6〈宇宙海兵隊〉
今野 敏 特殊防諜班 連続誘拐
今野 敏 特殊防諜班 組織報復
今野 敏 特殊防諜班 標的反撃
今野 敏 特殊防諜班 凶星降臨
今野 敏 特殊防諜班 諜報潜入
今野 敏 特殊防諜班 聖域炎上
今野 敏 特殊防諜班 最終特命
今野 敏 茶室殺人伝説
今野 敏 奏者水滸伝 白の暗殺教団
今野 敏 フ ェ イ ク〈疑惑〉
今野 敏 同 期
今野 敏 欠 落
今野 敏 変 幻
今野 敏 警視庁FC
今野 敏 継続捜査ゼミ
今野 敏 蓬 萊〈新装版〉
今野 敏 イ コ ン〈新装版〉
後藤正治 天 人〈深代惇郎と新聞の時代〉
幸田 文 崩 れ
幸田 文 台所のおと
幸田 文 季節のかたみ
小池真理子 冬の伽藍
小池真理子 ノスタルジア
小池真理子 夏の吐息
小池真理子 千日のマリア
幸田真音 日本国債(上)(下)〈改訂最新版〉
五味太郎 大人問題
鴻上尚史 あなたの魅力を演出するちょっとしたヒント
鴻上尚史 あなたの思いを伝える表現力のレッスン
鴻上尚史 八月の犬は二度吠える

講談社文庫　目録

佐藤あつ子　昭《あき》　田中角栄と生きた女
西條奈加　世直し小町りんりん
西條奈加　まるまるの毬《いが》
佐伯チズ　改訂完全版 佐伯チズ式「完全美肌バイブル」〈123の肌悩みにズバリ回答！〉
斉藤　洋　ルドルフとイッパイアッテナ
斉藤　洋　ルドルフともだちひとりだち
佐々木裕一　若返り同心 如月源十郎〈不思議な飴玉〉
佐々木裕一　若返り同心 如月源十郎〈闇の顔〉
佐々木裕一　公家武者 信平《のぶひら》〈消えた狐丸〉
佐々木裕一　逃げた名馬〈公家武者 信平(二)〉
佐々木裕一　比叡山の鬼〈公家武者 信平(三)〉
佐々木裕一　公《く》卿《ぎょう》の罠《わな》〈公家武者 信平(四)〉
佐々木裕一　狙われた旗本〈公家武者 信平(五)〉
佐々木裕一　赤い刀身〈公家武者 信平(六)〉
佐々木裕一　帝《みかど》の刀匠《とうしょう》〈公家武者 信平(七)〉
佐藤　究《きわむ》　QJKJQ
佐藤　究　Ank：〈a mirroring ape〉
佐野　晶　三田紀房・原作　小説 アルキメデスの大戦

澤村伊智　恐怖小説キリカ
さいとう・たかを　戸川猪佐武 原作　歴史劇画 大宰相〈第一巻 吉田茂の闘争〉
さいとう・たかを　戸川猪佐武 原作　歴史劇画 大宰相〈第二巻 鳩山一郎の悲運〉
さいとう・たかを　戸川猪佐武 原作　歴史劇画 大宰相〈第三巻 岸信介の強腕〉
さいとう・たかを　戸川猪佐武 原作　歴史劇画 大宰相〈第四巻 池田勇人と佐藤栄作の激突〉
さいとう・たかを　戸川猪佐武 原作　歴史劇画 大宰相〈第五巻 田中角栄の革命〉
佐藤　優　人生の役に立つ聖書の名言
司馬遼太郎　新装版 播磨灘物語 全四冊
司馬遼太郎　新装版 箱根の坂 (上)(中)(下)
司馬遼太郎　新装版 アームストロング砲
司馬遼太郎　新装版 歳月 (上)(下)
司馬遼太郎　新装版 おれは権現
司馬遼太郎　新装版 大坂侍
司馬遼太郎　新装版 北斗の人 (上)(下)
司馬遼太郎　新装版 軍師二人
司馬遼太郎　新装版 真説宮本武蔵
司馬遼太郎　新装版 最後の伊賀者
司馬遼太郎　新装版 俄 (上)(下)
司馬遼太郎　新装版 尻啖え孫市 (上)(下)

司馬遼太郎　新装版 王城の護衛者
司馬遼太郎　新装版 妖怪 (上)(下)
司馬遼太郎　新装版 風の武士 (上)(下)
司馬遼太郎　戦雲の夢〈レジェンド歴史時代小説〉
司馬遼太郎　海音寺潮五郎　新装版 日本歴史を点検する
司馬遼太郎　井上ひさし　新装版 国家・宗教・日本人
司馬遼太郎　陳舜臣　金達寿　新装版 歴史の交差路にて〈日本・中国・朝鮮〉
柴田錬三郎　お江戸日本橋 (上)(下)
柴田錬三郎　貧乏同心御用帳
柴田錬三郎　新装版 岡っ引どぶ〈柴錬捕物帖〉
柴田錬三郎　新装版 顔十郎罷り通る (上)(下)
白石一郎　庖丁ざむらい〈レジェンド歴史時代小説〉〈十時半睡事件帖〉
島田荘司　御手洗潔の挨拶
島田荘司　御手洗潔のダンス
島田荘司　暗闇坂の人喰いの木
島田荘司　水晶のピラミッド
島田荘司　眩暈(めまい)
島田荘司　アトポス
島田荘司　異邦の騎士〈改訂完全版〉

2020年3月15日現在